Anders Johansen

DAS SCHWARZE LOCH IN MIR

Anders Johansen

DAS SCHWARZE LOCH IN MIR

Aus dem Dänischen von Gabriele Haefs

BELTZ
& Gelberg

ANDERS JOHANSEN, geboren 1953, arbeitet seit vielen Jahren erfolgreich als Autor und Übersetzer. Er lebt in Ostjütland, in einer kleinen Stadt in der Nähe von Aarhus. In seiner Freizeit fotografiert und läuft er gern.

»Das schwarze Loch in mir« ist seine erste Veröffentlichung bei Beltz & Gelberg.

Dieses Buch ist auch als E-Book erhältlich (ISBN 978-3-407-74817-1)

MIX
Papier aus verantwortungsvollen Quellen
FSC® C089473

www.beltz.de / © 2016 Beltz & Gelberg / in der Verlagsgruppe Beltz · Weinheim Basel / Werderstraße 10, 69469 Weinheim / Alle deutschsprachigen Rechte vorbehalten / Neue Rechtschreibung / Die Originalausgabe erschien unter dem Titel *Hullet* Copyright © 2012 Anders Johansen and Modtryk, Denmark / Aus dem Dänischen von Gabriele Haefs / Lektorat: Matthea Dörrich / Einbandgestaltung: © FAVORITBÜRO, München unter Verwendung von folgenden Motiven: Häuser am Meer © Katarina Hoglova/shutterstock.com, Vögel © Mark Owen / Trevillion Images / Layout: Nancy Aprile / Druck und Bindung: Beltz Bad Langensalza GmbH, Bad Langensalza / Printed in Germany / ISBN 978-3-407-82172-0 / 1 2 3 4 5 20 19 18 17 16

Viele, die die Färöer kennen, wird es wohl nicht überraschen, dass mir hier die Idee für dieses Buch kam, an dem Tag, als ich über den Berg nach Gásadalur und durch den neuen Tunnel zurückging.

Aber das Fjeldvig des Buches ist nicht das Gásadalur der Wirklichkeit. Tangø ist ein Fantasieprodukt des Autors, das von Eindrücken und Ideen von verschiedenen Inseln im Nordatlantik inspiriert ist ... oder wer weiß, vielleicht liegt Fjeldvig doch irgendwo da oben zwischen Unst und Suðurøy und wartet als letzte unentdeckte Insel der Welt auf Zukunft und Erlebnistourismus.

EINS

Plötzlich war in der Felswand des Storfjeld ein Loch, und das an einem nicht alltäglichen Tag auf Tangø. Es war der 7. Februar 2007, die Sonne ging um 08:21 Uhr auf und um 16:39 Uhr unter, aber nicht das war das Besondere an diesem Tag. Nein, es war ein besonderer Tag, weil der 7. Februar der Basstölpeltag ist. An diesem Tag kommen die Basstölpel über das Meer auf die Insel, und die Menschen aus Fjeldvig gehen ihnen entgegen, um sie willkommen zu heißen.

Der Pastor mit seiner Familie war da, der Schmied und Herfinn Hinkefuß, Jakob und Estrid und Fiona mit der kleinen Fran in einem Umhängetuch und Lehrer Joenson natürlich. Hammel-Frej kam mit seiner Familie, Kapitän Torfinns Kinder und Reidar, der beste Freund meines großen Bruders Peter. Kari aus Kæret und die Zwillingsbrüder Aslaug und Rolf waren auch die ganze Zeit dabei, dabei waren alle drei schon fast achtzig. Allan und Karen hatten Probleme mit den Beinen und kamen nur bis zu der Steinmauer mit, die das öde, von Felsbrocken durchsetzte Land von den fruchtbaren Wiesen trennte. Aber Oddmar schleppte sich bis zur steilsten Stelle auf dem Leuchtturmweg, oben auf der anderen Seite der Lambatinde.

Es war halb eins, da war Mittagspause, und Mama schloss den Laden, deshalb waren von unserer Familie sie und Peter und ich dabei. Der 7. Februar fiel in diesem Jahr auf einen Mittwoch, weshalb mein Vater nicht mitkommen konnte. Er war unterwegs über den Berg, um die Post zu holen.

Es wehte ein frischer, feuchter Wind von Nordwesten, er roch nach Meer und schlug uns voll ins Gesicht, als wir auf die Dornenhalde hinauskamen, wo es keinen Windschutz gibt. Der Himmel war von tief hängenden, grauen Wolken bedeckt gewesen, aber jetzt trieb der Wind sie auseinander und wir konnten ab und zu ganz kurz die verschneiten Berggipfel sehen, rechts Stejlhammar, links Lambatinde, und hinter uns Skråhammar und Arnafjeld. Und natürlich das Storfjeld, das größte Bergmassiv von allen, das mein Vater nach seinem Besuch in Lakselv wahrscheinlich gerade von der anderen Seite wieder hochstieg.

Heini und Osla aus dem Leuchtturm und ihre Kinder, Arni, Nelly und Malja, warteten am Ende der Rabenschlucht auf uns, wo der Pfad zum Keilfels abbiegt. Jetzt waren wir schon dreiunddreißig ... vierunddreißig mit der kleinen Fran, aber die ging ja nicht selbst, deshalb war ich nicht sicher, ob ich sie mitzählen durfte. Weit über die Hälfte der Bevölkerung von Fjeldvig also, und die, die nicht dabei waren, hatten gute Entschuldigungen: Sie waren entweder alt und schlecht zu Fuß oder sie mussten arbeiten, wie Kevin, der bei Spitzbergen fischte, oder Reidars großer Bruder und Vater, die beide beim Ölterminal von Vesterø angestellt und immer vierzehn Tage auf Schicht waren und dann eine Woche frei hatten.

Ehe wir weitergingen, drehten wir uns alle um und winkten Oddmar zu, der noch immer dort hinten stand. Er hob seinen Stock und schwenkte ihn durch die Luft. Er war schon so weit weg, dass der Stock klein wie ein Zahnstocher aussah.

Der Weg führte unten an der Küste entlang. Der Wind war nicht mehr ganz so scharf und wir konnten im Meeresdunst im Süden die Sonne wie eine Scheibe aus hellerem Grau ahnen. Mama redete mit Estrid und Jakob. Weiter hinten gingen Peter und ich nebeneinander, zusammen mit Reidar. Ich lugte verstohlen zu Peters Beinen hinüber und versuchte, im selben Takt zu gehen wie er, aber das war schwer, weil seine Beine länger waren als meine. Das waren sie natürlich immer schon gewesen, aber der Unterschied wurde größer und größer, weil er so »in die Höhe geschossen war«, wie Oma das nannte. Die Feuchtigkeit, die der Wind mitbrachte, hing in kleinen, funkelnden Perlen in Peters Locken.

Kari aus Kæret fing mit hoher, brüchiger Stimme an zu singen und Aslaug und Rolf stimmten in das Lied ein. Es war das alte Basstölpellied, aber nach den ersten beiden Strophen gerieten Kari und die Zwillinge in Streit darüber, was die nächste Strophe sei, und dann sangen sie wild durcheinander weiter. Reidar versetzte Peter einen Rippenstoß und beide lachten. Ich stimmte ein, denn ich ging ja mit ihnen zusammen, auch wenn ich nicht so genau wusste, worüber wir eigentlich lachten.

Das Lied verstummte und alle vertrauten Geräusche schienen lauter zu werden. Der Wind rauschte, er pfiff und säuselte in den tiefen Rissen und Spalten der Kathedrale (die gar keine

Kathedrale ist, sondern eine hohe Felsformation draußen beim Steilhang). Wir hatten die Küste jetzt fast erreicht, das Brausen der Brandung drang aus der Tiefe zu uns hoch. Ein Schaf blökte klagend in der Ferne und ab und zu trug der Wind die Schreie der Möwen vom Meer herein. Irgendwann hörten wir das dumpfe Dröhnen der Mittagsexplosion aus dem Storfjeld. Wir hatten uns an dieses Geräusch schon gewöhnt, und das hatten auch die Vögel, sie flogen nicht mehr auf, wenn der Krach losbrach. Ich musste jedoch an meinen Vater denken, der mit der Posttasche über der Schulter über den Berg wanderte, während andere Männer tief unter seinen Füßen mit riesigen Maschinen und Dynamitstangen ein Loch bohrten.

»Sieh dir nur Malja an, die kleine Nutte!«, sagte Reidar und versetzte Peter noch einen Rippenstoß. Malja vom Leuchtturm ging nicht mit ihrer Familie zusammen, sie war zurückgefallen und hielt sich dicht bei Hammel-Frejs Høgni. Ihr Kopftuch war heruntergerutscht, die blonden Haare flatterten im Wind, aber sie gab sich keine Mühe, sie zu bändigen. Ihre Hand wollte die ganze Zeit zu Høgni hinüber, seine Hand war dauernd unterwegs zu ihrer, und manchmal begegneten sich die beiden Hände auf halber Strecke. Dann griffen sie nacheinander und blieben eine Weile so, ineinander verflochten. Høgni war viel größer als Malja, er lehnte sozusagen seitlich über ihr, wenn sie so gingen. Maljas Hinterteil wogte auf und ab und wippte hin und her wie eine Jolle auf dem Meer.

»Die sind verliebt«, sagte ich. Auch wenn ich aus Menschen nicht leicht klug werde, wusste ich doch immerhin: Wenn ein

Junge und ein Mädchen Händchen halten, dann sind sie verliebt. Außerdem hatte Peter mir ja von Malja und Høgni erzählt, ihretwegen hatten Reidar und Høgni sich zerstritten, und der Viererklee – ihr geheimer Klub – war jetzt nur noch ein Zweier.

»Die sind verliebt«, sagte ich noch einmal. »Das siehst du doch, die halten Händchen.«

»Halten Händchen! Meinst du vielleicht, damit begnügen die sich?« Reidar starrte mich an, seine Augen waren wild, seine Stimme zitterte. Ich drückte mich enger an Peter. Reidar hob die eine Hand, krümmte sie und schob den Zeigefinger der anderen Hand durch das Loch zwischen Fingern und Handfläche hin und her. »Kannst du sehen, was das ist?«

»Das sind deine Hände«, sagte ich zögernd, denn das stimmte zwar, aber es war schließlich eine seltsame Frage.

Reidar grinste. Wenn jemand grinst, freut er sich, auch das wusste ich. Aber Reidar sah kein bisschen erfreut aus.

»Wie alt bist du noch mal?«, fragte er.

»Zwölf«, sagte ich.

»Ganz ehrlich, wie blöd darf man eigentlich sein?«, fragte Reidar und hielt mir die Hände direkt vor das Gesicht. Noch immer schob er den Zeigefinger hin und her und ich kniff die Augen zu, denn seine Hände kamen mir viel zu nahe und ich wäre fast gestolpert.

»Lass David in Ruhe«, sagte Peter leise und dann kam von Reidar eine ganze Weile nichts mehr. Vielleicht dachte er an die blutige Nase, die Peter ihm vor langer Zeit einmal geschlagen hatte.

Der Weg führte an einigen großen Felsblöcken vorbei und danach steil am Hang hoch. Es hatte den ganzen Januar hindurch abwechselnd geschneit und geregnet, der Boden gab unter unseren Füßen nach und die Schafsköttel wurden in den tiefen Pfützen, die unsere Fußabdrücke hinterließen, zu kleinen, blanken Inseln. Es war so anstrengend, aufwärtszugehen, dass alle schnauften und stöhnten und die alten Leute Atempausen einlegen mussten. Ich zählte meine Schritte von den Felsblöcken aufwärts, 214 brauchte ich, dann waren wir oben.

Das Rauschen der Brandung wurde gleich viel lauter, aber sehen konnten wir sie nicht, denn beim Keilfels fällt der Vogelfelsen schräg ab. Wenn man sich an die Kante wagte, schaute man in die tosenden Wellen. Aber das taten wir nicht, nicht jetzt, wo die Erwachsenen dabei waren, denn es war gefährlich. Es gab da einen Felsvorsprung, der aussah wie fester Boden, aber nur an den Graswurzeln festhing und jederzeit unter unseren Füßen wegbrechen konnte.

Wir sammelten uns im Halbkreis vor Lehrer Joensen und spähten aufs Meer hinaus.

Der Dunst verzog sich jetzt, eine Säule aus Sonnenlicht schoss zwischen den tief hängenden Wolken hervor – ein Finger Gottes, wie in der Bilderbibel – und ließ das Meer hundert Meter unter uns funkeln wie Silber. Wir schauten nach links, hinüber zu dem Felsen, der »Seehundskopf« genannt wurde, wo eine schwere, dunkle Wolke einen Regenschleier über das Wasser zog. Wir spähten nach rechts, zur Ackerspitze, wo das kuppelförmige Dach des Leuchtturms über die Felsen lugte. Und wir sahen geradeaus, hinüber zum Basstölpelzinken, der lotrecht aus dem Wasser ragte und einen gezackten Drachenschwanz hundert Meter hinter sich herzog.

Es war nicht ein einziger Basstölpel zu sehen. Die Alten seufzten tief. Die Basstölpel waren der Stolz von Tangø und Fjeldvig, ja, sogar der Stolz des ganzen Landes. Jeden Frühling brüteten hier zweitausend Basstölpelpaare, einige auf den Felssimsen der steilen Vogelfelsen bei Keilfels und Kahlkuppe, aber die meisten draußen beim Basstölpelzinken. Es kamen Leute aus dem Ausland über die Berge gewandert, um sie zu sehen, sie schleppten große Ferngläser und Teleobjektive, die so lang waren wie Kanonenrohre. Doch der Bestand an Dreizehenmöwen, Alken, Papageientauchern und allen anderen Meeresvögeln war stark zurückgegangen, früher hatte es auf den Vogelfelsen von ihnen gewimmelt, jetzt waren sie bedrohte Arten. Aber Jahr für Jahr kamen dieselben zweitausend Basstölpelpaare her.

Oder vielleicht war jetzt auch damit Schluss, denn es waren keine zu sehen, obwohl der 7. Februar war, der Tag, an dem die Basstölpel sonst immer die Küste erreichten.

»Da ist einer!«, rief plötzlich Høgni und zeigte in das scharfe, graue Sonnenlicht links vom Basstölpelzinken.

»Nix da, das ist eine Möwe«, schimpfte Reidar, aber dann kam der Vogel aus dem blendenden Licht heraus und es war wirklich ein Basstölpel. Alle klatschten. Nur ich nicht, ich ärgerte mich über diesen Lärm.

Der Basstölpel legte die Flügel an, tauchte mit weißem Schaumspritzen ins Wasser und dann mit einem glitzernden Fisch im Schnabel wieder auf.

»Freut euch nicht zu früh, Kinder«, sagte Rolf. »Eine Schwalbe macht noch keinen Sommer.«

»Rolf redet Unsinn«, sagte ich laut.

»David, so spricht man nicht über andere Leute«, sagte Mama und wurde im Gesicht zum sauren Smiley. Sie stand jetzt neben uns.

»Aber es *ist* doch Unsinn!«, sagte ich und meine Arme zuckten wütend. »Es ist nicht Sommer und wir halten auch nicht nach Schwalben Ausschau.«

»Da hast du jedenfalls recht, David«, sagte Rolf und lächelte mich mit seinem zahnlosen Mund an. »So etwas sagt man eben, David, wenn man in Bildern spricht.«

Ich nickte. Das mit den Schwalben und dem Sommer hatte ich nicht verstanden, aber jetzt verstand ich wenigstens, warum ich es nicht verstand. Ich war schon richtig gut in Englisch, aber diese Art von *Bildsprache* machte mir noch immer Probleme.

»Da kommt eine ganze Schar!«, rief Osla so eifrig, dass sie sich anhörte wie ein junges Mädchen, nicht wie eine alte Frau von fast achtzig Jahren.

Die Vogelschar flog von der Ackerspitze her nach Süden und war weit draußen auf dem Meer, aber man konnte doch die schwarzen Spitzen an den schlanken, weißen Flügeln sehen.

»Das sind mindestens dreißig«, sagte Heini und nickte.

»Dreiunddreißig«, sagte ich. Heini nickte und wiederholte: »Dreiunddreißig«, denn alle im Dorf wussten, wenn ich etwas gut konnte, dann zählen.

»Morus bassanus«, fügte ich hinzu.

»Was?«, fragte Heini.

»So heißt der Basstölpel auf Latein«, sagte ich. »Alle Vogelarten haben lateinische Namen. Der Alk heißt ...«

»Aufhören, David«, sagte Peter, und weil er es war, hörte ich auf, ohne dass meine Füße auf den Boden stampften oder so etwas.

Lehrer Joensen räusperte sich kurz und hielt eine kleine Rede.

»Tja«, sagte er. »Da stehen wir aus Fjeldvig ein weiteres Mal hier und heißen die Basstölpel willkommen. Dass es eine alte Tradition ist, wissen wir alle. Wie alt genau, weiß niemand, aber ich war im Bezirksarchiv in Lakselv und habe ein bisschen in vergilbten Dokumenten herumgeschnüffelt, und ich kann immerhin erzählen, dass die erste schriftliche Erwähnung des Basstölpeltages aus dem Jahre 1807 stammt. Stellt euch das vor: Vor genau zweihundert Jahren stand auch schon alles, was von den Dorfbewohnern kriechen und gehen konnte, hier oben, wo wir jetzt stehen, und freute sich über denselben Anblick: die Basstölpel, die zurückkehren. Ich finde, das sagt etwas über die Stärke unserer Traditionen und über unseren Zusammenhalt. Und ich hoffe, dass in zweihundert Jahren die Leute aus Fjeldvig am Basstölpeltag noch immer hier oben stehen und dasselbe sagen.«

Wir sahen hinter den Basstölpeln her, bis sie hinter dem Seehundskopf verschwunden waren und wir nur noch einen einzigen sehen konnten.

»Lehrer Joensen ist wirklich ein kluger Mann«, sagte Mutter leise. Alle nickten, aber ich überlegte, ob sie das auch gesagt hätte, wenn Vater hier gewesen wäre. Vater fand, dass Lehrer Joensen zu wenig an Gott dachte. Er war vielleicht auch immer noch sauer, weil Lehrer Joensen herausgefunden hatte, dass ich nicht nur ein ganz besonderer Junge war, sondern ein bisschen *zu* besonders.

Dass in mir etwas fehlte. Dass sozusagen da, wo dieses Etwas hätte sein sollen, ein Loch war.

Wir blieben noch eine Weile stehen und schauten aufs Meer hinaus. Eine kleine Schar von Gryllteisten flog dicht über die Wellenkämme, aber Basstölpel sahen wir keine mehr. Trotzdem waren sie da, das wussten wir jetzt, und in zwei Monaten würde der Basstölpelzinken von ihnen und ihrem Dung weiß sein. Im Moment war das einzige Weiße der Schaum der Wellen, die um die lotrechte, gezackte Felssäule herum brodelten und kochten.

Peter folgte meinem Blick und versetzte mir einen Stups, ganz leicht, so, dass ich mich nicht darüber ärgerte.

»Er ist ganz allein nach oben geklettert«, sagte er, und ich wusste genau, dass er unseren Großvater meinte, und es war fast so, als hätte ich Omas Stimme gehört. Ich nickte und dachte an Opa, aber mehr noch an Oma und am meisten an den weißen Widder und die roten Blumen, die keine Blumen sind, und an den schwarzen, klaffenden Schlund des Grabes ...

Ein klapperndes Motorengeräusch drang vom Meer an mein Ohr.

»Da kommt ein Hubschrauber.«

Reidar legte den Kopf schräg.

»Ich kann nichts hören. Das ist bloß die Brandung.«

»David verhört sich nie«, sagte Peter. Und kurz darauf tauchte der Hubschrauber zwischen den Wolken auf wie ein schweres Insekt mit surrenden Flügeln auf Kurs Richtung Nordosten.

»AS 332, Super-Puma«, sagte ich. »Zwei Motoren zu je 1742 PS.«

»Der will sicher zu den Bohrinseln«, sagte Peter und ließ ihn nicht aus den Augen. »Wenn ich nur da oben sitzen könnte ...«, murmelte er. Die Erde unter meinen Füßen schien zu schwanken und zu schaukeln, als er das sagte, die Welt drehte sich und mir wurde schwarz vor Augen. So schrecklich war die Vorstellung, dass Peter – mein fester Fels, mein Hüter, mein großer Bruder – sich vielleicht eines Tages weit weg vom Dorf Arbeit suchen würde, so wie Reidars Bruder Marner und die anderen jungen Männer.

Dass er mich vielleicht eines Tages *verlassen* würde ... ich schob diesen Gedanken weg, er war zu groß und schwer, um ihn in mir zu tragen.

»Wir sollten uns wohl auf den Rückweg machen«, sagte Lehrer Joensen und schaute zum Himmel hoch. Im Süden war er plötzlich dicht bewölkt, auf Tangø ändert sich das Wetter schnell. »In den Wolken hängt sicher Regen oder auch Schneeregen.«

Wir hatten gerade die Felsblöcke erreicht – 178 lange Schritte nach unten –, als der Lärm losbrach.

Er war viel lauter als die Explosionen, an die wir uns inzwischen gewöhnt hatten. Ein schrilles, schneidendes Geräusch begleitete das tiefe Dröhnen, wie ein Donnerschlag, wenn das Gewitter direkt über einem ist, oder wie ein Schlag mit einer riesengroßen Peitsche – *Gottes Peitsche,* dachte ich, woher immer dieser Gedanke gekommen sein mochte. Ein Schwarm von Eissturmvögeln hob ab – sicher hatten sie ganz unten bei den Klippen gelegen, wo wir sie nicht sehen konnten –, und floh mit panischem Geschrei hinaus aufs Meer, während das Echo der Explosion zwischen Stejlhammar und Lambatinde hin und her rollte.

Denn es war eine Explosion, die dritte an diesem Tag, und sie kam wie immer oben aus dem Storfjeld.

»Da ist der Korken aus der Flasche geflogen«, sagte Hammel-Frej, und das war sicher auch eine Art Bildsprache, auch wenn es sich wie purer Unsinn anhörte.

Als wir den Leuchtturmhang erreicht hatten, sahen wir, was passiert war.

Unten im Storfjeld klaffte jetzt ein Loch, dicht bei dem ersten Steinhaufen, der den Wanderweg markierte. Ein rundes, schwarzes Loch. Als ob der Berg ein Auge geöffnet hätte, von dem wir noch nichts gewusst hatten. Das Auge starrte uns an.

Der 7. Februar 2007 war plötzlich zu einem noch außergewöhnlicheren Tag geworden.

Als wir näher kamen, konnten wir sehen, dass das Loch gar nicht so schön rund war, wie es uns aus der Entfernung vorgekommen war. Einige Männer in orangefarbigen Overalls liefen darin hin und her.

»Jetzt können wir nur hoffen, dass es für Fjeldvig gut und nützlich sein wird«, sagte Lehrer Joensen leise.

Die orangefarbigen Männer waren nicht *über* den Berg gekommen, sondern *hindurch*. Das Loch zog sich durch das gesamte Storfjeld. Papa hatte gesagt, das würde ihnen nie gelingen, aber jetzt war es passiert.

Ich hob den Blick und sah den Berg hoch, und ganz weit oben entdeckte ich Papa. Er hatte gerade mit dem Abstieg begonnen und sah vor dem Schnee wie eine kleine, schwarze Ameise aus.

Er hatte gesagt, es sei unmöglich.

Jetzt war es passiert, und ich dachte, dann könnte alles passieren. Diese Vorstellung gefiel mir ganz und gar nicht.

ZWEI

Ich sammelte alles Mögliche. Ich hatte 414 kohlschwarze Steine in einem der großen Kartons, in denen die Konservendosen für den Laden geliefert wurden, und 531 kreideweiße Steine in einem anderen. Als ich klein war, hatte ich gespielt, die weißen seien Schafe und die schwarzen Kühe. Jetzt lagen sie einfach in den Kartons und waren meine Steinsammlung, aber jeden Dienstag kippte ich sie auf den Boden und sah sie an und zählte durch, ob sie auch alle da waren.

Meine Sammlung von Napfschnecken lag in Styroporkästen, in denen wir normalerweise Obst und Gemüse bekamen, 12 Kästen mit je 50 Napfschneckenschalen. Napfschnecken sehen aus wie kegelförmige Muscheln, die am Ebbestreifen an Felsen und Steinen sitzen. Die Möwen schnappen sie sich und fliegen mit ihnen an Land, picken das Weiche heraus und lassen die Schalen im Gras liegen. Von außen sind die Muscheln grau und rau, aber innen schimmern sie perlmuttfarben und sind ganz glatt, sodass man einfach mit den Fingerspitzen darin herumfahren muss.

Aber meine größte Sammlung hatte ich im Kopf. Sie bestand aus Wörtern – allen möglichen Wörtern, besonderen

Wörtern, die entweder gut auf der Zunge lagen oder irgendwie eine besondere Kraft und Farbe hatten oder einfach neu und spannend waren.

Die besten Wörter in meiner Sammlung waren die Namen der Seevögel: Papageientaucher, Mantelmöwe, Basstölpel. Alte und starke Wörter, sie erinnerten mich an Treibholz, das lange im Wasser gelegen hat und steinhart geworden ist.

Teiste, Alk, Dreizehenmöwe ... Ich trug die Seevogelwörter mit mir herum wie Perlen an einer Kette. Wenn mir etwas zu viel wurde und alles in mir schwarz wurde und verschwamm und ich in dieses Loch in meinem Inneren sank, klammerte ich mich an die Wörter wie an einen Rettungsring und wiederholte sie immer wieder laut: »Raubmöwe, Atlantiksturmtaucher, Seeschwalbe, Eissturmvogel ... Papageientaucher, Mantelmöwe, Basstölpel ...« Die Wörter waren ein Zauberspruch, der mich stärkte.

Seit ich sprechen gelernt hatte, begleiteten mich die Seevogelwörter. Ich hatte viel früher und besser sprechen gelernt als normal, so früh und gut, dass meine Eltern mich »unseren kleinen Professor« genannt hatten. Aber die ganze Zeit kamen neue Wörter dazu ... »Helikopterlandeplatz«, »Bohrinsel«, »offshore«.

Und *Straßentunnel* ... Soweit ich mich zurückerinnern konnte, war dieses Wort von Zeit zu Zeit in aller Munde gewesen, um kurz darauf in Vergessenheit zu geraten, bis es irgendwann wieder auftauchte. Immer gab es Pläne, *Straßentunnelpläne,* aber aus diesen Plänen wurde nie etwas. Es war damit wie mit den exotischen Vögeln, die Tausende Kilometer von ihrem Kurs weggeweht worden waren und in Lehrer Joensens Vogelkoje (auch ein Wort in meiner Sammlung) landeten: Sie erregten Aufsehen, solange sie hier waren, aber sie waren und blieben fremde Gäste und hatten im Grunde nichts bei uns zu suchen.

Oder genauer gesagt, so war es bis zu dem Tag, an dem ich das Wort »Straßentunnel« aus dem Mund des Regierungspräsidenten hörte und es plötzlich kein Plan mehr war, sondern ein *endgültig beschlossener Plan.*

Es war Samstag, der 15. Oktober 2005 (Sonnenaufgang 07:55 Uhr, Sonnenuntergang 18:04 Uhr). Die Austernfischer waren längst nach Süden gezogen und die letzten jungen, graugefiederten Basstölpel hatten ihre Nester auf den Felskanten verlassen. Es war ein richtiger Herbsttag, es goss in Strömen, aber dennoch gingen wir Torf holen. Der Torf war draußen im Moor aufgestapelt, wo wir ihn im Frühling gestochen hatten. Er hatte den Sommer über trocknen sollen, aber bei dem vielen Regen in diesem Jahr war daraus nichts geworden. Die Torfstücke waren noch immer nass und schwer. Es war eine Plackerei, sie nach Hause unter das Schutzvordach zu schaffen, Peter mit der großen Schubkarre, ich mit der kleinen, Papa mit einer großen Weidenkiepe auf dem Rücken. Die kalten Tropfen liefen mir in den Kragen, die Schubkarre blieb im aufgeweichten Boden stecken.

Peter war sauer, das sagte er selbst, und man konnte es auch daran sehen, wie seine Mundwinkel sich nach unten zogen. Er hatte sich mit Reidar und Høgni und Kenny zu ihrem geheimen Klub treffen wollen, der »der Viererklee« hieß, aber daraus war nichts geworden, denn Papa hatte entschieden, dass wir Torf holen würden. Peter fluchte, als Papa es nicht hörte: »Verdammt!«, und: »Zum Teufel!« Er hatte keine Angst davor, den Namen des Teufels in den Mund zu nehmen, auch wenn seine Zunge vertrocknen könnte – wie Papa sagte. Ich zählte die Torfstücke, als ich sie in die Karre legte, und die Schritte, als ich lief, und dachte an Kreischenten. Unser Nachbar, Herfinn Hinkefuß, der außerdem Papas Vetter war, war am Morgen mit zwei Kreischenten vorbeigekommen, die er von seinem Boot aus geschossen hatte. Mama hatte sie sofort gerupft, und wenn sie nicht so tranig waren, dass sie erst in Buttermilch ziehen mussten, würden wir sie sicher zum Abendessen bekommen.

Es war schon dunkel geworden, als Papa seine Kiepe abstreifte und meinte, wir dürften das jetzt als vollbrachtes Tagewerk bezeichnen. Es regnete inzwischen noch heftiger und der Wind wurde stärker, die Schafe drückten sich am Zaun aneinander und kehrten dem Wind den Hintern zu. Der Lichtkegel des Leuchtturms streifte über die Insel und verwandelte die Augen der Schafe in Hunderte kleiner, leuchtender Punkte in der Dunkelheit. Hier und dort sickerte warmes Licht zwischen den Vorhängen durch, aber Straßenlaternen gab es nicht. Wir hatten nur den Strom, den wir mit dem Generator unten am Hafen erzeugen konnten, deshalb mussten wir sparsam damit umgehen.

Der Wind kam von Westen, er brachte das Brummen des Generators mit. Ich konnte es so deutlich hören, als ob ich danebenstände, auch wenn es 200 Meter weiter unten war.

Der fettige Geruch gebratener Ente hing im ganzen Haus, als wir hineinkamen. Die Fenster waren beschlagen, die Wärme hüllte mich ein.

Papa schnupperte: »Mmh. Da hast du es aber eilig gehabt.«

Mama lächelte. »Es waren zum Glück junge Vögel. Und Oma hat mir beim Rupfen geholfen.«

»Ach, das war aber keine besondere Hilfe.« Oma erhob sich mühsam aus dem Sessel am Ofen und kam auf uns zugetrippelt, trotz der Hitze in Wollschals eingewickelt. »Sehen die hier vielleicht aus wie Hände, die zum Rupfen taugen?«

Sie zog ihre mageren, runzligen Hände unter den Schals hervor, sodass wir sehen konnten, wie gichtverkrümmt sie waren. Sie sahen aus wie Vogelkrallen, aber trotzdem waren sie so weich und lieb, wenn sie mir über den Kopf strich. Oma durfte mich anfassen, wann sie wollte, wie Peter auch, das störte mich nicht.

Sie hustete und zog die Vogelkrallen wieder zurück unter die Wollschichten. »Wer würde meinen, dass diese Hände einst der flinksten Rupferin auf der ganzen Insel gehört haben! Zweiundzwanzig Papageientaucher konnte ich pro Stunde rupfen und keine andere schaffte mehr als zwanzig.«

»Jaja, Mama«, sagte Papa.

Oma seufzte. »Ach ja, das war eben damals, als es noch Papageientaucher gab, die regneten nur so vom Himmel, und euer Opa, Kinder ... euer Opa ... das war, ehe Gott ihn zu sich gerufen hat ... er war zu tüchtig und schön für diese Welt ...«

»Jaja, Mama«, sagte Papa noch einmal.

»Komm mir ja nicht mit deinem ewigen Jaja, Isak«, sagte

Oma mit scharfer Stimme. Isak – so hieß Papa mit Vornamen, aber nur Oma nannte ihn so. Die restliche Familie sagte Papa und alle anderen nannten ihn Post – oder selten auch Eliassen, wenn sie tatsächlich seinen Namen verwenden mussten.

Oma schob sich ihre kleine Brille weiter die Nase hoch und sah Peter an. »Du schießt ja vielleicht in die Höhe, Junge, das hast du sicher von Opa. Von deinem Vater kommt es jedenfalls nicht, dem bist du ja schon über den Kopf gewachsen!«

»Ach, so weit ist es doch noch nicht!« Papa richtete sich auf, er war rot im Gesicht, das kam sicher von der Hitze des polternden Ofens.

»Bitte zu Tisch. Das Essen ist fertig«, sagte Mama.

Wir aßen, aber natürlich erst, nachdem Papa das Tischgebet gesprochen hatte. Das Entenfleisch schmeckte köstlich, kein bisschen nach Tran, und dazu gab es Kartoffeln und gekochten Grünkohl. Die zerlegten Enten füllten zwei Schüsseln, aber die eine war für Sonntag reserviert. Mama kochte samstags immer schon vor, denn Gott hat den Sonntag als Ruhetag geschaffen, nicht dazu, mit Töpfen und Pfannen zu klappern.

Als wir mit dem Essen fertig waren, falteten wir wieder die Hände und dankten Gott, dem Herrn, dafür, dass Er uns diese leckeren Enten geschenkt hatte.

»Das war aber gar nicht Gott, das war Herfinn Hinkefuß«, sagte ich. Ich hatte doch selbst gesehen, wie Herfinn die Enten gebracht hatte.

Peter kicherte. Papa lächelte, runzelte aber auch die Stirn, deshalb konnte ich nicht erkennen, ob er böse oder froh war. Er erklärte mir, Herfinn sei Gottes Werkzeug gewesen. Kein

Sperling fällt zu Boden, ohne dass es Gottes Wille ist, und das muss doch auch für Enten gelten? Die Kreischenten waren sicher Gottes Belohnung für uns, weil wir so fleißig gearbeitet hatten, denn Faulheit ist des Teufels Kopfkissen, und es steht geschrieben, dass wir unser Brot im Schweiße unseres Angesichtes essen sollen.

»Wenn Faulheit des Teufels Kopfkissen ist, wieso ist es dann so gut, den ganzen Sonntag gar nichts zu tun?«, fragte Peter.

Das sei etwas ganz anderes, sagte Papa. Der Ruhetag sei Gottes Gnadengabe an uns Menschen, weil wir uns an den sechs anderen Tagen so abmühen müssten. Außerdem sei es durchaus nicht »nichts«, sich auszuruhen und sich in Gottes Wort zu vertiefen und Ihm für Seine Gaben zu danken.

»Und man weiß die Ruhe besser zu schätzen, wenn man sich vorher angestrengt hat«, endete Papa. »Am nächsten Samstag holen wir den restlichen Torf.«

Peter verdrehte die Augen. »Am nächsten Samstag? Da kann ich nicht!«

»Und warum nicht, wenn ich fragen darf?«, fragte Papa mit scharfer Stimme.

»Da will ich ... da bin ich mit Reidar und den anderen verabredet. Wir hätten uns heute treffen sollen, aber ich habe sie überredet, es auf nächsten Samstag zu verlegen, auch wenn ihnen das gar nicht passte.«

»Du tust, was dir befohlen wird! In diesem Haus bestimmst weder du noch Reidar!« Vater war jetzt ganz klar wütender Smiley, das Lächeln war verschwunden und er sprach viel lauter als nötig. Seine Stimme schnitt wie eine Säge. Meine Hände flogen zu meinen Ohren und in Gedanken sagte ich immer wieder die Seevogelnamen auf. *Alk, Teiste, Dreizehenmöwe ... Raubmöwe, Seeschwalbe, Atlantiksturmtaucher ...*

Mama stand auf und fing an, den Tisch abzuräumen.

»Stellt euch vor, ich dachte, ich hätte einen Zwerghahn rufen hören«, sagte Oma.

»Ich nicht«, sagte ich, »und ich höre doch eigentlich viel besser als du. Hier im Dorf hat niemand mehr Zwerghühner, seit Ziegen-Gordon seine geschlachtet hat.«

Mama schaltete den Fernseher ein.

»Jetzt kommen die Nachrichten.«

Auch im Fernseher schien es zu regnen. Papa und Peter liefen beide hinüber und rückten die Antenne gerade, aber davon wurde das Bild auch nicht klarer. Nicht die Antenne war das Problem, sondern die hohen Berge, die das Dorf umgaben.

»Da haben wir ja den neuen Regierungspräsidenten«, sagte Mama. »Wie heißt der doch noch gleich?«

»Kvifoss«, sagten Peter und ich wie aus einem Munde, in der Schule war viel über die Wahlen gesprochen worden.

»Pst«, sagte Papa. »Der redet über uns.«

»Über uns?«, fragte Oma. »Wir kennen den Mann doch gar nicht.«

»... der neue Straßentunnel wird unser letztes isoliertes Dorf mit dem Rest des Landes verbinden und Fjeldvig vor der drohenden Entvölkerung retten«, sagte der Regierungspräsident im Fernseher. »Seit Jahrzehnten ist schon die Rede von diesem Tunnel, doch Wörter sind nicht genug, wenn man neunzehntausend Kubikmeter Basalt sprengen muss. Aber heute kann ich Ihnen mit Stolz und Freude einen endgültig beschlossenen Plan für einen Straßentunnel zwischen Lakselv und Fjeldvig vorstellen.«

»Endgültig beschlossen ...!«, sagte Papa. »Wir sind ja nicht mal gefragt worden. Und wo soll dieser Tunnel denn verlaufen, das möchte ich ja mal wissen!«

»... 1.380 Meter durch das Storfjeld«, antwortete der Fernseher. Der Regierungspräsident war von einem Ingenieur abgelöst worden, der auf eine Landkarte zeigte.

»Durch das Storfjeld? Halten die sich denn für den allmächtigen Gott?«, rief Papa und beugte sich auf seinem Stuhl vor.

»... einspurige Fahrbahn mit Ausweichstellen alle hundert Meter«, sagte der Ingenieur. »Unter Vorbehalt der geologischen Überraschungen, mit denen man bei dieser Art von Bauprojekt immer rechnen muss, gehen wir davon aus, dass die Arbeiten beim Sprengen und Sichern des Tunnels jeden Tag im Schnitt sieben Meter vorankommen werden ...«

Papa schüttelte den Kopf und ließ sich zurücksinken.

»Durch das Storfjeld ...«, wiederholte er. »Das können die nicht. Das ist unmöglich.«

»1.380 Meter geteilt durch 7«, sagte ich. »Das macht 197 Tage.«

An diesem Abend konnte ich lange nicht einschlafen. Ein schwacher Schimmer des rotierenden Leuchtfeuers drang durch die dicken Vorhänge, aber nicht das hielt mich wach.

Ich dachte an das Storfjeld und an das Loch, das sie mitten hindurchbohren wollen.

Um Fjeldvig herum gibt es mehrere Bergmassive, aber das Storfjeld ist das größte, und nach ihm ist das Dorf benannt. Das Storfjeld ist an seiner höchsten Stelle 471 Meter hoch. An seiner Südseite fällt es senkrecht zum Meer ab. Beim Langen Kerl, wo der Wanderweg dicht an der Felskante entlangführt, sind es 213 Meter nach unten.

Wenn die Wolken vom Meer hereinzogen, stießen sie gegen das Storfjeld. Das Storfjeld störte Fernseh- und Mobilempfang, und das Storfjeld sperrte die Morgensonne aus, sodass das Sonnenlicht das Dorf erst mehrere Stunden nach Sonnenaufgang erreichte.

Das Storfjeld war größer und härter und massiver als alles andere, was ich kannte. Es ragte im Osten über dem Dorf auf und lag wie eine Mauer zwischen uns und der weiten Welt dort draußen. Im Frühjahr war es eher grün als braun, im Herbst war es eher braun als grün. In den letzten beiden Augustwochen färbte das Heidekraut den untersten Teil der Felswand helllila und an manchen Wintertagen war der ganze Berg schneeweiß, aber meistens sah man ihn nur als eine dunkle Schattierung im grauen Nebel.

Dreimal pro Woche machte sich Fjeldvigs Postbote auf den Weg über das Storfjeld und zurück. Fjeldvigs Postbote, das war mein Vater.

Und jetzt wollten sie ein Loch durch den Berg sprengen.

»David, schläfst du?«, flüsterte Peter aus dem oberen Bett, offenbar war er ebenfalls wach.

»Nein«, sagte ich. »Wieso fragst du?«

»Weil ich dich etwas fragen möchte«, sagte er.

»Was denn?«, fragte ich.

»Bist du nie genervt von Papa?«

Ich überlegte ein bisschen. War ich wohl genervt? Wie sollte ich feststellen, ob ich das war? Ich wusste es nicht.

»Nö. Doch. Ich weiß nicht«, sagte ich endlich.

»Ich wohl«, sagte Peter oben über mir. Und kurz darauf: »Meine Fresse, wie freu ich mich auf den Tunnel! Stell dir nur vor, weniger als eine Stunde zur Stadt, durch ein Loch!«

Ich musste eine Weile darüber nachdenken. Am Ende sagte ich:

»In der Stadt gibt es viel zu viele Menschen.«

Aber da war Peter offenbar eingeschlafen, denn er gab keine Antwort.

+++

Am nächsten Samstag konnten wir den restlichen Torf nicht holen (in dieser Woche war der Tag 37 Minuten kürzer geworden), aber das bedeutete nicht, dass Peter zum Viererklee-Treffen gehen konnte. Den Tag verbrachten wir nämlich vor allem damit, Waren in den Laden zu bringen. Es hätte normalerweise nicht so lange gedauert, aber das Drahtseil im Flaschenzug hatte sich verklemmt. So kommt es ja oft ... »Man soll den Tag nicht vor dem Abend loben«, wie Papa sagte.

Die Waren hätten eigentlich schon am Donnerstag eintreffen müssen, aber es wehte eine steife Brise und die *Havlitt* hatte nicht anlegen können, stürmischer Wind aus Nordwest (Windstärke 8 auf der Beaufortskala). Das, was wir Hafen nannten, war gar kein echter Hafen, sondern nur ein Betonkai mit einigen riesigen Duckdalben, die direkt ins Meer gerammt worden waren, also eigentlich nur ein Anleger. Die Menschen aus dem Dorf hatten ihre Jollen auf den Felsen hinter dem Kai liegen, und größere Boote wie die *Havlitt* legten nur lange genug an, um Güter und Fahrgäste an Bord zu nehmen oder von Bord zu lassen. Die *Havlitt* fuhr jeden Donnerstag von Lakselv nach Fjeldvig und zurück – dem Fahrplan nach zumindest, denn oft musste die Fahrt wegen des Wetters verschoben werden. Noch immer war die Rede vom Winter 1998/99, als die *Havlitt* sieben Wochen am Stück in Lakselv gelegen hatte.

Papa, Peter und ich gingen nach dem Frühstück mit Handwagen und Schubkarren zum Hafen, um bereit zu sein, wenn die *Havlitt* anlegte. Der Wind hatte sich im Laufe des Freitags gelegt, aber als wir auf den Teufelssturz kamen, konnten wir sehen, dass die Wellen noch immer weiße Schaumkronen hatten. Papa zog den Handwagen, auf dem die Schubkarren lagen, Peter und ich waren den Hang hoch hinterhergetrottet. Als wir am Helikopterlandeplatz vorüber waren und es wieder abwärts ging, mussten wir ihn alle drei festhalten, damit der Wagen nicht zu viel Tempo aufnahm und in der Kurve am Steinrutsch über die Kante sauste. Bei einem der schrecklichen Unwetter des Winters vor sieben Jahren hatte sich ein Vogelfelsen von der Insel losgerissen und war mit Nistsimsen, Schafspfaden und allem ins Meer gestürzt. Dadurch war der Abgrund 30 Meter näher gerückt, bis zum Rand des Weges.

Wir stellten den Handwagen beim Generatorhaus ab und gingen über den schmalen, steilen Weg und über die noch steilere Betontreppe mit den 167 Stufen zum Hafen hinunter. Der Anlegeplatz war dort gebaut worden, wo die Felsküste am niedrigsten ist, aber es waren immer noch 60 Meter bis nach unten. Neben der Treppe gab es eine Schrägrampe mit einer Eisenschiene und einer Art mit Drahtseilen gezogenen Lore, um Waren zu transportieren.

Eine kleine Schar Eiderenten *(Somateria mollissima)* lag ganz unten am Kai, schwamm aber weiter hinaus, sowie die Tiere uns entdeckten. Ein Nebelschleier hing vor den Berggipfeln, auf dem offenen Meer aber war es klar.

Wir warten eine Dreiviertelstunde, dann sahen wir die *Havlitt* um die Felsspitze beim Teufelssturz biegen und folgten ihr für die nächsten zwanzig Minuten mit Blicken, während sie sich schlingernd die Küste entlangpflügte. Die *Havlitt* war ein alter umgebauter Fischkutter, sie konnte ziemlich harte See ertragen, aber ich wusste aus eigener Erfahrung, wie heftig sie selbst auf die geringste Dünung reagierte.

»Kommt doch endlich rein!«, rief Peter ungeduldig, denn es sah aus, als ob das Boot vorüberfahren und Kurs auf den Seehundskopf nehmen wollte. Aber Peter wusste natürlich so gut wie wir, dass es daran lag, dass der Kapitän den Seejungfrauen ausweichen wollte, den tückischen Felsen unter der Wasseroberfläche, die in Sekunden einen hölzernen Schiffsboden aufreißen können. Und richtig, gleich darauf schwenkte die *Havlitt* scharf nach rechts und kam geradewegs auf uns zu.

Zwei Minuten danach schlug sie gegen die Autoreifen, die seitlich die Kaimauer dämpften. Ein junger Matrose auf dem Vorderdeck warf uns die Vertäuungen zu und wir zurrten sie fest, aber das Schiff hob und senkte sich weiterhin und der hölzerne Rumpf rieb quietschend an den Gummireifen. Der Kapitän kam heraus und winkte uns zu – er hieß Teis und hatte immer eine brennende Stummelpfeife im Mund – und machte sich bereit zum Löschen der Ladung. Es waren keine Fahrgäste an Bord und auch sonst nur die Waren für unseren Laden, die auf drei Paletten in Kisten aufgestapelt waren.

»Frischer Nachschub, Post!«, rief Teis und schwenkte den Ladebaum über die Mole. Papa und Peter rannten hin und hielten die Palette fest, während sie langsam nach unten gelassen wurde. Sie lösten die Haken, und die Ketten schleiften über den Asphalt, als Teis den Ladebaum zurückschwenkte. Der Dieselmotor der *Havlitt* pochte träge und dumpf im Leerlauf unter Deck und hustete fettige Rauchwolken durch das Blechrohr, das sich als Schornstein ausgab.

»In einem oder zwei Jahren hast du das hier nicht mehr nötig«, sagte Kapitän Teis und nickte zum Flaschenzug und der Schrägrampe mit der Güterlore hinüber.

»Wie meinst du das?«, fragte Papa und streckte die Hände nach der zweiten Palette aus.

»Der Tunnel, Post!« Teis lachte schallend mit der Pfeife zwischen den Zähnen. »Der wird dir und mir eine Menge Arbeit wegnehmen.«

»Der Tunnel? Ach, lass sie reden«, sagte Papa. »Aus diesem Tunnel wird nie etwas. Der Mensch denkt, aber Gott lenkt.«

»Ach, so siehst du das also, Post? Wir werden sehen, wir werden sehen.«

Die dritte und letzte Palette wurde ausgefahren und Teis gab mir ein Zeichen, die Vertäuungen zu lösen, er wollte nicht länger als unbedingt nötig an dem ungeschützten Kai liegen. Gerade jetzt war hier in der Bucht kein besonders starker Wellengang, aber man wusste nie. Sogar an einem windstillen Tag konnte plötzlich ein riesiger Brecher vom Ozean hereinrollen und weiße Gischt vierzig Meter in die Luft wirbeln, wenn er gegen die Felsen donnerte.

»Also dann bis zum nächsten Mal, jetzt könnt ihr in dieser Wildnis ja wieder eine Weile überleben.«

Das Dröhnen des Dieselmotors wurde immer schwächer, während wir die Kästen zum Flaschenzug schleppten und begannen, die Lore zu beladen. Es war leicht zu sehen, dass nicht alles auf einmal Platz finden würde, deshalb lief Peter die Treppe hoch, um sofort ausladen zu können, wenn die Lore oben ankam. Inzwischen hoben Papa und ich die letzten Kästen auf die Lore und befestigten sie mit Riemen, dann setzte Papa den Flaschenzug in Gang. Die Drahtseile spannten sich, und die rostigen Räder kreischten über die Schiene, als die Lore die steile Rampe hochgezogen wurde.

Als er abgeladen hatte, lief Peter mit der Lore um die Wette nach unten und gewann. Er dachte wohl an seinen geheimen Klub und konnte nicht schnell genug fertig werden. Die Sonne stand schon so hoch am Himmel, wie es um diese Jahreszeit überhaupt nur möglich war.

»Ganz ruhig, wir schaffen schon alles«, sagte Papa. Aber

als die Lore auf halber Höhe angekommen war, verkeilte sich das Drahtseil zwischen Rad und Schiene, und sosehr Papa und Peter auch zogen und zerrten, sie konnten es nicht losbekommen.

Also schickte Papa Peter zum Schmied. Doch der Schmied war zu Allan und Karen hinübergegangen, wo ein Wasserrohr geborsten war, das er zuerst reparieren musste. Inzwischen gingen wir zum Mittagessen nach Hause. Der Schmied schaute herein, nachdem er bei Allan und Karen fertig war, und wir gingen gemeinsam zurück zum Hafen. Er befreite das Drahtseil und justierte die Rollen des Flaschenzuges und dann konnten wir endlich die Lore mit den letzten Waren hochziehen. Wir hoben die Waren auf die Schubkarren, schoben sie mühselig den steilen Weg hoch und beluden dann den Handwagen, der jetzt so schwer war, dass wir ihn niemals den Hang zum Helikopterlandeplatz hätten hochschaffen können, sodass wir den Umweg um das Südende des Dorfes machen mussten.

Es war halb vier, als wir anfingen, die Kästen ins Haus zu bringen und die Waren auszupacken und einzuräumen.

Unser Laden war auch Post und Apotheke, Papa brachte die Apothekenware mit, wenn er in Lakselv die Post holen ging. Dienstags und donnerstags stand er oft hinter dem Tresen, aber in meinen Gedanken war der Laden immer Mamas Reich. Sie bestellte außerdem die Waren und rechnete ab.

»David, du kannst die Konserven nehmen«, sagte Papa. »Ich bringe Bier und Wasser ins Haus, und du, Peter, füllst Kohlenkasten und Tiefkühltruhe auf.«

Schon als Kind hatte ich die Aufgabe gehabt, die Konservendosen einzuräumen. »David liebt es, bei den Konservendosen zu helfen«, sagte Mama schon damals. Ich wusste nicht, was sie mit »liebt« meinte – »lieben« war ein schweres Wort, viel schwerer als zum Beispiel »Helikopterlandeplatz« oder »Flaschenzug« – aber wenn ich die blanken, glatten Dosen mit den knallbunten Etiketten auspackte und sie in den Regalen aufeinanderstapelte, während ich sie zugleich zählte (geschälte Tomaten in einem Fach, Ananasringe im zweiten, Spargelabschnitte im dritten) wurde ich innerlich genauso glatt und blank. Die ganze Welt schien zu schrumpfen und nur noch aus den Dosen, meinen Händen, die sie hielten, und meinen Augen, die sie ansahen, zu bestehen. Die Wörter auf den Etiketten kamen in meine Wörtersammlung, ich wiederholte sie in Gedanken, »Spargelabschnitte, Ananasringe, geschälte Tomaten«, bald darauf sagte ich sie dann laut, »Spargelabschnitte, Ananasringe, geschälte Tomaten«, und diese Wörter wurden zu einem Spruch, einem Lied. Einem beruhigenden, vertrauten Lied, das ich schon gekannt und gesungen hatte, als ich ... ja, wie alt war ich damals wohl? Vier oder fünf, ich weiß es nicht sicher, aber ich erinnere mich genau daran, wie Mama mich zum ersten Mal diesen Spruch aufsagen hörte ...

»Spargelabschnitte, Ananasringe, geschälte Tomaten«, singe ich in Gedanken.

Ich habe einige Dosen eingeräumt, aber noch immer sind sehr viele übrig, weil ich die obersten Regalfächer nicht erreichen kann. Es ist Sommer, die Sonne hängt über den Schornsteinen von Aslaugs und Rolfs Haus, ihr Licht hat dieselbe Farbe wie Bernstein, wenn es durch das gelbbraune Zellophan fällt, das Mama zum Schutz vor den Sonnenstrahlen vor das Fenster gehängt hat.

Mamas geschäftige Füße laufen immer wieder vorbei, sie trägt unter ihrem Rock rote Wollstrümpfe. Ich sitze auf dem hellgrauen Linoleumboden, zwischen Tresen und Gefriertruhe, im Linoleum hat ein glühender Zigarettenstummel einen tiefen Krater hinterlassen. Ich lege eine Dose Ananasringe auf die Seite und rolle sie vorsichtig mit den Fingerspitzen bis zu dem kleinen, schwarzen Krater und wieder zurück, zum Krater und wieder zurück. Die Welt schrumpft, ich werde innerlich ganz blank und glatt, und während ich meinen Spruch halb singe, halb sage, kommen die Wörter aus meinem Mund: »Spargelabschnitte, Ananasringe, geschälte Tomaten ...«

»Bist du denn ganz in Gedanken versunken, David?« Mamas Füße kommen wieder vorbei. Ich gebe keine Antwort, meine Augen haben sich an der langsam kullernden Dose festgesaugt, und jetzt kommen auch andere Wörter heraus.

Mutters Füße halten plötzlich inne.

»Sag mal, was murmelst du eigentlich?«

Ich schaue auf. Sie bückt sich, ihre Augen sind groß.

»Vollkonserven«, sage ich. »Nettogewicht.«

»Woher hast du denn diese Wörter?« Ihre Augen werden noch größer.

Die stehen auf dem Etikett, das kann sie ja wohl selbst sehen.

»Die stehen auf dem Etikett ...«

DREI

»Tangø und die anderen Inseln unseres Landes wurden vor Jahrmillionen von unterseeischen Vulkanausbrüchen aus Lava und Asche gebildet. Lava und Asche erstarrten und wurden zusammengepresst, und wenn ihr an den Felshängen genau hinschaut, könnt ihr deutlich sehen, dass zwei Sorten Steine übereinandergeschichtet sind. Unser liebes Tangø ist also ein riesiger Schichtkuchen.«

Lehrer Joensen hatte einen geschichteten Felshang an die Tafel gezeichnet, während er das sagte, und jetzt malte er darauf eine Geburtstagskerze, sodass der Felsen wirklich aussah wie ein Kuchen mit vielen Schichten. Ich lachte, alle lachten ein bisschen, aber ich konnte einfach nicht wieder aufhören. Tangø ein Schichtkuchen? Das war eine Art Bildsprache, die ich sehr gut verstand, aber dennoch ... Ich konnte fast hören, wie die Felsen mit den Zähnen knirschen würden, wenn jetzt ein Riese durch das Meer gewatet käme und sich einen ordentlichen Mundvoll Kucheninsel schnappte. Es war zu verrückt!

»David ...« Lehrer Joensen sah mich an und hob die linke Hand, und ich hörte auf zu lachen. Das war eines von den Zeichen, die wir verabredet hatten.

»Wie gesagt, unsere Insel ist vor Jahrmillionen aus dem Meer gestiegen«, sagte er dann. »Und in Jahrmillionen wird sie wieder ins Meer gesunken sein. Warum wird sie das? Ja, weil die Aschenschichten viel weicher sind als die Lavaschichten. Wenn die Wellen gegen die Küste schlagen, nagen sie sich in die weiche Ascheschicht. Anfangs machen sie nur eine kleine Vertiefung, aber im Laufe der Jahrtausende werden diese Vertiefungen zu Grotten und Höhlen, und auf diese Weise untergräbt das Wasser die Küste von außen her. Gleichzeitig wird sie auch von oben her angegriffen, denn wenn es regnet, sickert das Wasser in die kleinen Spalten in der weichen Ascheschicht, und dann kommt der Frost und weitet sie. Am Ende treffen sich die Spalten von oben mit den Höhlen von unten, und eines schönen Tages löst sich ein Stück des Berges – groß oder klein – und stürzt ins Meer ... Ich dachte eigentlich, dass ihr das mit eigenen Augen sehen solltet, aber ehrlich gesagt, das Wetter ist nicht danach.«

Der Novemberregen peitschte gegen die Fensterscheiben des Schulzimmers. Es war stockfinster gewesen, als wir zur Schule gegangen waren, und kurz nachdem wir nach Hause gekommen wären, würde es wieder dunkel werden.

»Nein, wir bleiben im Warmen, aber ihr könnt vielleicht einige Stellen nennen, wo wir das Verfallen der Küste beobachten können? – Ja, Høgni?«

Høgni hatte die Hand gehoben. Er räusperte sich, er war im Stimmbruch und seine Stimme kippte immer wieder. »Unten am Steinrutsch. Da ist vor einigen Jahren ein großes Stück Küste abgebrochen.«

»Im Winter 1998/99«, sagte ich.

»Ganz richtig, Høgni«, sagte Lehrer Joensen. »David hat auch recht, es war im Winter 98/99, aber vergiss nicht, aufzuzeigen, David, ja? – Ja, Peter?«

»Die Seehundsmädchengrotte und das Siedeloch«, sagte mein großer Bruder. Lehrer Joensen nickte und sagte, das seien zwei gute Beispiele dafür, wie das Meer sich tief in die Felsen gebohrt habe, lange ehe die Menschen auf dieselbe Idee gekommen seien.

Brenda und Nelly hatten ebenfalls die Hände gehoben, aber ich hörte nicht, was sie sagten, denn ich musste an Omas Geschichte vom Seehundsmädchen denken und versank in Gedanken, und als ich wieder aus diesen Gedanken auftauchte, redete Lehrer Joensen schon weiter.

»Denkt an das weiche Wasser, das durch unsere Finger rinnt«, sagte er. »Und denkt an den harten Felsen, an dem man sich die Finger blutig schlägt. Was ist stärker, das Wasser oder der Felsen? Wir sehen, wie die Wellen an der Küste zu Schaum gepeitscht werden, und denken, der Fels muss stärker sein. Aber auf die Dauer ist es das Wasser. Am Ende gewinnt immer das Wasser. Der Fels ist die Zeit, das Wasser ist die Ewigkeit.«

Das Letzte verstand ich nicht, aber es klang gut, und ich prägte mir diesen Satz ein.

Lehrer Joensen wischte die Tafel sauber und schaute auf die Uhr. »Das, worüber wir in dieser Stunde gesprochen haben, wird Geologie genannt. Ihr findet es vielleicht seltsam, über Geologie zu reden, wo unser heutiges Thema doch Tunnel sind, aber es ist so: Wenn man einen Tunnel graben will, muss man sich zuerst mit Geologie auskennen. In der nächsten Stunde sehen wir uns alte Landkarten von Tangø an, die einiges davon zeigen, was wir soeben erwähnt haben, und danach werden wir konkret mit Tunneln arbeiten. Ich finde also, dass wir für das Treffen heute Abend gut aufgestellt sind. Aber jetzt ist erst mal Pause.«

»Gut aufgestellt«, das verstand ich nicht. Ich war müde, nachdem ich so lange zwischen den anderen gesessen hatte, mir brummte der Kopf.

Ich zog mein Pausenbrot aus der Tasche und setzte mich in meine Nische.

Mama hatte mir als Extraleckerbissen ein Hühnerbein zu meinem Pausenbrot gelegt, es war in Alufolie eingepackt. Das war eine schöne Überraschung.

Es war der 27. November 2005, die Sonne würde um 15:14 Uhr untergehen, und 4 Stunden und 46 Minuten danach würde sich das ganze Dorf zu einer Versammlung treffen. Oder einer *Anhörung*, wie sie das nannten, noch ein neues Wort, *Tunnelanhörung*. Jemand von der Regierung würde anwesend sein. Die Versammlung oder Anhörung würde im Schulzimmer abgehalten werden, dem einzigen Raum in Fjeldvig, der genug Platz für so viele Menschen bot. Also abgesehen von der Kirche, aber das hier hatte schließlich nichts mit Gott zu tun.

Ich hatte im Computer gesehen, dass die größte Schule der Welt *City Montessori School* hieß und in Indien lag. Sie hatte zu diesem Zeitpunkt 32.116 Schülerinnen und Schüler, das waren 32.102 mehr als die Schule in Fjeldvig, die 13 mehr hatte als die kleinste der Welt in China, mit nur einem Schüler. Die Schule von Fjeldvig hatte mit anderen Worten damals 14 Schüler. Das war, ehe Høgni und Malja abgegangen waren und die Zugezogenen dazukamen.

Als ich das Hühnerbein abgenagt hatte, summte mein Kopf nicht mehr und ich setzte mich mit den Schwarzbrotschnitten zu Peter. Neben Peter saß Reidar, beide waren konfirmiert und gehörten zu den Großen. In der Klasse gab es drei Gruppen, die Großen, die Kleinen und die Mittleren. Auf gewisse Weise gehörte ich zu den Mittleren, aber man konnte auch sagen, dass ich irgendwie eine Gruppe für mich war. Eine Einmanngruppe.

Reidar war damit beschäftigt, Malja Papierkugeln in den Nacken zu werfen. Bei den ersten beiden Malen drehte sich Malja um, aber als er nicht aufhörte, schüttelte sie einfach nur den Kopf, damit die Papierkugeln aus ihren Haaren fielen. Aber so machte Reidar die Sache mit den Papierkugeln keinen Spaß mehr. Er machte jetzt eine Zeichnung und hob sie hoch, sodass die ganze Klasse außer Malja und Brenda sie sehen konnten. Die Zeichnung stellte ein Mädchen dar, und es sollte bestimmt Malja sein, denn darunter hatte er geschrieben:

»MALJA BALJA BALLERARSCH«

Alle lachten. Ich lachte auch, obwohl ich nicht sehen konnte, was an der Zeichnung so witzig war. Es war eine schlechte Zeichnung, sie hatte keine Ähnlichkeit mit Malja, denn die hatte zwar einen großen Hintern, aber rund wie ein Ball war der wirklich nicht, oder es müsste ein reichlich platter Ball sein. Ihre Haare standen auch nicht nach allen Seiten ab, wie auf dem Bild, sie waren lang und glatt, und ich fand sie schön.

Høgni lachte übrigens auch nicht, er lief rot an und schaute weg. »Meine Fresse, du bist ja vielleicht kindisch«, sagte er zu Reidar, dann stritten sie sich und Høgni fragte Reidar, ob der eine in die Fresse wollte.

Aber da kam Lehrer Joensen herein und sofort war alles still. Die Pause war zu Ende.

Lehrer Joensen hatte den Overheadprojektor dabei. Er hängte unsere Tangøkarte über die Tafel und projizierte eine ältere Karte der Insel daneben auf die Leinwand.

»Unsere Karte stammt aus dem Jahr 2004, die andere ist über 150 Jahre alt. Wenn wir die beiden Karten miteinander vergleichen, können wir sehen, was mit der Küste passiert ist. Versucht jetzt, den Basstölpelzinken und den Hammelfelsen zu finden.«

Auf der neuen Karte war das kein Problem, denn die beiden frei stehenden Felssäulen im Meer waren als kleine Inseln vor der Küste eingezeichnet. Aber auf der alten Karte waren sie nicht zu sehen. Oder genauer gesagt, das waren sie, aber damals standen sie noch auf dem Festland. Seither war ein breiter Küstenstreifen ins Meer gerutscht und nur die beiden harten Felsen waren übrig geblieben, abgetrennt vom restlichen Tangø.

»Tangø schrumpft«, sagte Lehrer Joensen. »Zum Glück geht es nicht sehr schnell und es ist noch genug übrig. Aber wenn der Tunnel nicht beschlossen worden wäre, hätte der Helikopterlandeplatz bald weiter ins Land hineinverlegt werden müssen. Der Boden ist draußen beim Teufelssturz nicht sicher genug, es gibt einige tiefe Felsspalten. Jetzt ist es aber egal, denn wenn der Tunnel erst da ist, wird der Helikopter ja nicht mehr gebraucht.«

Und damit waren wir beim Thema des Tages angekommen, dem Tunnel nach Fjeldvig. Wir fingen mit einer kleinen Probeabstimmung an. Zuerst sollten die aufzeigen, die gegen den Tunnel waren. Vier von den Kleinen hoben die Hand, und ich auch, denn ich wusste ja, dass Papa dagegen war. Dann fragte Lehrer Joensen, wer dafür sei. Alle neun anderen hoben eine Hand, und ich tat das auch, denn Peter war dafür.

Lehrer Joensen lächelte. »Die Jugend von Fjeldvig steht dem Tunnel offenbar positiver gegenüber als die Einwohner insgesamt und das ist hervorragend, denn ihr müsst ja am längsten damit leben. Mir geht es wie David, ich bin dafür und dagegen. Ich bin darauf gespannt, was der Regierungsvertreter heute Abend zu sagen hat, aber eines glaube ich ganz sicher: Der Tunnel kommt, egal, ob es uns passt oder nicht.«

Dann mussten wir an unterschiedlichen Aufgaben arbeiten, die allesamt etwas mit dem Tunnel zu tun hatten. Die Kleinen bekamen A4-Bögen mit einer Karte von Tangø, in die sie den Tunnel und die neue Asphaltstraße einzeichnen sollten. Die Mittleren sollten ausrechnen, wie viel Dynamit benötigt würde und wie viele Kubikmeter gesprengter Fels jeden Tag hinausgeschafft werden müssten. Die Großen sollten sich in Zweiergruppen zusammensetzen und diskutieren, was der Tunnel für die Lokalbevölkerung bedeuten würde.

»Die Lokalbevölkerung, sind das wir in Fjeldvig?«, fragte ich, und so war es. »Aber David, nicht vergessen, immer melden«, fügte Lehrer Joensen hinzu und sagte, ich solle mich an den Computer setzen und sehen, was ich herausfinden könnte, wenn ich das Wort »Straßentunnel« googelte.

Das war eine gute Aufgabe, fand ich. Die Rechenaufgaben wären für mich sicher zu einfach gewesen. Das, was die Großen machen sollten, wäre zu schwer.

Zu Hause hatten wir keinen Computer, aber in der Schule gab es zwei. Den einen benutzte ich, der stand ganz hinten im Schulzimmer in meiner Nische. Der andere war für die übrigen 13 und stand auf einem kleinen Tisch neben dem Pult.

»David hat seinen eigenen Computer, weil er den braucht«, sagte Lehrer Joensen, wenn sich deshalb jemand beschwerte.

Google ist die beste Erfindung aller Zeiten. Beim Googeln findet man Antworten auf alle Fragen, die man sich nur ausdenken kann. Das mit der größten und kleinsten Schule auf der Welt hatte ich zum Beispiel von Google.

Jetzt schrieb ich »längster Straßentunnel« und wenige Sekunden später war ich schon viel klüger. Der längste Straßentunnel der Welt ist der Lærdalstunnel, der in Norwegen liegt und am 27. November 2000 für den Verkehr freigegeben wurde, also vor genau fünf Jahren. Wenn ich ihn nicht gegoogelt hätte, hätte ich vielleicht niemals entdeckt, dass heute der fünfte Geburtstag des Lærdalstunnels war. Das war eine seltsame Vorstellung. Und es zeigte wieder, wie nützlich Google ist.

Ich wurde innerlich ganz glatt und blank, während ich auf dem Bildschirm las und Notizen machte. Ich lese schnell, aber ich hatte über 12.000 Treffer. Ich hatte das Gefühl, dass kaum Zeit vergangen war, als Lehrer Joensen klingelte.

»Sollen wir unsere Ergebnisse nicht präsentieren?«, fragte ich, aber das ging jetzt nicht mehr. Wir sollten zusammenpacken. Das ärgerte mich, ich hatte vier Seiten mit Notizen, die ich unbedingt vortragen wollte.

»Aber wir sehen uns heute Abend ja schon wieder«, sagte Lehrer Joensen und bat die Großen, eine halbe Stunde länger zu bleiben und dabei zu helfen, für die Anhörung die Tische hinauszutragen und Klappstühle aufzustellen.

»Muss mein Tisch auch weg?«, fragte ich. Das musste er, und deshalb war ich verärgert und besorgt und musste die Arme ganz fest über der Brust verschränken, damit sie nicht um sich schlugen. Aber Lehrer Joensen versprach, dass meine Nische, wenn ich am nächsten Tag in die Schule käme, genauso aussehen würde wie sonst auch, mit Tisch und Stuhl und allem, und da beruhigten sich meine Arme wieder.

+++

Es war seltsam, abends in der Schule zu sein, zusammen mit meinen Eltern. Das Pult war noch immer da, mit dem Overheadprojektor und zwei brennenden Kerzen. Aber im Rest des Schulzimmers standen jetzt dichte Stuhlreihen. Einige von den Kleinen mussten auf dem Schoß sitzen, denn das ganze Dorf hatte sich eingefunden, abgesehen von Johnny und Kevin, die noch immer oben bei Svalbard waren, und Arnfinn, der auf einer Bohrinsel arbeitete. Und natürlich Ziegen-Gordon, der war ja im Krankenhaus.

Aber ansonsten waren wir alle da und viele hatten sich fein

gemacht, wie sonst nur zum Gottesdienst und zu Beerdigungen und solchen Anlässen. Fiona hatte die kleine Fran in einem Korb auf dem Schoß. Reidars großer Bruder, Marner, und ihr Vater, Wolle, hatten beide eine Woche frei von der Bohrinsel und waren ebenfalls gekommen, aber Reidar saß nicht mit ihnen zusammen, er hatte sich neben Malja in die hinterste Reihe gezwängt. Sie kicherten und tuschelten, und ich fand das ganz schön seltsam, wo er doch früher an diesem Tag so gemein zu ihr gewesen war.

Wir setzten uns so, dass ich am Rand saß, damit ich rausgehen könnte, wenn ich das brauchte. So hatten wir das abgemacht.

Lehrer Joensen leitete die Diskussion. Er bedankte sich für den regen Zustrom und hieß willkommen zur Tunneldebatte, fügte jedoch hinzu, dass es hier in Fjeldvig durchaus einige gebe, die diese Anhörung reichlich spät fanden, da ja schon ein »endgültig beschlossener Plan« für den Bau vorliege. Danach bedankte er sich bei Herrn Næss, dem Regierungsvertreter, der die doch ein wenig beschwerliche Reise hierher auf sich genommen hatte, und erteilte ihm das Wort.

Herr Næss trat ans Pult und stellte sich als »Regierungsvertreter« vor. Er trug Jeans und einen schwarzen Rollkragenpullover und sagte als Erstes, er habe aus den Bemerkungen des Diskussionsleiters über diese Anhörung einen kritischen Unterton herausgehört. Deshalb wolle er doch betonen, dass bei der Entscheidung über das Tunnelprojekt alle demokratischen Spielregeln haargenau befolgt worden seien und dass die Regierung diese Anhörung ja genau deshalb angesetzt habe, um der Lokalbevölkerung eine Einflussnahme auf konkrete Einzelheiten zu ermöglichen.

Die Lokalbevölkerung, damit war wohl die Dorfgemeinschaft gemeint, also wir.

Der Regierungsvertreter war über seinem schwarzen Rollkragen blass wie ein Klippfisch. Er war am späten Nachmittag hergebracht worden - eine Sondertour mit der Havlitt - und hatte sich übergeben, noch ehe sie den Hafen von Lakselv verlassen hatten. Das wusste ich von meinem Vater, der es von Herfinn Hinkefuß wusste - Fjeldvigs wandelnder Nachrichtenzentrale -, und der hatte es von Kapitän Teis persönlich.

Regierungsvertreter Næss hatte eine Karte über die geplante Tunnel- und Straßenanlage bei sich. Nach einigen Versuchen konnte er den Overheadprojektor richtig einstellen und stellte das Projekt kurz vor. Das meiste wussten wir schon aus dem Fernsehen, neu war nur, dass die Bauarbeiten am Tunnel bereits in diesem Frühjahr aufgenommen werden sollten.

Der Regierungsvertreter wischte sich den Schweiß von der Stirn, schaltete den Overheadprojektor aus und sah Lehrer Joensen an, der sagte, jetzt sei die Diskussion eröffnet, wir könnten alle nach Herzenslust Fragen stellen und unsere Meinung sagen.

Die Leute starrten ihre Hände an und es wurde sehr still. Die Einzige, die zu hören war, war Malja, die versuchte, ein Kichern zu unterdrücken.

»Aber wenn niemand etwas auf dem Herzen hat«, sagte der Regierungsvertreter und fing an, seine Unterlagen zusammenzusuchen.

»Jaja, dann lassen Sie mich altes Weib mal was sagen, wenn sonst niemand will«, sagte Kari aus Kæret. »Ein Loch den ganzen Weg durch den Berg, erzählen Sie, aber ... ist das denn überhaupt möglich?«

Regierungsvertreter Næss lächelte müde und versicherte, es sei möglich. Es sei eine große und anspruchsvolle Aufgabe, das stehe fest, aber es gebe jede Menge Erfahrung mit Straßentunneln, auf die man aufbauen könne. »Alles in allem ist der Fjeldvigtunnel ja eher von der kleineren Sorte«, sagte er. »Wir reden hier von 1.380 Metern, aber erst vor wenigen Jahren wurde in Norwegen der Lærdalstunnel eingeweiht, ein Straßentunnel von nicht weniger als 25 Kilometern.«

»24.510 Meter«, sagte ich.

»Sieh an, hier haben wir ja noch einen Tunnelexperten«, sagte Regierungsvertreter Næss. Alle drehten sich zu mir um, aber ich starrte zur Tafel nach vorn und fügte hinzu:

»Im Lærdalstunnel gibt es 15 Wendestellen für Busse und Lastwagen. 3.325 Tonnen Dynamit waren nötig, um ihn zu sprengen, und 200.000 galvanisierte Stahlbolzen, um ...«

»David, aufhören!«, flüsterte Peter mir ins Ohr und ich verstummte abrupt.

Einen Moment lang starrte der Regierungsvertreter mich nur an. Dann sagt er: »Ja, damit wäre dann der Drops gelutscht, wie man sagt.« Marner und zwei andere lachten schallend.

»Weitere Fragen oder Kommentare?«, fragte Lehrer Joensen. »Ja, Schmied?«

Der Schmied wollte wissen, wann der Tunnel denn fertig sein solle.

»Die Ingenieure rechnen damit, dass sie pro Tag sieben Meter sprengen können«, sagte Regierungsvertreter Næss. »Das klingt vielleicht nicht gerade großartig, aber wenn an allen sieben Wochentagen gearbeitet wird, macht das immerhin pro Woche fast fünfzig Meter aus, also ist es keine unrealistische Erwartung, dass das Loch um den Jahreswechsel 2006/07 fertiggestellt werden kann. Danach wird ...«

»Moment mal«, fiel Papa ihm ins Wort. »An allen sieben Wochentagen, haben Sie gesagt. Das ist doch hoffentlich nicht so zu verstehen, dass auch sonntags gearbeitet werden soll?«

Der Regierungsvertreter legte den Kopf schräg und blinzelte: »Doch, soll es. Wo ist das Problem?«

»Wenn Sie das dritte Gebot vergessen haben sollten, will ich Sie gern daran erinnern«, sagte Papa. »Gedenke, dass du den Sabbat heiligst.«

Einige der alten Leute murmelten beifällig.

»Ich kann diese Ansicht gut verstehen«, sagte der Regierungsvertreter. »Aber wir müssen auch daran denken, wie viel Geld wir in jeder Stunde vergeuden, in der die teuren Maschinen stillstehen.«

»Sie setzen den Mammon höher als das Gebot des Herrn«, sagte Papa und war plötzlich fast ebenso bleich wie der Regierungsvertreter, obwohl er nicht auf dem Meer unterwegs gewesen war. »Aber hütet euch, es wird teuer verdientes Geld sein, wenn Gott der Herr einen Donnerschlag schickt und das Storfjeld über den Häuptern der Seelen einstürzt, die sich vom Teufel verlocken ließen, Sein Gebot zu missachten.«

Damit konnte man sehen, dass der Tunnel doch etwas mit

Gott zu tun hatte. Aber der Regierungsvertreter schüttelte den Kopf. »Das klingt fast, als ob Sie darauf hofften, dass so etwas passiert. Und das ist wirklich keine christliche Haltung. Ganz ehrlich, hier ist die Rede von Menschenleben!«

»Das ist nicht meine Haltung, das sind die Worte der Bibel«, sagte Papa. »Dort steht geschrieben: Wer den Sabbat nicht heiligt, soll des Todes sein; jeder, der am Sabbat eine Arbeit verrichtet, soll aus seinem Volke ausgetilgt werden. Sechs Tage lang soll gearbeitet werden, am siebten Tag aber soll vollständige Ruhe herrschen, denn er ist dem Herrn heilig.«

Der Pastor räusperte sich und machte eine Handbewegung. »Äh, wenn ich mal kurz ...«

»Ja, bitte sehr, Sie haben das Wort«, sagte Lehrer Joensen.

»Also, ich möchte das hier nur mal kurz klarstellen, damit der Herr Regierungsvertreter nicht mit dem Eindruck zur Regierung zurückkehrt, wir seien hier in Fjeldvig in unserer Einstellung zur Religion im Mittelalter stecken geblieben. Was Post ... äh, was mein Vorredner gesagt hat, ist natürlich nicht wortwörtlich zu verstehen. Niemand hier würde seinen Landsleuten auch nur im Traum den Tod wünschen.«

»Was ich gesagt habe, habe ich gesagt«, sagte Papa. »Gott hat die Berge nicht erschaffen, damit wir Löcher hineinbohren wie Würmer in einen Apfel, und schon gar nicht, damit wir alles nur noch schlimmer machen, indem wir das an Seinem Ruhetag tun. Es steht auch geschrieben: Hochmut kommt vor dem Unglück, Übermut kommt vor dem Fall. Denkt daran, was mit dem Turm zu Babel geschehen ist. Wenn sich der Herr gegen euch wendet, wird der Tunnel zu eurem Grab.«

Mama sagte nichts, sie starrte einfach nur vor sich hin. Peter verdrehte die Augen.

»Na ja, darauf müssen wir es eben ankommen lassen«, sagte der Regierungsvertreter. »Es heißt doch, dass der Glaube Berge versetzen kann, aber ob dabei nicht auch eine passende Portion Dynamit hilft?«

»Jetzt glaube ich, können wir allesamt etwas Süßes brauchen. Ich habe heute gebacken«, sagte Estrid und reichte eine Plätzchendose herum.

Ich schnappte mir drei. Die Plätzchen waren süß, sie schmeckten gut.

Der Regierungsvertreter spülte sein Plätzchen mit einem Schluck Wasser aus dem Glas, das vor ihm auf dem Pult stand, herunter und sagte dann:

»Ich finde, Sie sollten das hier als Ihre Chance sehen, den Sprung ins 21. Jahrhundert und in die Zukunft zu machen. Der Zug ist für Fjeldvig fast schon abgefahren, ohne Tunnel würde Ihr Dorf in aller Stille entvölkert werden und sterben. So ist es schon mehreren anderen abgelegenen Orten ergangen.«

Der Zug ...? Wollten sie denn auch eine Bahnstrecke nach Fjeldvig legen?

»Wir haben schon früher harte Zeiten überstanden, warum sollten wir das nicht wieder schaffen?«, fragte Rolf.

»Richtig!«, sagte Vater sehr laut.

Lehrer Joensen räusperte sich und sagte, er sei zwar der Diskussionsleiter, wolle aber auch gern seine Meinung sagen.

»Nüchtern betrachtet können wir die Tatsache nicht leugnen, dass unsere isolierte Lage ein Problem ist. Denkt doch nur daran, wie oft Wind und Wetter die *Havlitt* am Anlegen hindern!«

Der Regierungsvertreter schnitt eine Grimasse, als das Boot erwähnt wurde.

»Und auf den Hubschrauber können wir auch nicht immer zählen«, fügte Lehrer Joensen hinzu. »Das haben wir ja erst am Montag gesehen, als Ziegen-Gordon um Haaresbreite nicht ins Krankenhaus gekommen wäre. Und wenn er nicht ins Krankenhaus gekommen wäre, wäre er jetzt sicher tot.«

Alle nickten. Ziegen-Gordon hatte sich an einem rostigen Stacheldraht geschnitten und sich eine Blutvergiftung zugezogen. Viele von uns waren oben beim Helikopterlandeplatz gewesen und hatten gesehen, wie ein Windstoß den roten Rettungshubschrauber, einen roten Sikorsky S-76, über den Teufelssturz geschleudert hatte, als er zum ersten Landungsversuch ansetzte.

»Isolierte Lage?«, fragte Papa. »Wir haben doch den Wanderweg.«

»Das schon, aber Ziegen-Gordon war gerade nicht gut genug in Form für diesen Weg«, sagte Marner, und sein Vater und zwei andere lachten laut.

»Man kann von Bürgern im 21. Jahrhundert einfach nicht verlangen, mehrere Stunden für fünf Kilometer zu brauchen«, sagte Regierungsvertreter Næss.

»Ich gehe diesen Weg dreimal pro Woche und beklage mich nicht«, sagte Papa. »Hat Gott denn uns unsere Beine nicht gegeben, damit wir damit gehen?«

»Er hat uns jedenfalls den Kopf nicht gegeben, damit wir ihn in den Sand stecken«, sagte Wolle.

»Ich finde jetzt eigentlich, wir sollten den lieben Gott aus der Sache herauslassen«, sagte Jakob. »Aber das eine ist, wie schnell und einfach *wir* durch den Tunnel hier *herauskommen* können. Das andere wäre, dass es für *andere* ebenso leicht und schnell gehen wird, hier *hereinzukommen*, nicht wahr? Und da möchte ich doch fragen, ob wir alle Arten von Leuten aus der Stadt hier herumrennen haben wollen? Oder um kein Blatt vor den Mund zu nehmen: Wollen wir in Fjeldvig Drogen und Bordelle?«

»Ganz zu schweigen von Ratten und streunenden Katzen«, sagte Hammel-Frej und kratzte sich in seinen Locken.

»Sodom und Gomorrha, damit können wir rechnen«, sagte Papa und dann sagte er noch allerlei anderes, aber das hörte ich nicht. Mein Kopf fing an zu summen, weil ich so lange zwischen den vielen Menschen gesessen hatte, und ich zog mich in mich selbst zurück. Sodom und Gomorrha, das waren zwei Städte, die Gott ausgetilgt hatte, weil die Bewohner in Sünde und Unzucht lebten und sich in Wollust suhlten. In meiner Bilderbibel gab es ein großes Bild von Sünde und Unzucht, Männer und Frauen wuselten wild durcheinander, sie waren nicht angezogen und einige von den Frauen lagen auf dem Boden und ihre spitzen Brüste zeigten in die Luft. Das mit den Brüsten sah total verrückt aus, und obwohl man ja nicht darüber lachen sollte, war es schwer, das nicht zu tun ...

»Hör auf mit dem albernen Gegacker!« Peter versetzte mir einen sanften Rippenstoß. Ich konnte mein schrilles Lachen gerade noch hören, ehe ich es unterdrücken konnte und dachte, dass ich mich doch lieber hinausschleichen und mit mir selbst eine kleine Pause verbringen sollte, wie wir das abgemacht hatten.

Es regnete nicht mehr, am Himmel standen Sterne, aber die Luft war beißend kalt. Ich hatte Mantel und Schal angezogen, fror aber trotzdem so sehr, dass meine Zähne klapperten.

Der Lichtkegel des Leuchtturms streifte immer wieder im Kreis. Die weiß gekalkten Häuser des Dorfes sprangen aus der Dunkelheit hervor, wenn das Licht sie traf, und schnellten gleich darauf wieder zurück.

Ich dachte daran, dass die ganze Insel eines Tages verschwunden sein würde, im Meer versunken. Dann würde auch der Leuchtturm mit seinem starken Licht nicht mehr da sein, es würde nur Dunkelheit und Sterne und Wasser geben, das ewige Wasser.

Das war eine seltsame Vorstellung. Na gut, es würde noch Jahrmillionen dauern, aber trotzdem. Mir wurde noch kälter, wenn ich daran dachte.

Hammel-Frej sprach gerade, als ich wieder ins Schulzimmer kam.

Fjeldvigs Schafe liefen das ganze Jahr frei herum und gehörten dem ganzen Dorf, so war es immer gewesen, aber Wolle und Schlachttiere wurden danach verteilt, wie viel Boden man besaß. Hammel-Frej besaß mehr Boden als alle anderen, deshalb war es kein Wunder, dass er sich so für die Schafe einsetzte.

Jetzt hatte er Angst, die Schafe könnten durch den Tunnel weglaufen, und wenn sie erst auf der anderen Seite des Storfjeld herauskämen, könnte niemand wissen, was mit ihnen geschah: »Wer weiß, am Ende bleiben sie noch in der Stadt!«

Ich konnte es richtig vor mir sehen, wie die Schafe zwischen den hupenden Autos in der Stadt herumjagten und in die feinen Geschäfte liefen. Fast hätte ich wieder losgelacht, aber ich konnte mich beherrschen.

Regierungsvertreter Næss lachte und sagte, das sei endlich mal ein konkretes Problem. Der Vorteil solcher Probleme sei, dass es dafür auch konkrete Lösungen gebe, und in diesem Fall sei die Lösung ein *Viehrost* vor dem Tunneleingang. Menschen und Autos könnten die Eisenstangen im Rost problemlos passieren, die Schafe mit ihren Klauen aber nicht.

»Schieß los, Wolle!«, sagte Lehrer Joensen, denn Reidars Vater hatte wie ein Schuljunge die Hand gehoben, obwohl er sehr groß und erwachsen war, aber wir saßen ja schließlich im Schulzimmer.

»Ja, und was ich jetzt sage, werden einige mir sicher übel nehmen«, sagte Wolle. »Aber ich finde, es muss klargestellt werden, dass es hier in Fjeldvig auch Leute gibt, die voll und ganz hinter dem Tunnel stehen. Ohne Tunnel zieht hier niemand hin, und wenn hier niemand hinzieht, wird Fjeldvig erst zum Altersheim und dann stirbt es. Sieben Häuser im Dorf stehen schon leer, wir sind bereits zu wenige, um Hafen und Leuchtturm in Schuss zu halten, bald werden wir zu wenige sein, um die Schafe aus den Bergen zurückzutreiben – und seht euch die Mauern zwischen den Feldern an, wie die verfallen!«

»Das wird auch nicht direkt besser davon, dass sich die arbeitsfähigen Männer anderswo Arbeit suchen«, sagte Hammel-Frej.

Wolle hob die Hände. »Was sollen wir denn machen? Du bist der Einzige, der an den blöden Schafen genug verdient, um eine Familie zu versorgen.«

Die meisten der jungen Leute klatschten. Peter hob die Hände und sah aus, als ob auch er applaudieren wollte, tat es aber doch nicht.

Dann erlosch das Licht.

»Was ist denn jetzt los?« Der Regierungsvertreter beugte sich über das Pult vor, sein bleiches Gesicht sah in dem flackernden Schein der Kerzen richtig gespenstisch aus.

»Das ist unser Generator«, erklärte Lehrer Joensen, während die anderen ihre Taschenlampen hervorholten. »Der schaltet um 22.30 Uhr ab, damit er nicht so viel Diesel verbraucht.«

Regierungsvertreter Næss schüttelte den Kopf. »Großer Gott, seid ihr wirklich von etwas so Antiquiertem wie einem Generator abhängig ... Ich kann euch versprechen, sobald der Tunnel fertig ist, werden wir als Allererstes ein Starkstromkabel legen, damit ihr nicht mehr mit den Hühnern ins Bett gehen müsst.«

Lehrer Joensen sagte, die Schlafenszeit der Hühner sei schon längst überschritten und es sei wohl an der Zeit, die Versammlung zu beenden. »Der Diskussionsleiter dankt für Ruhe und Ordnung und eine lebhafte Diskussion. Wir haben gute Argumente für und gegen den Tunnel gehört, den wir offenbar so oder so bekommen werden. Es ist, wie es ist. Aber in einem Punkt sind wir sicher einer Meinung: Tunnel oder nicht, das soll unser Dorf nicht spalten und nicht den guten Zusammenhalt zerstören, den wir in Fjeldvig bisher immer hatten.«

Alle klatschten, Papa als Letzter.

»Joensen ist ein vernünftiger Mann«, sagte Mama leise.

»Aber die guten Argumente für den Tunnel habe ich noch immer nicht gehört«, sagte Papa.

Regierungsvertreter Næss sollte in der Schule übernachten. Während er im Schulzimmer seine Unterlagen zusammenpackte, ging Lehrer Joensen mit uns anderen hinaus auf den Gang und gab allen die Hand.

»Unser guter Regierungsvertreter kann sich auf eine schwierige Überfahrt gefasst machen, bei dem Wind«, sagte Heini.

Lehrer Joensen zuckte mit den Achseln. »Darüber musst du dir nicht den Kopf zerbrechen, er hat einen Helikopter bestellt. Wer kann, der kann.«

»Wo ist Malja? Hat irgendwer Malja gesehen?«, fragte Osla, die einem halb schlafenden Arni in den Mantel half.

»Die ist sicher schon vorausgegangen.«

Doch als wir in die Dunkelheit hinauskamen und die Abkürzung zwischen den beiden leeren Häusern gegenüber der Schule nahmen, stießen wir mit zwei eng umschlungenen Gestalten zusammen.

»Meine Güte!« Papa hob die Taschenlampe und leuchtete ihnen ins Gesicht. Es waren Reidar und Malja.

»Meint ihr nicht, ihr solltet machen, dass ihr nach Hause kommt? Deine Mutter hat schon nach dir gefragt, Malja.«

»Was haben die gemacht?«, fragte ich in die Dunkelheit, als wir ins Bett gekommen waren.

»Wer?«, kam es verschlafen aus dem oberen Bett.

»Reidar und Malja.«

»Die haben sich geküsst, du Dussel, hast du das nicht gesehen?«

Geküsst! Dann mussten sie doch ein Paar sein, Reidar und Malja.

Malja Ballerarsch!

Aus Menschen wird man nicht so leicht schlau, aber das hatte ich ja schon gewusst.

Viehrost. Ich drehte und wendete dieses Wort und schlief darüber ein.

... *Ich bin ein kluger Junge. Sagt Mama.*

Ich kann sprechen, ehe ich gehen kann.

Ich kann rechnen und Mama bei der Buchführung helfen, bevor ich meine Schnürsenkel binden kann.

Ich kann mich nicht selbst anziehen, aber ich weiß die lateinischen Vogelnamen und ich weiß, dass der Nil 6.695 Kilometer lang ist. Ich kann viele Geschichten aus der Bibel auswendig.

»Unser kleiner Professor.«

»Jetzt hast du bald Geburtstag, freust du dich nicht?«, fragt Mama. Ich weiß nicht, was ich sagen soll. »Sich freuen«, das ist ein schweres Wort, ich weiß nicht, ob ich mich freue, und ich weiß auch nicht, was ich machen soll, um das herauszufinden.

»David, schau mir in die Augen, wenn ich mit dir rede«, sagte Papa. Seine Augen stechen, sie bohren sich in mich, sie saugen mich aus mir selbst heraus, hinein in die schwarzen Löcher seiner Pupillen. Es ist unerträglich.

Ich bin ein besonderer Junge. Sagt Mama. Ich soll das nicht hören, aber ich tue es trotzdem, denn ich habe ein sehr scharfes Gehör. »David kann das Gras wachsen hören«, sagt Mama. Das stimmt nicht, aber ich kann hören, wenn morgens der Generator unten im Hafen anspringt. Das kann sonst niemand.

»David ist ein bisschen eigen«, sagt Oma. »Überklug«, sagt Reidar, worauf Peter ihm eine reinhaut.

Mama nimmt mich auf den Schoß. »Komm, David, lass uns mal ein bisschen kuscheln«, und ich versuche es. Ich gebe mir wirklich alle Mühe, wo sie es sich doch so sehr wünscht. Ich drücke meinen Kopf an sie und zähle in Gedanken. Als ich bei 20 ankomme, winde ich mich aus ihren Armen und springe auf den Boden.

Gleich darauf höre ich sie in der Küche zu Papa sagen: »Du kannst sagen, was du willst, aber normal ist das nicht. Er wird stocksteif, wenn ich ihn auf den Schoß nehme.«

VIER

»Arbeit hat noch niemandem geschadet«, sagte Vater. »Es gibt immer eine Schubkarre, die anderswohin gebracht werden will, und eine Besorgung, die darauf wartet, erledigt zu werden.«

Da sind zum Beispiel die Mauern zwischen den Feldern. Man musste Wolle leider recht darin geben, dass viele sie nicht in Schuss hielten. Wann hatte man übrigens Wolle dabei gesehen, dass er sich bückte und einen Stein zurücklegte? Aber deshalb brauchten wir anderen ja nicht ebenso nachlässig zu sein. Im Gegenteil, die Mauern, die die Schafe an dem Felshang, wo wir ein Stück Torfmoor hatten, vor den tückischen Felsspalten schützten, waren gut in Schuss.

Man konnte sich natürlich auch für die einfache, aber teure Lösung entscheiden und einen Zaun aus Stahldraht aufstellen. Aber da Gott den Boden so großzügig mit Steinen bestückt hatte, sollten wir sie wohl auch nutzen. Was lag da näher, als Mauern aus ihnen zu bauen?

Nein, Arbeit war eine Pflicht und ein Segen. Aber alles zu seiner Zeit, und sonntags war es eine große Sünde, zu arbeiten, dann sollte man sich ausruhen. Das hatte Gott selbst gesagt, das stand in der Bibel. Deshalb kochte Mama immer schon am Samstagabend vor und Papa holte so viel Torf herein, dass es bis Montag reichte, während die Schubkarren draußen unter dem Schutzdach standen und vergeblich darauf warteten, weggeschoben zu werden.

Der Sonntag war der Tag der Stille. Der Laden blieb natürlich geschlossen und vormittags gingen wir zur Kirche, auch wenn Papa mit dem Pastor nicht ganz zufrieden war. Der war ihm zu schwach und süßlich, redete zu wenig über Sünde und Verdammnis und zu viel über Liebe, Gnade und Vergebung.

Nach dem Gottesdienst gingen wir nach Hause. Das heißt, Mama und Papa *spazierten* mit kleinen, trippelnden Sonntagsschritten. Peter und ich gingen voraus, das durften wir, nur rennen durften wir nicht. Wir gingen in den langen, stillen Nachmittag, an dem die Wanduhr im Wohnzimmer lauter und lauter tickte, langsamer und langsamer.

Man durfte nichts tun, nicht einmal nach draußen gehen und Napfschnecken für die Sammlung suchen oder die zählen, die man schon hatte. Man durfte nicht fernsehen – mit Ausnahme der zwanzig Minuten Nachrichten am Abend, sonst aber nichts. Das war das Unangenehme am Sonntag.

Aber er hatte auch gute Seiten, Dinge, die es im Alltag nur selten gab. Mit der Bilderbibel dazusitzen. Und Oma zum Erzählen zu bringen.

Papa hatte mir die Bilderbibel zu meinem dritten Geburtstag geschenkt. Jeden Sonntagnachmittag setzte er sich neben mich auf das Sofa und las mir aus dem großen, schweren Buch vor. Peter setzte sich auf seine andere Seite und hörte ebenfalls zu. Papas Zeigefinger folgte den Worten, während er las, und ab und zu folgten meine Augen dem Zeigefinger, und auf diese Weise habe ich wohl lesen gelernt. Aber meistens sah ich mir die Bilder an.

»Glaubst du nicht, dass David noch zu klein für diese Geschichten ist?«, fragte Mama. »Hoffentlich bekommt er keine Albträume davon.«

Aber Papa hatte noch nie von jemandem gehört, dem Gottes Wort geschadet hätte. »Und David ist ein kluger Junge, er kennt einige Geschichten schon so gut, dass er genau merkt, wenn ich mich bei einem Wort verlese. Nicht wahr, David?«

»Ja«, sagte ich, denn es stimmte. Die Wörter wurden in meinem Kopf zu langen Sprüchen und ich konnte sie auswendig.

Gott war natürlich gut. Aber Gott wurde oft auch böse und bestrafte die Menschen, davon gab es in der Bilderbibel viele Darstellungen. Die Menschen wurden mit Flammenschwertern in die Flucht getrieben, sie wurden gesteinigt und zu Salzsäulen verwandelt und mit Heuschrecken, Fröschen und Geschwüren gequält. Ganze Städte wurden in Schutt und Asche gelegt, Sintfluten spülten über das Land hinweg und lautes Jammergeschrei erhob sich gen Himmel, wo immer Gott der Herr hinkam. Aber das lag daran, dass die Menschen ungehorsam gewesen waren, sie hatten sich vom Teufel verlocken lassen und sich gegen Gott aufgelehnt. Wenn man Gott gehorchte und in der Bibel las und den Feiertag heiligte, passierte einem nichts. So machten wir es zum Glück bei uns zu Hause.

Ich war jetzt schon lange so groß, dass Papa mir nicht mehr vorlas. Stattdessen saß ich mit der Bilderbibel in dem grünen Sessel beim Fenster. Ich las auch besser und schneller als Papa, der den Zeigefinger zu Hilfe nehmen musste. Aber die Bilder waren und blieben das Beste. Das Licht von außen fiel durch die dünnen Gardinen, es kam und ging mit den Wolken und vermischte sich mit dem Licht auf den Bildern, sodass sie auf eine seltsame Weise lebendig wurden. Denn auch die Bilder waren voller Licht: Das Licht rang mit der Finsternis und am Ende siegte es immer, denn das Licht kam ja vom Himmel und von Gott. Wenn ich mir die Bilder ansah, war es, als würde ich in sie hineingleiten und in ihnen leben. Wenn ich die Augen schloss, konnte ich sie noch immer hinter meinen Augenlidern sehen.

»Es werde Licht«, stand auf der allerersten Seite. »Und es ward Licht. Und Gott sah, dass das Licht gut war. Da schied Gott das Licht von der Finsternis.« Auf dem Bild stand Gott auf einer dunklen Wolke über einem ebenso dunklen Land. Mit den halb im Nebel versteckten Bergen sah es aus wie bei uns. Gott streckte die rechte Hand in die Luft und das Licht strömte als weiße Strahlenbündel heraus und schlug die anderen Wolken und die Finsternis in die Flucht. Es sah genauso aus wie dann, wenn man oben auf der Ackerspitze beim Leuchtturm stand und sah, wie die Sonne durch den Nebel brach. Der Mann, der die vielen schönen Bilder in meiner Bibel gemacht hatte, musste also auf Tangø gewesen sein. Das war eine seltsame Vorstellung.

Wolken sind einfach nur Wasserdampf. Kein Mensch kann

darauf stehen, man würde einfach hindurchfallen. Aber Gott konnte das. Gott konnte alles, weil er eben Gott war. Er konnte den Menschen auch ansehen, was sie dachten und was sie wollten. Ich wünschte, ich könnte das auch, es musste ungeheuer praktisch sein.

Man brauchte nur einige Seiten in der Bilderbibel weiterzublättern, um ein gutes Beispiel dafür zu finden, nämlich das Bild von Kain, der sich im Gebüsch verkriecht. Gott ruft ihn, aber Kain stellt sich taub, er hat nämlich gerade gesündigt und seinen Bruder Abel erschlagen. Aber Gott zeigt mit einem Finger aus Licht in die Finsternis auf Kain und fragt, wo Kains Bruder sei. »Das weiß ich nicht. Bin ich denn meines Bruders Hüter?«, antwortet Kain, doch Gott kann in ihn hineinschauen und weiß bereits, dass er lügt.

Damals, vor vielen Jahren, als Papa aus der Bilderbibel vorlas, ließ er das Buch oft sinken und fuhr Peter über die Haare, wenn er an dieser Stelle angekommen war. Mir lächelte er nur zu, er wusste ja, dass ich nicht angefasst werden wollte.

»Peter und David, so dürft ihr niemals übereinander denken«, sagte Papa. »Ihr sollt eures Bruders Hüter sein und aufeinander aufpassen. Dazu hat man Brüder ja schließlich.«

Und Peter war kein böser großer Bruder wie Kain, er war mein Hüter. Wenn jemand mich piesackte, haute er ihnen eine rein, und wenn es sein bester Freund war. Ich versuchte ebenfalls, meines Bruders Hüter zu sein und auf Peter aufzupassen. Das gelang mir zwar nicht so gut, aber ich gab mir alle Mühe und würde hoffentlich noch besser werden.

Peter war ein gut aussehender großer Bruder, mit Locken

und blauen Augen. Ich selbst hatte struppige Haare und meine Augen waren eher grau als blau.

Die Namen Peter und David stammten beide aus der Bibel. Peter bedeutet »Fels«, und das war er auch, mein Fels. Ein Mensch kann natürlich kein Fels sein, das war Bildsprache und bedeutete, dass ich mich auf ihn verlassen konnte und ihm vertraute. Kurz gesagt, ohne ihn hätte ich keinen festen Boden unter den Füßen gehabt (noch mehr Bildsprache!).

Deshalb sollten wir immer zusammen sein, in alle Ewigkeit.

Das andere Gute am Sonntagnachmittag war, dass wir Oma manchmal zum Erzählen überreden konnten. Im Alltag blieb sie meistens in ihrem Zimmer, manchmal lag sie den ganzen Tag im Bett und bekam ihr Essen auf einem Tablett gebracht. Durch die dünne Bretterwand konnten wir sie husten hören. Aber sonntags wickelte sie sich in ihre Wollschals und kam zu uns anderen ins Wohnzimmer.

»Oma, erzähl!«, sagte ich dann.

Oma machte mit ihrer verkrümmten Hand eine abwehrende Bewegung. »Ach, ich altes Weib, ich werde doch bald zu unserem Herrn heimgeholt, ich habe nichts zu erzählen, das euch interessiert!«

»Doch, doch, erzähl von den alten Zeiten, das machst du doch so gut«, bettelte Peter.

»Erzähl von Opa«, bat ich.

Papa schaute von seiner eigenen Bibel auf, die abgegriffen war und keine Bilder hatte. »Die Geschichten habt ihr doch schon hundertmal gehört.«

»Dann können sie die bestimmt noch einmal hören«, sagte Oma lachend. Ihr Lachen schlug in Husten um und sie krümmte sich zusammen, und ihr dicker grauer Haarknoten im Nacken hüpfte auf und ab.

Ich hatte Opa nie kennengelernt. Er war fünfzehn Jahre älter als Oma gewesen und gestorben, lange ehe Peter und ich geboren wurden. Dann war Mama aus Lakselv hierhergezogen und sie hatten angebaut, um Platz für den Laden zu schaffen.

»Opa war der feschste Mann auf Tangø«, sagte Oma, als sie wieder zu Atem gekommen war. »Und damals herrschte hier oben wirklich kein Mangel an echten Mannsbildern.«

Sie sah Peter an. »Von ihm hast du deine schönen Locken, mein Junge, du wirst sicher mal so gut aussehen wie er. Solche Dinge überspringen gern eine Generation.«

»So was darfst du dem Jungen doch nicht sagen«, meinte Papa und fuhr sich mit der Hand durch seine dünnen Haare.

»*Mein* Vater hatte ebenfalls Locken«, sagte Mama leise. Mamas Eltern waren beide tot, ihre Mutter war ein Jahr nach ihrem Vater gestorben. Peter konnte sich an diese Großmutter ein bisschen erinnern, ich aber nicht. Jetzt gab es aus Mamas Familie nur noch eine Tante, aber die war aufs Festland gezogen und hatte geheiratet. Sie hatte uns ein Bild von ihrem Haus geschickt, das in einem Wald lag. »Hier sieht man den Wald vor lauter Bäumen nicht«, hatte sie auf die Rückseite geschrieben. Das war eine seltsame Behauptung, denn es war doch der Himmel, den man vor lauter Bäumen nicht sehen konnte.

»Opa war außerdem so tüchtig und stark, wie er mutig

war«, sagte jetzt Oma. »Er war der erste Mann auf dem Hammelfelsen, wenn sie mit den Schafen ausfuhren und sie dort hochhievten – damals gab es in Fjeldvig so viele Menschen und so viele Schafe, dass sie auch das bisschen Gras da oben ausnutzen mussten. Er tauchte in das eiskalte Wasser und schwamm in die Höhlen und suchte nach Seehundjungen, und er war der beste Vogelfänger, den die neun Inseln hier je gesehen hatten. Einmal hat er achthundert Papageientaucher an einem Tag gefangen, fliegende Papageientaucher, wohlgemerkt. Mit dem Netz hat er sie gefangen, nicht, indem er sie aus den Nistlöchern gezogen hat wie jeder X-beliebige. Das hat außer ihm vorher und nachher nie jemand geschafft und jetzt sind ja bald keine Vögel mehr übrig, die man fangen könnte. Bald beherrscht auch niemand mehr die Kunst, auf die Vogelfelsen zu klettern. Ihr hättet mal sehen sollen, wie euer Opa sich oben am Vogelaufzug abgeseilt hat – ja, ich glaube, seine Seile liegen noch immer auf dem Dachboden. Denn du hast sie wohl nicht weggeworfen, Isak, wo *du* doch nie hinausfährst?«

»Natürlich nicht«, sagte Vater hinter seiner Bibel. Offenbar hatte er zugehört, obwohl er doch lesen wollte.

Oma musste erst wieder zu Atem kommen, ehe sie weiterreden konnte. Irgendwo aus ihrer Brust kam ein leises, pfeifendes Geräusch.

»Und ihr hättet ihn sehen sollen, wenn er auf den kleinen Felsrändern nach Eiern von Trottellummen suchte«, sagte sie kurz darauf. »Natürlich war es auch euer Opa, der herausfand, wie man auf den Basstölpelzinken kommen könnte. Der galt als unmöglich zu besteigen. Aber Opa befestigte oben am Keilfels ein langes Seil und ließ das andere Ende ins Wasser fallen. Dann ruderte er mit der Jolle hinaus und zog das Seilende auf die andere Seite des Basstölpelzinken, sodass das Seil über die Spitze des Felsen lief. Jetzt konnten sie sich daran festhalten und noch in derselben Nacht setzte Opa als erster Mensch aller Zeiten seine Füße auf den Basstölpelzinken. Es war mitten in der Nacht, denn es ging ihm um die ausgewachsenen Basstölpel, die weißen Basstölpel, und die erwischt man nur im Dunkeln, wenn sie schlafen. Alle hatten gesagt, es sei unmöglich, aber Opa schaffte das Unmögliche, er kletterte ganz allein auf den Basstölpelzinken.«

»Und das hätte er niemals tun dürfen«, murmelte Papa.

»Hast du etwas gesagt, Isak?«, fragte Oma, aber Papa sagte nichts mehr.

»Erzähl vom Seehundsmädchen«, sagte Peter.

»Nein, dazu fehlt mir der Atem«, keuchte Oma. Aber bald darauf erzählte sie dann doch die alte Geschichte vom Seehundsmädchen. Es sah aus wie die anderen Seehunde im Meer, aber unter dem Seehundsfell versteckte sich ein wunderschönes junges Mädchen. Jedes Jahr zu Mittsommer schwamm sie an den Strand, nahm die Seehundshaut ab und tanzte in der Abendsonne. Ein Schafhirte oben aus Kirvi sah sie und war wie verzaubert von ihrer Schönheit. Er schlich sich nach unten, stahl ihr Seehundsfell und zwang sie, seine Frau zu werden, obwohl sie ihn anflehte, sie gehen zu lassen. Aber eines Nachts, während er schlief, fand sie das Seehundsfell in der Truhe, in der er es versteckt hatte, und lief davon.

»Und ehe sie sich das Fell überzog und sich ins Wasser fallen ließ«, endete Oma, »drehte sie sich noch einmal um und verfluchte den Hirten und sein ganzes Dorf. Seither herrscht Feindschaft zwischen Menschen und Seehunden. Die Seehunde stehlen uns die Fische aus den Netzen und wir wollen ihnen mit Gewehren und Knüppeln ans Leben. Über das Dorf Kirvi aber brach eine entsetzliche Seuche herein und alle starben. Ihr könnt die Ruinen noch immer oben auf der anderen Seite vom Mühlbach sehen.«

»Stimmt es, dass Opa das Seehundsmädchen einmal gesehen hat?«, fragte Peter.

»Ja sicher, aber das war, noch ehe wir geheiratet haben. Opa ließ sich nach unten ins Siedeloch und schwamm von dort durch die Seehundsmädchengrotte Richtung Meer. Und als er zur Grottenöffnung kam, saß das Seehundsmädchen draußen im Sonnenschein auf einem Stein.«

»Und was ist dann passiert?«

»Ja, das weiß ich auch nicht, aber Opa sagte, sie sei fast so schön anzusehen gewesen wie ich. Mit runden Brüsten und seidenglatten Oberschenkeln.«

»Aber Mama!«, stöhnte Papa.

Oma erlitt einen neuen Hustenanfall. Danach fragte ich: »Warum ist Opa gestorben?«

»Ja, warum ist er gestorben?«, seufzte Oma. »Das musst du unseren Herrn fragen, er war vielleicht einfach zu schön und gut für diese Welt. Er ist jedenfalls dem weißen Widder begegnet und der kündigt den Tod an.«

»Der weiße Widder?«, fragte ich. »Die meisten Widder sind doch weiß!«

»Ja, aber dieser ist doppelt so groß wie die anderen Widder und auf ganz andere Weise weiß«, sagte Oma und nun pfiff es in ihrer Brust wie wild, fast wie wenn der Wind durch die Felskathedrale fegte. »Er ist weißer als ausgebleichte Schafsknochen im Heidekraut, er ist weißer als frischgefallener Schnee, er ist so weiß wie der Tod selbst ... Aber jetzt sage ich nichts mehr, anscheinend gibt es Leute, die meinen, ich hätte schon zu viel gesagt ... Peter, hilfst du mir ins Bett?«

+++

Nicht allen in Fjeldvig war der Sonntag so heilig wie uns. Als wir einmal aus der Kirche nach Hause gingen, hingen zum Beispiel vor dem Haus von Danny und Fiona an der Wäscheleine Windeln – zwar hinter dem Haus, aber von der Wegbiegung her konnte man sie trotzdem sehen.

»Die haben eben viel Arbeit mit ihren beiden Kleinen«, sagte Mama.

»Trotzdem«, meinte Papa. »Bestenfalls ist es gedankenlos und man kann sie mit ihrem jungen Alter entschuldigen.«

Aber an einem anderen Sonntag passierte etwas, für das es nach Papas Meinung absolut keine Entschuldigung gab.

Es war der 29. Januar 2006, der Tag war um zwei Stunden und vier Minuten länger geworden.

»Ich glaube, ich habe Arnfinn gar nicht in der Kirche gesehen«, sagte Papa, als wir aus dem Gottesdienst kamen. »Dabei dachte ich, dass er seine freie Woche hat.«

»Er ist gestern Abend spät nach Hause gekommen«, sagte Peter. »Er hat den Weg über den Berg genommen.«

»Dann musste er sicher ausschlafen«, sagte Mama.

»Nach drei Wochen unter den Barbaren im Ölterminal möchte ich doch meinen, dass er es mindestens so sehr gebraucht hätte, das Wort Gottes zu hören«, sagte Papa.

Am selben Abend wurde an die Ladentür geklopft, als wir vor dem Fernseher saßen – zu den Nachrichten, die man auch sonntags einschalten darf. Die größte Neuigkeit an diesem 29. Januar war, dass die Landesregierung beschlossen hatte, in den Hauptstraßen der Stadt Überwachungskameras aufzustellen, um die wachsenden Probleme mit Gewalt und Drogen einzudämmen.

»Ach ja, und alldem werden wir bald Tor und Tür öffnen«, sagte Papa. Ich begriff zuerst nicht, was für eine Tür er da meinte, aber dann dachte ich, es sei sicher der Tunnel. Ich war ziemlich stolz darauf, dass ich diese Bildsprache ganz von selbst verstanden hatte.

»Sodom und Gomorrha, das steht uns bevor«, sagte Papa und ich sah das Bild aus der Bilderbibel vor mir. Nicht das mit der Unzucht und den ganzen nackten Menschen, sondern das, auf dem Gott Feuer und Schwefel über die Städte regnen lässt und der Rauch der brennenden Sündhaftigkeit als dicke schwarze Wolke gen Himmel steigt.

In diesem Moment wurde an die Ladentür geklopft.

»Wer kann das so spät noch sein?«, fragte Mama und stand auf. Es wurde wieder geklopft, diesmal lauter. »Moment, ich bin schon unterwegs.«

Zwischen Wohnzimmer und Laden gab es nur einen schmalen Gang, deshalb hörten wir, wie Mutter die Ladentür aufschloss und eine heisere Stimme nuschelte:

»Entschuldigung, könntet ihr mir ein paar Bier verkaufen?«

»Das ist Arnfinn!«, flüsterte Peter.

»Um diese Tageszeit und an einem Sonntag? Ich weiß wirklich nicht ...«, hörten wir Mutter.

Wir verkauften Bier und Schnaps und Whisky, aber wir kündigten das nicht großartig an. Die Flaschen standen hinter dem Tresen, wo niemand sie sehen konnte. Dennoch wurden sie wohl verkauft, alle vierzehn Tage brachte die *Havlitt* Nachschub. »Die Leute hier im Dorf haben eine trockene Kehle«, sagte Papa oft. Peter erklärte mir, was das bedeutete.

Aber es war noch nie passiert, dass jemand an einem Sonntag um Bier gebeten hatte.

»Ach, komm schon ...« Einige Münzen fielen klirrend auf den Tresen.

»Das geht nun wirklich ...!« Vater sprang auf und stürzte hinaus. »Das hätte ich nicht von dir erwartet, Arnfinn, hier anzukommen und die Sonntagsruhe unseres Herrn zu stören, um Bier zu kaufen? Du solltest dich schämen, solltest du!«

»Dann behalt doch dein Scheißbier, du Blödmann!«, rief Arnfinn sehr laut, aber Papa rief noch lauter: »Mach, dass du wegkommst!«

Die Ladentür wurde zugeknallt, aber Arnfinn ging nicht sofort nach Hause, er stellte sich zuerst vor unser Wohnzimmerfenster und rief zu uns herein: »Fickt euch doch, ihr scheinheiligen Ärsche!«, und bohrte einen erhobenen Finger in die Luft.

»Der war betrunken«, sagte Vater, als Arnfinn endlich gegangen war. »Der Branntweinteufel ist in ihn gefahren.«

Vom Branntweinteufel hatte ich schon einmal gehört. Er war einer der vielen kleinen Teufel oder *Dämonen,* die dem großen Teufel halfen. In der Bilderbibel gab es mehrere Bilder von ihnen, sie hatten Hörner und zottiges Fell und lagen immer auf der Lauer nach Menschen, in die sie fahren und die sie in ihre Macht bringen könnten.

Papa schüttelte den Kopf. »Ich fürchte, dass er da im Ölterminal in schlechte Gesellschaft geraten ist. Gut, dass ich ihn eines Besseren belehrt habe!«

Aber da sollte sich Papa nicht zu sicher sein, meinte Peter, als wir dann im Bett lagen – dass er Arnfinn eines Besseren belehrt hätte. Reidar, der es von Marner wusste, hatte nämlich gesagt, Arnfinn sei jetzt ein harter Hund und sei im Ölterminal schon häufiger in Schlägereien verwickelt gewesen und lasse sich überhaupt nichts bieten.

... die Glocke bimmelt, die Ladentür geht auf, Kundschaft kommt herein. Im Sommer kann es ab und zu ein Fremder sein, ein Tourist mit Sonnenbrille und Kamera um den Hals, der über das Storfjeld gewandert ist und eine Limonade und einen Schokoriegel braucht. Meistens aber ist es jemand, den ich kenne, jemand aus dem Ort. Diesmal ist es Estrid. Sie bittet um Kaffee, Mehl und Bananen. Ich bewege mich nicht, stehe einfach beim Kühlschrank mit der Limonade und sehe sie an. Jetzt fischt sie Geld aus dem Portemonnaie und hält es, als ob sie es nur äußerst ungern hergeben möchte.

»Und was hast du heute so gemacht, mein Kleiner?«, fragt Estrid, aber ich sehe sie einfach immer weiter an. Sie hat eine große Warze auf der Wange.

»Der Junge kann vielleicht starren«, sagt Estrid zu Mama.

»Ach, der ist nur schüchtern«, sagt Mama und dann zu mir: »Du musst Estrid antworten.«

Vielleicht sage ich noch immer nichts. Vielleicht antworte ich: »Ich bin um zwölf Minuten nach sieben aufgestanden und habe mich angezogen. Peter hat mir bei den Knöpfen geholfen. Mama hat gesagt, ich sollte mich waschen, aber das Wasser war zu kalt, deshalb habe ich nur meine Nase ein bisschen nass gemacht und mir die Hände am Handtuch abgewischt. Dann habe ich mich in die Küche gesetzt und eine große Portion Haferbrei mit einem Klecks Butter in der Mitte und einem Teelöffel Zucker gegessen, und danach eine Scheibe Weißbrot mit …«

»Aufhören, aufhören«, lacht Mama. Ich verstehe nicht, warum ich aufhören soll, ich beantworte doch nur Estrids Frage, wie Mama es wollte.

Oddmar schaut vorbei. Er ist alt und geht am Stock. Er setzt sich an den Küchentisch, Mutter schenkt ihm eine Tasse Kaffee ein und ich krieche unter den Tisch.

Als ich wieder zum Vorschein komme, zieht er eine Tüte Bonbons aus der Tasche und fragt, ob ich eines möchte.

»Ich will deine Bonbons nicht«, sage ich. »Du riechst nach Pisse.«

»Aber David, so was sagt man nicht!«, ruft Mama.

»Aber es stimmt doch«, sagte ich. »Ich habe unter dem Tisch an ihm gerochen.«

Oddmar lacht, aber Mama packt mich an den Armen und schimpft mich aus, als er gegangen ist. Ich schreie und versuche, mich loszureißen – warum darf ich denn nicht die Wahrheit sagen? Mama lässt mich los. Ich lasse mich auf den Boden fallen, rolle mich zusammen, werde zu einer Kugel und sinke in das schwarze Loch in mir …

FÜNF

Das Jahr 2006 war noch nicht sehr alt geworden, als sich über Fjeldvig eine neue Art von Hubschrauber zeigte.

Den roten Rettungshubschrauber kannten wir schon, den S-76. Zuletzt war er hier gewesen, als Ziegen-Gordon fast an Blutvergiftung gestorben war und ins Krankenhaus gebracht werden musste. Ziegen-Gordon kam eine Woche später mit der *Havlitt* nach Hause und konnte erzählen, dass er mit einem Fuß schon im Paradies gestanden habe, als die Ärzte ihn zurück auf die Erde und ins Leben gerissen hatten.

Wir waren auch an die großen, grauen Super-Pumas gewöhnt. Die landeten nie auf Tangø, sondern überflogen jeden Tag die Insel auf dem Weg zwischen Bohrinseln und Ölterminal. Wenn die Wolken niedrig hingen und die Super-Pumas hinter dem vielen Grau verborgen waren, konnte man sie noch immer an ihrem tiefen, klappernden Brummen erkennen.

Die neue Sorte Hubschrauber vom Typ EC 120 war die kleinste der drei und hörte sich eher an wie eine wütende Wespe. Er landete in diesem Jahr einige Male oben bei uns, nicht auf dem Helikopterlandeplatz, sondern auf dem flachen Stück Boden zwischen Kirche und Storfjeld, unterhalb des ersten

Steinhaufens, der den Beginn des Wanderwegs markiert. Er brachte weder Ölarbeiter noch Sanitäter, sondern Ingenieure von der Baufirma, die den Tunnel anlegen sollte. Die Rotoren waren noch nicht zum Stillstand gekommen, als sie auch schon heraussprangen, eine Hand an die Schirmmütze gelegt, in der anderen schwarze Taschen mit Laserscannern und elektronischen Messgeräten. Sie machten sich nicht die Mühe, die zweihundert Meter ins Dorf zu gehen, sie liefen nur da oben herum und drehten an ihren Geräten und bohrten rote und weiße Stöcke in den Boden. Sobald sie damit fertig waren, sprangen sie wieder in den Hubschrauber, der aufstieg und in einem schrägen Bogen nach Süden um den Berg herum verschwand.

Es war ein milder Winter mit wenigen Frosttagen und sehr wenig Schnee gewesen, aber dann regnete es den ganzen März und in den beiden ersten Aprilwochen. Allein im März fiel ein halber Meter Regen, was viel war, auch wenn es noch immer weit unter dem Monatsrekord von 920 mm des Jahres 1989 blieb. Aber kurz vor Ostern, das in diesem Jahr spät lag, kam Südwind auf und es war plötzlich Frühling. Der tagelange Regen wurde zu Schauern, die Sonne brach durch, das Licht ergoss sich zwischen den Wolken und Lichtstrahlen entfalteten sich wie gewaltige Fächer zwischen den Bergen – es musste so ein Frühlingstag sein, an dem der Maler der Bilderbibel hier oben gewesen war. Die Insel hatte ein halbes Jahr lang nur grau ausgesehen, jetzt wurde sie so grün, dass es beinahe in den Augen stach.

Die nächtliche Dunkelheit füllte sich mit Vogelrufen, Flügelschlag und brausendem Gefieder. Das Licht des Leuchtturms lockte Zugvögel an. Die meisten flogen weiter nach Norden, aber einige blieben auf Tangø. Die Basstölpel bauten unter gewaltigem Lärm Nester, den Basstölpelzinken hatten sie schon weiß gekackt. Eines Morgens hörten wir das gellende *Qui-qui-qui* des Austernfischers, einige Tage darauf das sanfte Flöten des Großen Brachvogels. Die Bekassinen hoben über dem Moor ab, wo wir nach dem Winter das Trockenmauerwerk repariert hatten, und sausten dann mit einem seltsamen wummernden Geräusch nach unten. Lehrer Joensen hatte erklärt, dass ihre Schwanzfedern diesen Laut erzeugten.

Am Karsamstag kamen die Papageientaucher vom Meer herein und flogen einen Kreis nach dem anderen über der Küste, bis sich plötzlich die ganze Schar auf die steilen, mit Gras bewachsenen Hänge mit den Nistlöchern fallen ließ. Viele kippten bei der Landung um, waren aber gleich wieder auf den Beinen und liefen durch das Gras und in die Löcher. Sie sahen witzig aus, ihre großen Köpfe ähnelten Gesichtern und sie waren absolut nicht scheu, man konnte sich nur wenige Meter von ihnen entfernt hinsetzen.

Der Winter hatte es mit Oma nicht gut gemeint, sie hustete schlimmer denn je, war hinter ihren Wollschals in sich zusammengesunken und lag sehr viel im Bett. Aber sie lebte auf, als ich ihr erzählte, dass die Papageientaucher gekommen waren.

»Wenn die Papageientaucher an Land kommen, ist der Frühling da und den will ich nicht versäumen, und wenn es mein letzter ist«, sagte sie und stand auf. »Wie viele waren es?«

»Das weiß ich nicht.« Nicht einmal ich konnte die Vögel in

einer kreisrunden Schar fliegender Papageientaucher zählen, da sie dauernd die Plätze wechselten. »Ich bin draußen Lehrer Joensen begegnet. Er meint, dass es zwischen fünf- und sechshundert Paare waren.«

»Hundert?!« Oma lachte und hustete gleichzeitig. »Ach, großer Gott, so schlimm steht es schon? Zu Opas Zeit konnten sie noch in Hunderttausenden gezählt werden, wenn nicht Millionen, die Schwärme waren so groß und dicht, dass die Sonne dahinter verschwand. Die Vögel haben uns Nahrung und noch mehr gebracht. Jetzt sind bald keine mehr da.«

»Aber es gibt jetzt viel mehr Eissturmvögel«, wandte ich ein.

»Eissturmvögel?« Oma schnaubte und musste wieder husten. »Opa hat diese stinkenden Drecksvögel nie angerührt, so tief wäre er niemals gesunken.«

Wir waren mit den Feldmauern einige Tage vor Ostern fertig und machten uns sofort daran, Kartoffeln zu setzen. »Der Fleißige hat immer zu tun«, sagte Papa. Außerdem war es gut, sie vor den Feiertagen in die Erde zu bringen, damit wir uns ganz und gar auf die Osterbotschaft konzentrieren konnten.

Die Osterferien waren wie eine lange Reihe von Sonntagen. Draußen zwitscherten die Vögel, die Schafe lammten, aber bei uns im Wohnzimmer schlich die Wanduhr tickend dahin. Laut der Predigt des Pastors ging es bei der Osterbotschaft um die Auferstehung und den Sieg des Lebens über den Tod, aber Papa fand wichtiger, was vorher passiert war: die Kreuzigung, die Niedertracht der Menschen und die Jünger, die Jesus im Stich gelassen hatten, als es wirklich darauf angekommen war. Und der Jünger Petrus, der feste Fels, der feige gewesen war und vorgegeben hatte, Jesus nicht zu kennen, nur um seine eigene Haut zu retten. »Und wenn selbst der festeste Fels so schnell zerfallen kann«, seufzte Papa, »dann sieht es für uns andere arme Sünder, die aus viel gebrechlicherem Stoff gemacht sind, wahrlich schwarz aus.«

Peter – also mein Bruder Peter, der doch nach dem Jünger getauft war – seufzte ebenfalls und verdrehte die Augen, ohne dass Papa es sah.

+++

»David, komm her!«, flüsterte Peter, der in seiner dicken Jacke in der Tür stand. Es war nachmittags am Ostermontag, Papa war im Schaukelstuhl eingeschlafen. Die Bibel war ihm zwischen die Beine gerutscht und aus seinem halb offenen Mund drang ein Schnarchen.

Ich legte lautlos die Bilderbibel weg, schlich mich durch die Hintertür und zog Jacke und Gummistiefel an. Ich konnte Papa noch immer schnarchen hören, als ich die Hintertür zumachte.

»Pst, hier bin ich«, wurde aus dem Trockenhaus geflüstert. Dort stand Peter, er war längs gestreift. Auch ich bekam durch das Sonnenlicht zwischen den vertikalen Brettern ein Streifenmuster, als ich zu ihm hineinging. Es stank dort drinnen, zwei Schnüre mit Stockfisch hingen unter der Decke.

»Ich will dir was zeigen. Etwas Geheimes«, sagte Peter. Seine blauen Augen leuchteten.

»Was denn?«

»Wenn ich das sage, ist es doch kein Geheimnis mehr, oder? Wenn du es sehen willst, musst du mitkommen. Und es ist weit.«

»Das erlaubt Papa nicht«, sagte ich.

»Es ist doch nicht Sonntag«, sagte Peter.

»Nein, aber es ist Ostermontag.«

»Und Ostermontag ist ein Montag und kein Sonntag, stimmt's?«, fragte Peter und ging los.

Ich folgte ihm.

Er sah mich an und lächelte. »Feiertag oder nicht, ich langweile mich zu Tode, wenn ich die ganze Zeit drinnen sitzen muss.«

Wir schlichen hinter Toras Haus vorbei, aber das hätten wir nicht tun sollen, denn plötzlich standen wir zwischen Toras Gänsen.

»Lauf!«, schrie Peter, denn eine Gans kam wie ein Torpedo auf uns zugeschossen, mit ausgestrecktem Hals und aufgerissenem Schnabel, fauchend vor Zorn. Sie verfolgte uns bis hinter die Schule, dann machte sie kehrt, aber wir wurden erst langsamer, als wir auf der anderen Seite des Zaunes angekommen waren.

»Was für ein Teufel«, keuchte Peter. »Der dreh ich noch mal den Hals um.«

»Traust du dich das?«

»Meinst du, ich hätte Angst vor Federvieh?«

»Das weiß ich nicht«, sagte ich, weil ich es ja nicht wusste.

»Wir müssen hier nach rechts«, sagte Peter und sprang über den Graben und auf eine undeutliche Wagenspur, wo vor langer Zeit, als dort oben noch Menschen gewohnt hatten, der Weg nach Kirvi verlaufen war. »Pass auf, das erste Stück ist der pure Sumpf.«

Blankes Wasser glitzerte unter dem Heidekraut, ab und zu versanken unsere Gummistiefel bis zum Schaft im schwarzen Modder. Ein frischer Wind kam von Westen und fegte über die Dornenhalde. Der Weg machte einen Bogen um die Stelle mit den seltsamen dunklen Felssäulen und näherte sich dann dem Stejlhammar. Dort wurde der Boden fester. Die Schatten der Wolken jagten einander durch die offene Landschaft zwischen Gebirge und Meer. Ein Rabe zog über der Ebene träge Kreise und ließ sich plötzlich fallen.

»Ein Lamm weniger«, sagte Peter.

Alle Schafe schienen sich hier oben am Fuße des Stejlhammar versammelt zu haben, denn er bot Windschatten und grünes Gras. Der Gestank der Schafsköttel war hier im Frühjahr so stark, dass ich *sehen* konnte, wie er von den großen schwarzen Kottrauben aufstieg. Neugierige Augen folgten uns die ganze Zeit und die Schafe riefen blökend nach ihren kleinen Lämmern, schwarzen und weißen und braunen, die auf steifen Beinen umherstolperten. Einige zogen sogar noch ihre blutige Nabelschnur hinter sich her. Wenn sich so ein Lamm zu weit von der Mutter entfernte und vom Raben gesehen wurde, war es verloren. Der Rabe fing fast immer damit an, ihm die Augen auszuhacken.

»Da geht Lehrer Joensen!«, rief Peter. Wir hatten das Ende der Schlucht erreicht, an der Lehrer Joensens Vogelkoje lag. Die Vogelkoje war eine Falle, sie war aus Balken und Maschendraht konstruiert und funktionierte wie eine Fischreuse, nur viel größer und für Vögel, nicht für Fische. Die Vögel suchten nachts in der Schlucht Zuflucht und wenn sie am Morgen wegfliegen wollten, gerieten sie in den Trichter der Koje und endeten in einem Kasten mit einer Glasscheibe. Man konnte den Kasten mit einer Schnur an der anderen Seite der Falle schließen, und dann war der Vogel drinnen gefangen. Oder besser gesagt die Vögel, denn jetzt zur Zugzeit gingen oft viele in die Falle.

Lehrer Joensen war auf dem Weg zur Beringungshütte, blieb aber stehen und winkte uns zu sich. In der Hand, mit der er nicht gewinkt hatte, hing eine Vogeltasche.

Oma hatte gesagt, in den alten Zeiten – als Opa noch lebte – seien alle Männer in Fjeldvig Vogelfänger gewesen. Jetzt war nur noch Lehrer Joensen übrig und er fing die Vögel nicht, um sie zu essen oder die Federn für Decken und Kissen zu verkaufen. Nein, Lehrer Joensen war *Ornithologe,* ein Freund und Beschützer der Vögel, und wenn er sie in der Vogelkoje fing, dann nur, um sie zu beringen. Einige der Vögel, die in die Falle gingen, waren schon beringt, und wenn Lehrer Joensen in die Datenbank der Ornithologen ging und den Code eingab, der auf dem Ring stand, konnte er sehen, wo und wann der Vogel beringt worden war. Und wenn Ornithologen in anderen Ländern Vögel fingen, die er selbst beringt hatte, dann erzählte ihnen der Code, dass sie von uns auf Tangø kamen.

Lehrer Joensen hatte den Vogel aus der Stofftasche gezogen, als wir hereinkamen. Es war ein winzig kleiner Vogel, braun und grau mit einem spitzen, dünnen Schnabel.

»Zaungrasmücke, altes Männchen, schätze ich.« Lehrer Joensen beugte sich über den Tisch aus groben Brettern, auf dem ein aufgeschlagenes Vogelbuch und einige Zangen lagen. »Der hat hier oben nichts zu suchen, sicher ist er auf dem Zug aus der Bahn geweht worden.« Er strich vorsichtig mit dem Finger über die Grasmücke, die in seiner anderen Hand auf der Seite lag, behutsam mit dem Daumen festgehalten. »Ja, der ist weit geflogen. Er hat unterwegs Fett und Muskeln aufgezehrt, das merke ich.«

»Wie heißt die Zaungrasmücke auf Latein?«, fragte ich.

»Ach, das fällt mir gerade nicht ein, irgendwas mit Sylvia. Fühl mal, wie sein Herz hämmert. Ganz vorsichtig, mit den Fingerspitzen.«

Zuerst versuchte Peter es, dann legte ich die Fingerspitze auf die Brust des kleinen Vogels. Ich spürte die weichen Federn und seine Körperwärme und unter den Federn etwas, das tickte wie eine winzige Uhr. Das war sicher das Herz. Der Vogel lag bewegungslos in der großen Hand und schaute nur mit einem Auge zu mir hoch, es sah aus wie eine winzige, leuchtende, schwarze Perle. Plötzlich spürte ich auch mein eigenes Herz. Es war ein seltsamer Gedanke, dass ich auch so ein Herz hatte, genau wie der Vogel, und dass es sich von ganz allein bewegte. Einen langen Augenblick hielt ich die Luft an, dann zog ich meinen Finger vorsichtig wieder zurück.

»Jetzt bleibt er erst mal hier, um wieder zu Kräften zu kommen«, sagte Lehrer Joensen und nahm einen der allerkleinsten Ringe von der Decke, wo sie in Reih und Glied hingen. »Habt ihr denn auf dem Weg einen spannenden Vogel gesehen?«

»Nur einen Raben«, sagte ich. *»Corvus corax.«*

»Du brauchst nicht jedes Mal den lateinischen Namen zu sagen, David«, sagte Lehrer Joensen lächelnd. »Das macht doch eigentlich zu viel Mühe.«

Das finde ich nun wirklich nicht. Im Gegenteil, es wäre doch mühsamer, ihn nur jedes dritte oder jedes siebte Mal zu sagen. Dann müsste ich ja diese Rechnung im Kopf behalten.

Aber das sagte ich nicht, denn nun nahm Lehrer Joensen die Zange und ich beugte mich über den Tisch, um zuzusehen, wie er den Ring um das Bein des Vogels schloss. Das Bein war dünn wie ein Grashalm.

»Es sieht gar nicht gut aus für das Vogelleben«, sagte Lehrer Joensen und legte die Zange weg. »Halb so viele Papageientaucher wie voriges Jahr, als sie kein einziges Junges zum Fliegen gebracht haben. Wenn es nur nicht so geht wie mit den Trottellummen. Zuletzt haben sie 1999 nachweislich Junge hier großgezogen. Sie müssen inzwischen wohl fast als auf Tangø ausgestorben gelten. – Aber jetzt möchte der kleine Bursche hier sicher gern seine Freiheit zurückhaben, meint ihr nicht?«

Wir verließen die Hütte. Lehrer Joensen streckte die Hand aus und öffnete sie. Die Zaungrasmücke (*Sylvia curruca,* ich habe das am nächsten Tag gegoogelt) setzte sich auf, schaute sich um, flog plötzlich schräg aufwärts und war wie ein Pfeil verschwunden.

»Wollen wir hoffen, dass er keinem Zwergfalken begegnet«, sagte Lehrer Joensen. »Wo wollt ihr eigentlich hin?«

»Einfach mal ein bisschen rumlaufen«, sagte Peter. »Vielleicht raus zu der alten Wassermühle.«

Die alte Wassermühle lag draußen im Tieftal, einen Kilometer von dem verfallenen Dorf Kirvi entfernt und zweihundert Meter von der Stelle, wo der Mühlbach in die lange schmale Beilkluft mündet, die sich wie ein Axthieb tief ins Land hineinzieht. Das Dach war schon längst eingestürzt, aber die Mauern des Mühlhauses standen noch. Das galt auch für den Damm oberhalb der Mühle, wo sich das Bachwasser in einem Becken sammelte und über die Reste des Mühlrades nach unten plätscherte.

Eine blaue Plane war wie eine Art neues Dach über die Mauern gespannt. Auf dem groben Steinboden darunter lagen einige Decken und Kissen und in der Ecke acht leere Bierflaschen.

»Ist das hier das Geheimnis?«, fragte ich.

Peter nickte. »Ja, ein Teil davon. Das hier ist die geheime Höhle des Viererklees.«

»Hoffentlich sind die anderen nicht sauer darüber, dass du sie mir zeigst. Jetzt ist es doch kein Geheimnis mehr«, sagte ich und fand selbst, das sei gut gesagt. Es zeigte doch, dass ich begriffen hatte, was ein Geheimnis ausmachte.

Aber Peter zuckte nur mit den Schultern. »Der Viererklee ist gar keiner mehr. Jetzt sind nur noch Reidar und ich übrig.«

»Warum das denn?«

Peter schnitt eine Grimasse. Eine seltsame Grimasse, die keine Ähnlichkeit mit den Smileys hatte, die ich kannte. »Beziehungskram. Reidar und Malja waren doch zusammen, verstehst du, und jetzt ist Malja mit Høgni zusammen. Reidar ist stocksauer auf ihn, deshalb hat Høgni unseren Klub verlassen. Und Kenny ist gegangen, weil er Høgnis bester Freund ist.«

»Können Reidar und Høgni denn nicht beide mit ihr zusammen sein?«, schlug ich vor.

Peter schüttelte den Kopf. »Natürlich nicht. Man kann vieles teilen, aber mit demselben Mädchen kann man nicht zusammen sein. Ich habe es dir ja schon häufiger gesagt, David: Von solchen Dingen hast du einfach keine Ahnung. Aber jetzt sind also nur noch Reidar und ich übrig, und Reidar ist total fertig. Er hasst Malja, aber er muss doch die ganze Zeit an sie denken.«

»Woher kommen die Bierflaschen?«, fragte ich, denn dieses Gerede über Beziehungen, von dem ich keine Ahnung hatte, nervte mich inzwischen.

Peter bückte sich und griff nach einer Decke. »Das weiß ich nicht.«

Das fand ich seltsam. Aber natürlich konnten auch andere die Mühle als geheime Höhle benutzen und Bier mitbringen. Ich konnte mir nur nicht so richtig vorstellen, wer diese anderen sein könnten.

Peter richtete sich auf und zog die Decke zur Seite. Darunter lagen zwei aufgerollte Seile.

»Was sagst du jetzt?«

»Nichts«, sagte ich, aber damit hatte ich ja etwas gesagt, und da konnte ich auch gleich noch mehr sagen.

»Was ist das?«

»Opas Vogelfängerseile«, sagte Peter. »Zu Hause auf dem Dachboden liegen noch mehr. Ich habe die beiden kürzesten mitgenommen, die anderen sind zu schwer. Das längste wiegt eine Tonne.«

»Was willst du damit?«

»Wir hatten darüber gesprochen, die oben beim Vogelaufzug zu benutzen. Wir vom Viererklee meine ich, aber dann ist die Sache mit Reidar und Høgni passiert ... Ich dachte, vielleicht könnten du und ich das machen?«

»Klar können wir das«, sagte ich.

»Gut.« Peter legte sich das eine Seil über die Schulter und reichte mir das andere. »Dann machen wir, dass wir wegkommen. Es wird schon spät.«

Ein Regenschauer zog einen nassen Schleier vor die Sonne, als wir den steilen Grashang auf der Südseite der Beilkluft hochstiegen. Zwei Minuten lang schlug uns der Regen ins Gesicht, dann brach die Sonne wieder durch und die Tropfen im Gras funkelten wie Perlen. Wie gut, dass ich nur ein kurzes Vogelfängerseil tragen musste. Es war schon schwer genug.

»Pass auf die Löcher auf«, sagte Peter. Der Hang war übersät von Löchern. In einigen saßen Papageientaucher, in den meisten aber wilde Kaninchen. Die rannten auf dem Hang hin und her, verschwanden aber in ihren Löchern, sobald man ihnen zu nahe kam.

»Wollen wir mal kurz ins Siedeloch gucken?«, fragte ich.

»Na gut, aber nur gucken.«

Hier, so dicht am Wasser gab es viele tiefe Spalten und Löcher im Felsboden, aber das Besondere am Siedeloch war, dass man die Wellen tief, tief unten in dem dunklen Schacht sehen konnte. Dort unten führte ein Loch, ein Tunnel, zum Meer, und wenn man ein kleines Stück in den Krater hinunterstieg, konnte man die Brandung und die Möwenschreie auf der anderen Seite hören. Bei hohem Wellengang und Seewind kochte und brodelte das Wasser unten in der Tiefe und wurde zu kreideweißem Schaum.

»Opa war da unten«, sagte ich, als wir weitergingen.

»Vielleicht«, sagte Peter. »Vielleicht behauptet Oma das auch nur.«

Ich begriff nicht, wie er das meinte – warum sollte jemand etwas sagen, wenn es gar nicht stimmte?

»Sei vorsichtig«, sagte Peter. Wir hatten den Rand des Steilhangs erreicht, vor uns gab es nur noch Himmel und Meer. Hier oben wehte ein heftiger Wind, er kam uns geradewegs entgegen und war massiv wie eine Mauer, gegen die man sich lehnen konnte. Aber wir wussten beide, dass er sich plötzlich drehen und Wirbel bilden konnte, die einen mit hinaussaugten.

Wir ließen die aufgerollten Seile fallen und legten uns ins Gras. Robbten die letzten Meter an den Rand und schoben die Köpfe vor.

»Das ist ganz schön weit nach unten«, sagte Peter.

»134 Meter«, antwortete ich. Das wusste ich noch von der Landkarte. Von so hoch oben sah das Meer aus wie gerilltes Glas, die Wellen waren ganz dunkel, fast schwarz, mit weißen Rändern und sie schienen stillzustehen. Draußen am Horizont, wo sich Himmel und Meer begegneten, lag ein Rand aus weißen Wolken, der aussah wie Schneeberge. Das Rauschen der Brandung und die Vogelschreie verschwammen zu einem an- und abschwellenden Brausen.

Auf den ersten Blick schien die Felswand die 134 Meter zum

Meer senkrecht abzufallen. Aber wenn man genauer hinsah, konnte man sehen, dass sie wie ein riesiges Reibeisen aussah, mit Zacken und Vorsprüngen, Rissen und Kerben. Dort saßen die Vögel: ganz oben die Eissturmvögel, weiter unten einzelne Basstölpel und Reihen an Reihen von Dreizehenmöwen. Dort hatten Opa und die anderen Vogelfänger Halt gefunden, wenn sie nach unten geklettert waren, um nach Vögeln und Eiern zu suchen.

Wir zogen uns ein wenig vom Rand zurück und gingen zum Vogelaufzug. Er bestand aus zwei dicken Stöcken, die zwei Meter vom Rand entfernt in eine Felsspalte gehämmert worden waren. Ganz draußen am Rand gab es zwei kleinere Stöcke, über denen waagrecht ein weiterer Pfahl lag.

Peter legte das Seilende als Schlinge um die beiden kräftigen Stöcke. Dann rollte er einige Meter Seil ab, wickelte es sich dreimal um den Bauch und reichte mir die Rolle mit dem restlichen Seil.

»David, du setzt dich oben hinter die Stöcke und stemmst die Füße dagegen. Wenn ich ›Mehr!‹ rufe, dann lässt du mehr Seil los, und wenn ich rufe: ›Zieh‹, dann wickelst du es wieder auf. Das schaffst du doch, oder?«

Ich setzte mich so, wie er es gesagt hatte. »Das schon, aber ich glaube, du bist so schwer, dass ich dich nicht hochziehen kann.«

»Du sollst mich überhaupt nicht ziehen, ich klettere selbst. Man hängt zwar am Seil, aber man wird nicht daran gezogen. Das Seil läuft über den Pfahl, die Stöcke tragen fast das ganze Gewicht. Du musst nur dafür sorgen, dass das Seil die ganze

Zeit dicht darüber liegt. Und du darfst nicht loslassen, sonst ist es weg.«

Er sah mich an, seine Locken tanzten im Wind.

»David, du hältst mein Leben in deinen Händen.«

Dann lehnte er sich ins Seil und ging rückwärts über den Rand und hinunter in den Abgrund. Er lächelte mich noch an, dann war sein Kopf verschwunden.

Das Seil spannte sich zitternd zwischen den dicken Stöcken und dem waagerechten Pfahl, über den es lief, um nicht an der rauen Felskante aufgerieben zu werden. Meine Hände umklammerten das Seil, sodass meine Fingerknöchel weiß wurden, aber es war wirklich nicht schwer, es festzuhalten. Peter hatte recht, die Stöcke trugen das Gewicht.

»Mehr!«

Ich gab mehr Seil frei.

»Noch mehr!« Ich ließ vorsichtig noch mehr Seil abrollen, immer nur ein wenig. Meter für Meter glitt das Seil über den Pfahl, aber auf der Rolle war noch immer eine Menge übrig, als ich ihn aus der Tiefe rufen hörte: »Halt!«

Und dann verstummte er plötzlich und die Zeit schien stehen zu bleiben, während ich als Hüter meines Bruders dort saß, mit seinem Leben in den Händen. Seine Worte wurden in meinem Kopf zu einem Spruch: »Ich-halte-das-Leben-meines-Bruders-in-den-Händen, ich-halte-das-Leben-meines-Bruders-in-den-Händen, ich ...«

»Zieh!«, kam es von unten und ich begann, das Seil einzuholen. Ruhig, ohne zu reißen, so, dass das Seil nie schlaff hing.

»Meine Fresse, war das gut!« Locken und Gesicht und

schließlich der Rest meines großen Bruders tauchten über der Kante auf. Er ließ sich neben mich ins Gras fallen. »Gute Arbeit, David. War es schwer, das Seil zu halten?«

»Nö.« Meine Hände zitterten, aber das lag nicht an der Anstrengung, sondern daran, dass sie sein Leben gehalten hatten.

Peter setzte sich auf. »Ein Stück weiter unten gibt es zwei Felsvorsprünge und dazwischen eine tiefe Spalte. Ich hing am Seil und bin zwischen den Felsvorsprüngen hin und her geschwungen, das war der pure Wahnsinn. Wie Fliegen.«

»Willst du das Seil nicht abbinden?«, fragte ich.

»Nix da.« Er lachte. »Ich geh noch mal runter und du kommst mit.«

»Ich weiß nicht, ob ich mich traue«, sagte ich eilig.

»Es sind höchstens zehn Meter bis nach unten. Wir wickeln uns jeder ein Seil um den Bauch und binden es hier oben fest, dann fallen wir nicht so tief – *falls* wir fallen, aber das tun wir ja nicht! Dann haben wir auch etwas, woran wir uns beim Klettern festhalten können. Es gibt jede Menge Stellen, wo man mit dem Fuß Halt finden kann.«

»Ich weiß nicht, ob ich mich traue«, sagte ich noch einmal.

»David, komm schon. Ich helfe dir doch. Ich klettere vor und passe auf dich auf.«

»Na gut«, sagte ich. Natürlich passte er auf mich auf, auch er war doch seines Bruders Hüter. Noch dazu war er ein viel besserer Hüter als ich.

Das Seil schnitt mir in die Hände, aber es war nicht so schwer, nach unten zu klettern, wie es von oben ausgesehen hatte.

»Langsam, langsam«, sagte Peter gleich unter mir. »Sonst krieg ich deine Stiefel an den Kopf. Und jetzt schräg nach links, um den Knubbel da herum.«

Die Eissturmvögel kakelten und gluckten und sahen unserem Abstieg aufmerksam zu. Einer spuckte mir seinen fiesen, stinkenden Magensaft hinterher, aber zum Glück traf er mich nicht. Weiter unten konnte ich hören, wie die Dreizehenmöwen schrien und sich gegenseitig ausschimpften. Plötzlich lockerte sich unter meinem rechten Fuß ein Stein, bevor ich mit dem linken Halt gefunden hatte. Einen Augenblick lang hing ich zappelnd am Seil, dann streckte Peter die Hand aus und schob meine Stiefelspitze in eine Felsspalte.

»Du bist fast unten, ich stehe hier schon.«

Der Felsvorsprung war so groß wie der Wohnzimmerfußboden bei uns zu Hause. Er bildete einen flachen Absatz, der sich gleichmäßig nach links hin abschrägte, bis zu einer drei Meter breiten Spalte, die sich wie eine Wunde im Felsen bis zum Wasser hinab zog. Auf der anderen Seite der Felsspalte gab es einen ebensolchen Absatz wie den, auf dem wir standen, nur ein bisschen schmaler.

»Komm her, wir binden uns aneinander!« Peters Augen leuchteten blau wie der Himmel zwischen den Wolken. »Dann bekommen wir mehr Tempo und riskieren keinen Zusammenstoß in der Luft.«

Er wickelte beide Seilenden um uns, band sie aneinander und lachte: »So, Bruderherz, jetzt sind wir unzertrennlich.«

Wenn es ein anderer als mein großer Bruder gewesen wäre, hätte ich diese Nähe nie im Leben ausgehalten. Aber es war doch Peter und ich dachte: *Es fühlt sich gut an,* und das war ein komischer Gedanke, denn so dachte ich sonst nie.

»Eins ... zwei ... drei!«, zählte Peter und bei *drei* sprangen wir.

Hoben ab und flogen, segelten über den Absatz und in die klaffende Leere, rüber auf die andere Seite ...

Unsere Füße schrabbten über den Fels, wir stießen uns ab und flogen wieder hinaus, schneller diesmal, über den Abgrund.

»Mach es wie beim Schaukeln!«

Wir zogen die Beine an und krümmten uns nach vorn. Hin und her flogen wir, wie ein Pendel. Wir hatten jetzt einen Rhythmus gefunden, mein Bruder und ich. Wir benutzen Beine und Rücken und die beiden freien Arme, meinen linken, seinen rechten, um immer noch mehr Fahrt aufzunehmen.

»Ist das nicht super?«, brüllte Peter mir ins Ohr. Aber er wartete nicht auf eine Antwort, sondern schrie:

»Zum *Teufel!* Zum *Satan!* Zur *Hölle!*«

Das eine schlimme Wort nach dem anderen schrie er, und für einen schrecklichen Moment glaubte ich, die Hand Gottes zwischen den Wolken hervorkommen zu sehen, um mit einer riesigen Schere unsere Seile durchzuschneiden. Aber was ich als Nächstes hörte, war meine eigene Stimme, die ebenfalls schrie:

»Zum Teufel! Zum Satan! Zur Hölle!«

Wie aus einem Munde schrien wir, im selben Rhythmus flogen wir, unzertrennlich waren wir, ein Peter-David mit vier Beinen, vier Armen und zwei Köpfen. Ein Basstölpel kam auf uns zugeflogen und machte mit einem Aufschrei kehrt.

»Verdammter Scheißvogel!«, schrien wir hinterher, und Peter rief plötzlich auch noch ganz andere Wörter: »Fotze!« und »Ficken!«. Ich dagegen blieb bei den Wörtern, von denen ich wusste, was sie bedeuteten.

Wir flogen nach vorn.

»Teufel!«

»Ficken!«

Wir sausten zurück.

»Satan!«

Und wieder vorwärts.

»Fotze!«

»Hölle!«

Ich weiß nicht, was mehr im Bauch kitzelte, da zwischen Himmel und Meer zu hängen oder die schlimmen, verbotenen Wörter zu schreien, und das noch dazu an einem Feiertag.

Und die Zunge verdorrte nicht in meinem Mund und Gottes Hand tauchte noch immer nicht zwischen den Wolken auf. Das tat jedoch die Sonne, und das Meer unter uns wurde zu Silber ...

Als wir nach Hause gingen und am Stejlhammar noch nicht ganz vorbei waren, erwischte uns ein heftiger Schauer und wir rannten los, um warm zu bleiben. Fünf Minuten danach brach die Sonne wieder durch. Sie stand tief im Nordwesten und zeichnete uns Schatten, die viel länger waren als wir selbst. Wir rannten weiter, um rechtzeitig zum Essen zu Hause zu sein.

Aber es war zehn Minuten nach sechs Uhr, als wir den Zaun erreichten und im Dorf ankamen.

»Wenn Papa irgendwas fragt, dann lass mich antworten«,

keuchte Peter. Er wusste, dass ich nicht lügen konnte. »Du hältst einfach den Mund, okay?«

Papa stand in der Tür. Er schaute auf die Uhr.

»Ihr braucht euch nicht mehr so zu beeilen, das Essen ist schon kalt geworden.« Er runzelte die Stirn, zorniger Smiley. »Wo habt ihr euch denn rumgetrieben?«

»Waren nur mal spazieren«, sagte Peter. »Wir sind Lehrer Joensen begegnet. Haben ihm geholfen, ein paar Vögel zu beringen.«

»Einen«, hätte ich fast gesagt, konnte es aber gerade noch verhindern. Ich sollte doch den Mund halten.

»Ach was«, sagte Papa. »Aber ich habe Lehrer Joensen schon vor drei Stunden zurückkommen sehen. Wo wart ihr danach ... *David*?«

»Oben beim Tieftal«, sagte ich und schaute auf meine Gummistiefel hinunter. Die waren nicht mehr grün, sondern hellbraun vom eingetrockneten Modder.

»David, sieh mich an, wenn ich mit dir rede!«, sagte Papa. »Sieh mir in die Augen.«

Ich sah ihm in die Augen. Die schwarzen Pupillen durchbohrten mich, mein Magen drehte sich um.

»Wir waren auch oben beim Vogelaufzug«, murmelte ich.

»Seid ihr unten auf dem Vogelfelsen herumgeklettert, ja oder nein!«

»Nein«, sagte ich. Ich kann nicht lügen, aber wir waren ja nicht *geklettert*, wir hatten uns abgeseilt.

»Das solltet ihr auch tunlichst bleiben lassen. Ich will euch nicht da draußen verlieren, es reicht ja wohl, dass ...«

Papa verstummte, aber seine Stirn sah mit den vielen Falten noch immer aus wie ein Waschbrett. Er war sicher noch nicht damit fertig, uns auszufragen.

In diesem Moment hörten wir einen Knall. Es war kein scharfer Knall, wie wir ihn von Jagdgewehren und Schrotflinten kannten, sondern ein Geräusch, das wir noch nie zuvor gehört hatten – ein dumpfes Dröhnen, das von Osten hereinrollte, über das Storfjeld. Man konnte hören, dass hinter diesem Geräusch eine gewaltige Kraft steckte, aber dass diese Kraft irgendwie eingesperrt war.

Das Echo hallte zwischen den Bergen wider. Eine Wolke aus Vögeln stieg über dem Storfjeld auf. Papa wurde kreideweiß, die Falten auf seiner Stirn sahen aus wie schwarze Striche.

»Was war das?«, fragte ich.

Aber ich wusste die Antwort schon, noch ehe Peter sie ausgesprochen hatte:

»Sie haben angefangen, den Tunnel zu sprengen.«

... Meine Hose kratzt, mein Pullover scheuert, ich kann es nicht ertragen, sie auf der Haut zu spüren. Das Licht sticht in meinen Augen. Die Geräusche sind zu laut, meine Ohren drohen zu bersten. Alles ist zu viel, meine Arme fangen an zu zucken, meine Beine stampfen.

Mama hat mir eine Lammfellmütze gemacht, die ich wie einen Helm trage, damit ich mir nicht den Kopf verletze, wenn ich auf den Boden knalle.

Mama will mit mir ins Badezimmer gehen und mir die Haare waschen. Das heiße Wasser dampft, es bildet in der Badewanne Strudel und wirbelt durch das Abflussloch. Wenn ich das Wasser berühre, wird es in mich eindringen und mich auflösen, zusammen mit dem Wasser werde ich gurgelnd durch das schwarze Loch verschwinden...

»Peter soll das machen! Peter soll das machen!«

Peter setzt sich mit mir in die Badewanne und wäscht mir die Haare. Das Wasser bleibt, wo es ist, es dringt nicht in mich ein, ich verschwinde nicht durch das Loch.

Peter passt auf mich auf, er ist mein Fels, er ist seines Bruders Hüter ...

SECHS

Nun hatten sie angefangen, den Tunnel zu sprengen, und da sie einmal angefangen hatten, machten sie weiter. Dreimal am Tag – morgens, abends und am Spätnachmittag – hörten wir das dumpfe Dynamitdröhnen von der anderen Seite des Storfjeld. Die Vögel gewöhnten sich bald daran, Kari aus Kæret schaffte das nicht. Die Gläser in ihrem Geschirrschrank klirrten noch Minuten später, sagte sie und behauptete, sie könne spüren, wie die ganze Insel in ihren Grundfesten bebe.

»Am Ende wird Tangø in der Mitte auseinanderbrechen.« Sie schüttelte so heftig den Kopf, sodass eine weiße Haarsträhne unter ihrem Kopftuch hervorrutschte. »Und bestimmt wird mein Haus genau auf dem Riss stehen.«

Das Fernsehen brachte regelmäßig etwas über den Tunnel und konnte berichten, dass sich das Berginnere als viel härter erwiesen hatte als angenommen. Das hielt die Bohrungen auf, bedeutete aber auch, dass es an weniger Stellen nötig sein würde, den Tunnel zu stützen und mit Beton auszugießen.

»Härter als angenommen, habt ihr das gehört?«, fragte Papa vor dem Fernseher und nickte. »Ich habe es ja gleich gesagt, die kommen niemals durch.«

»Nach den letzten Berechnungen werden sie um Neujahr durch sein«, sagte Peter. »Und danach dauert es auch nicht mehr lange, bis der Tunnel für Fußgänger geöffnet wird. Dann kannst du in weniger als einer Stunde nach Lakselv gehen.«

»Was die so *berechnen*!« Papas Stimme klang, als sei dieses Wort glühend heiß, sodass er sich die Zunge daran verbrannte. »Die, die den Turm von Babel bauen wollten, hatten sicher auch alles *berechnet*, und was hat ihnen das am Ende geholfen?«

»Der Bau des Lærdalstunnels in Norwegen wurde am 15. März 1995 begonnen und am 3. September erfolgte der Durchstich. Er ist 24,51 Kilometer lang«, teilte ich mit.

»Die Post nach Fjeldvig wird durch keinen Tunnel getragen«, sagte Papa. »Nicht, solange ich hier die Post bin.«

»Ich weiß nicht, ob ich gern durch so ein Rohr gehen würde«, sagte Mama. »Da drinnen ist es doch stockfinster, und was, wenn der Tunnel einstürzt?«

»In Verbindung mit dem Lærdalstunnel wurde eine Untersuchung angestellt, bei der herauskam, dass sich 40 Prozent aller Frauen und 20 Prozent aller Männer vor Tunneln fürchten«, sagte ich.

»Ja, das ist gut, David«, sagte Papa, aber sein Gesicht sah aus wie ein saurer Smiley. Ich sage es ja: Es ist schwer, aus den Menschen schlau zu werden, sogar aus solchen, die man immer schon gekannt hat, wie Papa.

Die drei täglichen Explosionen erklangen, als die Küstenseeschwalbe – *Sterna paradisaea* – als letzter aller Zugvögel nach Tangø kam. Sie erklangen, als die Sumpfdotterblumen wie goldene Sonnen im Wiesengrün aufsprangen. Sie erklangen, als wir Sommerferien bekamen und sie erklangen an dem Tag, als die *Havlitt* unten am Kai 25 große Rollen Schafdraht löschte und Høgni seinem Vater, Hammel-Frej, half, sie zur Lore hinüberzuschleppen und Stück für Stück mit dem Lastwagen des Automobilverbandes wegzuschaffen. Alle sprachen darüber, was Hammel-Frej wohl mit so vielen Hundert Metern Zaun wollte. Aber niemand fragte, denn man soll sich nicht einmischen, das gehört sich nicht.

Und sie erklangen am letzten Tag der Sommerferien, Mittwoch, dem 9. August (Sonnenaufgang 5:08 Uhr, Sonnenuntergang 21:16 Uhr), als Papa fragte, ob ich Lust hätte, ihn auf der Posttour zu begleiten.

»Das weiß ich nicht«, sagte ich, denn ich wusste nicht, was das mit »Lust haben« bedeutet. Andere Leute haben offenbar irgendwo in sich eine Stelle mit allem, wozu sie Lust haben, aber wenn ich in mir nach dieser Stelle suchte, fand ich nur ein Loch.

»Willst du nun mitkommen oder nicht?«, fragte Papa, und das war eine Frage, mit der ich umgehen konnte.

»Mitkommen«, sagte ich.

Wir gingen gleich nach dem Frühstück los. Das war eine halbe Stunde früher, als Papa sonst aufbrach, aber meine Beine waren an die Tour ja nicht gewöhnt so wie seine und wir wollten nicht zu spät kommen, denn dann müsste das Postauto auf der anderen Seite des Berges, wo es Papa sonst entgegenkam, auf uns warten.

Die erste Explosion des Tages hatten wir schon gehört, als

wir noch beim Frühstück saßen. Jetzt war es still, auf eine seltsame Weise still. Als ob ein Geräusch, das immer da war, plötzlich nicht mehr da wäre. Wie abends, wenn der Generator sich ausschaltete.

Es war das Geräusch des *Windes,* das verschwunden war, ging mir auf, sowie wir aus dem Haus kamen. Es war völlig windstill, die Flagge bei der Kirche hing schlaff am Fahnenmast, dabei sind windstille Tage auf Tangø eine noch größere Seltenheit als Tage ohne Regen.

Der Himmel war strahlend blau ohne eine einzige Wolke. Die Sonne versteckte sich hinter dem Storfjeld, aber ihre Strahlen trafen den Gipfel des Arnafjeld und ließen ihn in warmem Gold glühen.

»Es wird ein heißer Tag«, sagte Papa. »Der heißeste in diesem Sommer, schätze ich.«

»Glaubst du, er schlägt den Landesrekord?«, fragte ich.

Papa zuckte mit den Schultern. »Ich kenne den Landesrekord nicht.«

Ich wohl: »28,4 Grad Celsius, am 22. Juli 1973 auf Brunø gemessen.«

Aber Papa glaubte nicht, dass es ganz so warm werden würde.

Der unterste Teil des Storfjeld hatte sich von langweiligem Graubraun in wunderschönes Hellviolett verfärbt. Das Heidekraut blühte, der Wanderweg schlängelte sich wie ein dunkles Zickzackband nach oben. Die Bienen summten, der süße, würzige Honigduft des Heidekrauts füllte die Luft.

Der Weg wurde bald zu schmal, um nebeneinander zu gehen. Papa ging vorweg und legte ein ziemliches Tempo vor. Ich musste mir alle Mühe geben, um mit ihm Schritt zu halten, vor allem, als wir die steile Strecke erreichten, wo der Weg außerdem sehr steinig ist. Einige Male wäre ich beinahe gestolpert und ab und zu trat ich einen Stein über den Rand. Er kullerte dann den Hang hinunter, riss weitere Steine mit und verursachte eine kleine Lawine. Papas Füße rutschten nicht aus, die Steine bewegten sich kaum, wenn er auf sie trat. Ich hielt meinen Blick an Papas Füßen, versuchte, mit ihnen im Takt zu gehen, und zählte in Gedanken die Schritte zwischen den Steinhaufen, die den Weg markierten: 23 Schritte, Wegzeichen, scharfe Biegung nach rechts, 42 Schritte, Wegzeichen und scharfe Biegung nach links, 39 Schritte, Wegzeichen, ...

Und dann hatten wir endlich die steile Felswand hinter uns gebracht und befanden uns oben in einer ganz anderen Welt. Das Dorf war nicht mehr zu sehen, es gab um uns herum nur noch Himmel und Gebirge, dunklen, nackten Fels unter dem blauen Himmelsgewölbe. Die Luft stand noch immer still, aber man konnte das ferne Rauschen der Brandung tief unten am Fuß der Steilwand hören, obwohl das Meer hinter einem zerklüfteten Felskamm versteckt war. Vor uns schlängelte sich der Weg in sanften Bögen zwischen den steinernen Markierungen weiter. Jetzt war er so breit, dass wir problemlos nebeneinander gehen konnten.

Papa wurde langsamer, damit ich nach dem langen Aufstieg verschnaufen und in meinen schweren Beinen neue Kräfte sammeln könnte. Er selbst war kein bisschen außer Atem und er ging irgendwie anders als sonst. Federnder und leichter, als ob hier oben eine schwere Last von ihm genommen worden wäre, obwohl er doch zwei Taschen trug, einen kleinen Rucksack mit unserem Mittagessen und die große Posttasche aus kräftigem Rindsleder, die über seiner Schulter hing. Ich musste an eine Fernsehsendung über Astronauten denken, die schwerelos umherschwebten, weil sie so hoch oben waren, dass die Schwerkraft sie nicht mehr erreichte. Vielleicht wurde Papa oben auf dem Storfjeld auch ein bisschen schwerelos, obwohl wir nur einige Hundert Meter hoch waren, keine 386 Kilometer wie die Astronauten in ihrer Raumstation.

Als wir weitergingen, zeigte Papa auf Felsrücken und Schluchten und erklärte mir, wie sie hießen. Noch die kleinsten Felsen hier oben hatten Namen, starke Namen, die sich anhörten wie die von Seevögeln, und Papa wusste sie alle: Bothista, Bølla, Lopra, Wart.

»Hast du dir all die Namen ausgedacht?«, fragte ich.

Als ich Papa lachen hörte, musste ich daran denken, wie lange er schon nicht mehr gelacht hatte. Aber jetzt sagte er lachend: »Nicht doch, so heißen sie schon seit Anbeginn der Zeiten.«

Auch die einzelnen Wegzeichen hatten Namen. Papa erzählte, wie er sie im Auge behielt und neue Steine darauflegte, wenn sie anfingen, in sich zusammenzufallen.

»Es ist schwer, sich das an einem Tag wie heute vorzustellen, aber wenn der Seenebel hereintreibt und sich über die Berge legt, verliert man schnell die Orientierung. Man könnte geradewegs in den Abgrund wandern, wenn nicht diese Steinhaufen wären. Und auch die können im Nebel verschwinden. Es hat Tage gegeben, da musste ich mich setzen und mehrere Minuten oder Stunden warten, bis sich der Nebel so weit gelichtet hatte, dass ich den nächsten Steinhaufen sehen konnte ... Aber jetzt müssen wir nur noch um den Stierkopf herum, dann geht es bergab.«

Der Stierkopf ist der Felsrücken, der den südlichsten Punkt auf dem Storfjeld und auf ganz Tangø bildet. Er liegt dort, wo das Storfjeld lotrecht ins Meer abfällt, und an einem klaren Tag hatte man von hier oben eine fantastische Aussicht. Aus einer Gebirgswüste dunkelgrauer Felsen und Steine blickte man dann in die strahlende Sonne hinein, die der Felsrücken zuvor versteckt hatte, und ein großer Teil des Landes lag ausgebreitet vor einem: Links unter einem breitete sich Tangøs flache, grüne Ostküste aus, man konnte die Dächer und den Kirchturm von Lakselv sehen und weit oben ahnte man die Brücke über den schmalen Sund zur Insel Brunø. Tief unten auf der rechten Seite lag das Meer, das in der Sonne glitzerte. Dahinter sah man die zerklüfteten Profile der Inseln Brunø und Lyngø.

Hinter dem Stierkopf bog der Weg nach Nordosten ab und führte immer näher an die Felskante heran, bis zu der gefährlichen Stelle beim Langen Kerl, wo er über ein schmales Felssims hoch oben auf dem Steilhang führte.

»Pass auf, wohin du die Füße setzt«, sagte Papa. »Es wäre gar nicht gut, hier zu stolpern.«

Damit hatte er recht: Es waren 213 Meter nach unten, das wusste ich, und wenn ich abstürzte, würde nichts meinen Fall aufhalten. Ein falscher Schritt und man wäre tot ... Das war eine seltsame Vorstellung, mir wurde ein bisschen flau im Magen und für einen Moment war ich nahe daran, verbotene Wörter zu schreien, wie damals, als Peter und ich an den Seilen oben beim Vogelaufzug geschaukelt hatten. Aber ich wusste, dass Papa schrecklich wütend werden würde, wenn er das hörte, so wütend wie der wütende Gott in der Bilderbibel, deshalb konnte ich die schlimmen Wörter gerade noch hinunterschlucken.

Als wir die gefährliche Stelle hinter uns gebracht hatten, schaute Papa auf die Uhr: »Sehr gut, jetzt ist es nur noch eine halbe Stunde bis nach unten. Wir werden rechtzeitig da sein.«

Hinter dem Langen Kerl führte der Weg nach unten immer tiefer ins Land hinein. Zuerst wand er sich durch eine karge Felsenlandschaft, danach ging es in breiten Zickzackbögen einen Berghang hinunter, der etwas weniger steil war als der auf der anderen Seite bei Fjeldvig.

»Lenny ist heute offenbar früh dran«, sagte Papa. Das Postauto hielt unten bei dem letzten Steinhaufen, an dem der Weg endete und die asphaltierte Straße anfing. Es sah in dem vielen Grün aus wie ein kleines, blaues Spielzeugauto. Lenny fuhr Papa meistens entgegen, damit der sich die letzten Kilometer zum Postamt in Lakselv sparen konnte.

»Hier ist es schön, was?« Papa schaute nach rechts, auf das Meer hinaus.

»Ja«, sagte ich und blickte nach links. Dort war es vielleicht nicht so schön, aber es gab viel mehr zu sehen.

Als ich zuletzt mit Papa über den Berg gegangen war – in den Sommerferien ein Jahr zuvor –, hatte kein breiter, brauner Kiesweg von der Asphaltstraße den Berg hochgeführt und oben am Hang hatte es nur Gras und Steine gegeben.

Aber das war jetzt anders. Eine ganze Stadt aus Bauwagen war am Ende des Kiesweges aus dem Boden geschossen. Männer in blauen Arbeitsanzügen und mit orangefarbenen Helmen liefen zwischen den Bauwagen hin und her. Gelbe Bagger kamen angefahren und hatten die Schaufeln voller Felsbrocken, die sie auf wartende Lastwagen kippten, um sofort kehrtzumachen und wieder in den Berg zu fahren.

Die Bagger *fuhren in das Storfjeld,* wo ein riesiges, schwarzes Loch im Fels klaffte, das im letzten Jahr noch nicht da gewesen war. Natürlich waren Loch und Bagger im Fernsehen gewesen, aber es war etwas anderes, sie in Wirklichkeit zu sehen.

Ich linste zu Papa hinüber, aber der sah noch immer in die andere Richtung auf das Meer hinaus. Kein einziges Mal beim ganzen Abstieg wandte er den Kopf, um zur Tunnelöffnung hinüberzuschauen, nicht einmal, als wir so dicht daran vorbeikamen, dass der Lärm der Bulldozer und der Generatoren und der Zurufe der Arbeiter unüberhörbar war. Einer der Männer im Blaumann winkte uns zu. Ich winkte zurück, Papa nicht.

Er sah den Mann ja nicht, er sah nur das Meer und die Adler am Horizont.

Lenny, der Postbote aus Lakselv, war ein kleiner, schmächtiger Mann mit schwarzen Haaren und ebenso schwarzen Augen. Trotz des schönen Sonnenscheins saß er mit laufendem Motor in seinem blauen Postauto. Als wir auf ihn zukamen, sprang er heraus, um uns zu begrüßen.

»Der Kaffee ist fertig, Eliassen«, sagte er und hielt Papa eine Thermosflasche hin. Er sah mich an. »Was ist mit dir, trinkst du auch Kaffee?«

»Nein, pfui!«, sagte ich. Ich hatte nur einmal Kaffee probiert und ihn sofort wieder ausgespuckt.

»Na, das war ja deutlich«, sagte Lenny.

»David, das heißt nein danke«, mahnte Papa.

»Nein danke«, sagte ich.

Lenny beugte sich ins Auto, wühlte darin herum und richtete sich mit einer Flasche Cola in der Hand wieder auf.

»Du möchtest vielleicht lieber so eine?«

»Ja«, sagte ich. Papa seufzte, Lenny lachte.

Dann setzten wir uns in die Sonne und tranken Kaffee und Cola. Papa und Lenny redeten über gemeinsame Bekannte in Lakselv und über den Preis für Wolle und Lämmer, der in den Keller stürzte, über die Fischereikrise und alles Mögliche andere. Das Einzige, worüber sie *nicht* redeten, waren das schwarze Loch im Storfjeld hundert Meter weiter und die Lastwagen, die in einer Wolke aus Straßenstaub und Dieselqualm an uns vorbeipolterten.

»Hast du viel für uns?«, fragte Papa, als sie den Kaffee getrunken hatten.

Außer den Zeitungen gab es vier Briefe – einer davon war für uns, für Mama! –, einige Waren für die Apotheke und ein Buchklubpäckchen für die Frau des Pastors, das als Brief galt. Große Sendungen kamen mit der *Havlitt*.

»Dann tauschen wir.« Papa reichte Lenny die drei Briefe, die er aus Fjeldvig mitgebracht hatte.

»Ja dann, einen guten Rückweg«, sagte Lenny. »An einem Tag wie heute ist es sicher fast ein Vergnügen, aber die Touren bei Regen, Schnee und Nebel wirst du sicher nicht besonders vermissen.«

»Das Thema ist nun wirklich erledigt!« Papa ging schon zurück zum Weg und schaute nur nach links, auf das Meer hinaus.

Mama hatte uns Proviant mitgegeben. Normalerweise wartete Papa mit dem Mittagessen, bis er wieder zu Hause war. Aber diesmal war ich dabei und es war mehr eine Art Ausflug.

Wir fanden oben beim Stierkopf eine Stelle mit weichem Gras, wo wir bequem sitzen konnten. Die Sonne schien noch immer, aber jetzt war ein leichter Wind aufgekommen und eine dünne Schicht aus Wolkenfetzen zog von Osten her heran. *Cirruswolke*n hießen sie.

Papa öffnete den Rucksack und nahm ein großes Messer und den Proviant heraus. Für einen Moment hatte ich Angst, denn ich musste an die Bibelgeschichte von Abraham denken, der seinen Sohn Isaak auf einen Berg führte, um ihn zu opfern. Sollte ich jetzt geopfert werden? Würde Papa das Messer in mich hineinbohren und seinen Sohn schlachten? Verlangte Gott das?

Könnte ich vor Papa weglaufen?

Aber dann fiel mir ein, dass Papa doch Isak hieß, nicht ich, und dass Papa ein lieber Vater war, der seine Kinder niemals schlug. Das taten viele andere Väter – der von Reidar zum Beispiel, das hatte Peter mir erzählt. Und ehe ich mir das alles überlegt hatte, hatte Papa eine geräucherte Hammelkeule aus dem Rucksack gezogen, einige Stücke abgeschnitten und das Messer weggelegt.

Es tat gut, etwas essen zu können, obwohl mich die vielen kleinen Mücken ärgerten, die um uns herumschwirrten, sich überall hinsetzten und stachen. Die Luft war voll von ihnen, wenn es windstill war.

»Wie geht es denn in der Schule so?«, fragte Papa und schnitt noch ein Stück Fleisch ab.

»Ich habe gerechnet. Und bei Google gesucht.«

»Aber wie geht es dir da? Gehst du gern in die Schule?«

»Ich rechne. Das habe ich doch schon gesagt«, sagte ich. Er ärgerte mich, wenn ich auf diese Weise ausgefragt wurde, es ärgerte mich auf dieselbe Weise wie die Mücken.

Papa seufzte. »Ich würde nur so gern ausnahmsweise einmal von dir hören, dass du froh bist, David.«

»Ich bin froh«, sagte ich, da er das nun einmal hören wollte.

»Du sollst das nicht mir zuliebe sagen.« Jetzt begriff ich rein gar nichts mehr, er hatte doch gerade erst gesagt, dass er das hören wollte. Aber er runzelte auch nicht die Stirn und machte auch sonst nichts, was zu einem zornigen Smiley gehört, er sah nur ein bisschen müde aus.

Bald danach gingen wir weiter. Ein paar Basstölpel schwebten dicht über uns hinweg und ich musste an Opa denken und daran, wie ärgerlich es war, dass ich ihn nicht gekannt hatte, als er so schön und gut gewesen war.

»Wie ist Opa gestorben?«, fragte ich.

»Warum fragst du?«

»Weil ich das wissen möchte.«

»Er ist vom Basstölpelzinken abgestürzt. Du hast ja von Oma gehört, wie er das Seil darübergeführt hat und hochgeklettert ist, um Basstölpel zu fangen. Aber sie hat vergessen zu erzählen, dass er abgestürzt ist und sich auf den scharfen Felsen das Genick gebrochen hat. Es war ein Sonntag, sie hatte ihn angefleht, bis zum Montag zu warten, aber er ließ nicht mit sich reden. Gott hat ihn für seinen Übermut und seinen Ungehorsam bestraft.«

Ich schloss die Augen und sah Opa vor mir. Er stand oben auf dem Basstölpelzinken, Gott streckte einen Finger aus Licht durch die Wolken und versetzte ihm einen Stoß ...

»Oma sagt, dass er gestorben ist, weil er zu schön und gut für diese Welt war.«

Papa zuckte mit den Schultern. »Er wollte immer die Nummer eins sein, egal, um welchen Preis. Aber ich habe ihn nicht so gut gekannt. Ich war ja noch ziemlich klein, als er gestorben ist, und er war auch fast nie zu Hause.

Die ganze Zeit wollte er auf den verflixten Vogelfelsen den Draufgänger spielen. Soweit ich mich erinnere, hat er eigentlich nie mit mir geredet. Das kann zwar nicht stimmen, aber in meiner Erinnerung ist es so.«

Es ging jetzt abwärts nach Fjeldvig, aber der Weg war noch immer breit genug für zwei. Unsere Hände streiften einander, das war schon mehrere Male passiert, es ließ sich nicht vermeiden, aber diesmal kehrte Papas Hand zu meiner zurück.

Er nahm meine Hand, ganz sanft, ohne zu drücken. Das tat er sonst nie, ich wollte das ja nicht, aber jetzt tat er es. Ich sah zu ihm hoch und im selben Moment schaute er auf mich herab und lächelte, und ich merkte plötzlich, dass mein Mund auch anfing zu lächeln. Es war kein albernes Grinsen, sondern ein einfaches Lächeln und ich dachte: Vielleicht bin ich jetzt froh, *froh,* weil ich einen Vater habe, der mit mir redet und mich nie schlägt, einen Vater, den ich kenne. Jetzt war es nicht nur seine Hand, die meine hielt, sondern meine hielt auch seine.

»Du kennst doch die alte Sage über das Storfjeld, oder?«, fragte Papa, aber es war keine richtige Frage, denn er redete selbst weiter: »In den alten Zeiten gab es zwischen Lakselv und Fjeldvig nur eine flache Ebene. Die Leute in Fjeldvig wollten eine Kirche bauen, aber jede Nacht kam aus Lakselv ein böser Troll und riss alles wieder ein, und sie mussten am nächsten Tag von vorn anfangen. Die Bewohner von Fjeldvig baten Gott um Hilfe und Er erhörte sie und schuf das Storfjeld. Als der Troll in der nächsten Nacht angelaufen kam, stieß er in der Dunkelheit mit der Stirn dagegen und fiel tot um. Seit damals steht das Storfjeld hier wie ein Bollwerk, wie eine beschützende Mauer. Aber die da oben mit ihren Bulldozern und Dynamitstangen begreifen gar nichts, für die ist es nur etwas, das im Weg liegt. Ein Hindernis, das eingerissen werden muss.«

Papa hatte also doch gesehen, was da oben auf der Seite von Lakselv vor sich ging.

»Der Fels ist die Zeit, das Wasser ist die Ewigkeit«, sagte ich, ohne zu wissen, warum. Aber Papa hatte es offenbar nicht gehört, jedenfalls sagte er nichts dazu.

Bald darauf wurde der Weg zu schmal, um nebeneinanderzugehen.

Die zweite Sprengung des Tages erfolgte um halb zwei, als wir gerade das Buchklubpäckchen beim Pastor ablieferten. Als wir nach Hause kamen, standen Ziegen-Gordon, Oddmar und Heini vom Leuchtturm im Laden. Sie redeten laut und eifrig, man konnte sie schon auf der Straße hören.

»Wovon redet ihr? Ist etwas passiert?«, fragte Papa.

»Es geht um Hammel-Frej«, sagte Mama hinter dem Tresen. »Heini sagt, dass er die Schafe rot anmalt.«

»Er markiert sie mit Farbspray«, sagte Heini.

»Wozu soll das denn gut sein?«, fragte Papa. »Das kann er doch nicht machen, die Schafe gehören uns allen.«

»Stimmt, aber er tut es trotzdem«, sagte Ziegen-Gordon. »Er sagt, er hat es satt, die ganze Arbeit mit den Schafen zu haben, während andere nur Trittbrettfahrer sind. Deshalb markiert er jetzt so viele, wie ihm seiner Ansicht nach zustehen, und baut einen Pferch für sie.«

»Er sagt auch, dass er es satt hat, an den Berghängen herumzukraxeln und Schafe zu suchen, die heruntergefallen sind, weil gewisse Leute die Feldmauern nicht in Schuss halten«, sagte Oddmar und saugte an seiner Pfeife.

»Und da hat er nicht ganz unrecht«, sagte Heini. »Ich will ja keine Namen nennen, aber seit Ostern sind drüben beim Südhang vier Schafe abgestürzt.«

»Aber hat da draußen nicht nur Wolle Land?«, fragte Mama.

Heini nickte. »Wie gesagt, keine Namen. Ich muss auch wieder los, ich kann hier nicht den ganzen Tag verplaudern.«

»Uns geht das ja eigentlich gar nichts an«, sagte Oddmar. »Und jetzt wird es wohl Zeit für ein Nickerchen.«

Heini war der Einzige, der etwas gekauft hatte, sah ich, die anderen beiden waren nur zum Reden gekommen.

Als alle drei gegangen waren, zog Papa den Brief an Mama aus der Posttasche und reichte ihn ihr. »Der ist für dich.«

»Für mich, von wem denn bloß?!« Mama sah den Brief an. »Ach, von Siri.«

»Wer ist Siri?«, fragte ich, als sie den Brief aufgeschlitzt und gelesen hatte.

»Das ist deine Tante«, sagte Mama und das ärgerte mich ein bisschen, das hätte sie ja schließlich auch gleich sagen können.

»Was schreibt sie?«, fragte Papa.

»Allerlei darüber, was sie so machen und wie es den Kindern geht. Und dann den üblichen Kram darüber, warum wir nicht auch dahin ziehen.«

»Dahin ziehen! Wir wohnen hier, in Fjeldvig«, sagte Papa.

»Ja, das tun wir«, sagte Mama.

Papa sah aus, als ob er noch mehr sagen wollte, aber in diesem Moment wurde die Tür zu unseren Wohnräumen aufgerissen.

Peter stand in der Tür: »Kommt, beeilt euch! Es geht um Oma ... ich glaube, sie stirbt!«

Oma saß auf dem Sofa und hustete, oder vielmehr lag sie, denn sie hatte sich zusammengekrümmt und war auf die Seite gekippt.

Ihr Gesicht war in den Wollschals verschwunden. Der Husten riss und zerrte an ihr und es wirkte, als könnte er sie vor unseren Augen zerreißen.

Aber gleich danach ebbte der Anfall ab. Oma stützte sich auf einen Ellbogen und suchte auf dem Tisch nach ihrer Brille.

»Was glotzt du denn so, Isak?«, keuchte sie. »Hast du nichts Gescheiteres zu tun?«

»Mama, ich habe dir Hustensaft mitgebracht«, sagte Papa und schob die Hand in die Posttasche, die noch immer über seiner Schulter hing.

»Warte mit dem Hustensaft bis zu dem Tag, an dem du einen Schnupfen kriegst«, stöhnte Oma und setzte sich mühsam auf. »An mir wäre der verschwendet.«

Ein dünner, roter Faden sickerte aus ihrem linken Mundwinkel. Auf den hellgrauen Wollschals gab es kleine rote Punkte. Die Punkte sahen aus wie Blumen.

Ein heftiger Windstoß ließ das Dach ächzen. Der Regen prasselte gegen die Fensterscheiben, das stille Sonnenwetter war vorüber.

Barbara, die Frau von Kapitän Torfinn, ist zu Besuch. Sie und Mama sitzen am Küchentisch und trinken Kaffee, sie reden und reden. Barbara hat Vinni mitgebracht. Vinni und ich sind gleich alt. Sie sagen, wir sollten im Wohnzimmer spielen.

Ich kippe meine Steinsammlung auf den Boden. »Die weißen sind Schafe, die schwarzen sind Kühe«, erkläre ich Vinni und dann spielen wir mit meinen Kühen und Schafen.

Bald darauf sagt Vinni: »Aber jetzt sind die weißen Gänse.«

»Nein«, sage ich. »Ich habe doch gerade gesagt, dass die weißen Schafe sind.«

»Doch«, sagt Vinni. »Ich habe keine Lust, die ganze Zeit dasselbe zu spielen.«

Ich versetze ihr einen Stoß. Hart, sie macht doch unser Spiel kaputt. Vinni läuft in die Küche und kommt zusammen mit Mama zurück.

»Aber David«, sagt Mama. »Beim Spielen bestimmt man immer abwechselnd.«

Ich schreie, so laut ich kann. Ich schmeiße mit Steinen um mich und schlage mit dem Kopf gegen die Wand und lasse mich auf den Boden fallen, meine Füße trampeln gegen die Dielen. Das Loch in meinem Inneren, das schwarze Loch, wird die ganze Zeit größer und größer.

Ich falle hinein …

SIEBEN

Das Gras war gemäht und getrocknet und eingeholt, alles Grüne war verwelkt und die Zugvögel flogen nach Süden und nahmen das Licht des Sommers mit. Brachvogel, Küstenseeschwalbe und Heringsmöwe *(Larus larus)* und am Ende die Doppelbekassine. Als die verschwunden war, machten sich auch die Basstölpel auf den Weg übers Meer und dann war schon Oktober und Herbst. Bald waren nur noch die Eissturmvögel übrig – auf die hätten wir gut verzichten können, sagte Oma, die stinkenden Drecksvögel.

Oma ging es schlecht, sie lag im Bett und wurde immer dünner. Die Hustenanfälle waren jetzt so heftig, dass es klang, als ob sie erwürgt würde. Manchmal spuckte sie Blut. »Wir müssen sie ins Krankenhaus bringen, damit sie untersucht und richtig behandelt werden kann«, sagte Mama. »Oder zumindest muss der Arzt kommen und sie sich ansehen.«

»Aber wenn sie doch nicht will«, sagte Papa.

»Dann musst du versuchen, sie zur Vernunft zu bringen.«

Papa fuhr sich mit der Hand durch sein schütteres Haar. »Du hast gut reden, das ist leichter gesagt, als getan.«

Manchmal ging ich zu Oma hinein und setzte mich eine

Weile auf ihre Bettkante. Sie erzählte keine Geschichten mehr, dazu fehlte ihr die Kraft. Meistens sagte sie gar nichts und ich sagte auch nichts. Mama hatte gesagt, ich dürfe Oma nicht mit meteorologischen Rekorden und Hubschraubertypen und anderen Googlesachen langweilen, und ich wusste nicht, was ich sonst sagen sollte. Aber Oma strich mir übers Haar und streichelte meine Wange, und ihre Hand fühlte sich so weich an wie immer, obwohl sie jetzt noch mehr aussah wie eine Vogelkralle, da sie nur noch aus Haut und Knochen und Fingernägeln bestand.

Und dann lächelte sie Opa an, der in einem ovalen, braunen Rahmen auf dem Nachttisch stand. Opa lächelte nicht zurück, sein Gesicht unter den Locken war so steif wie sein Hemd. Er sah überhaupt nicht aus wie ein Draufgänger, der auf den Vogelfelsen herumkraxelte.

Oma folgte meinem Blick. »Er war doch beim Fotografen«, flüsterte sie. »Da muss man sich feinmachen.«

In diesem Herbst waren Hammel-Frej und seine Sprühdose das große Gesprächsthema in Fjeldvig. Er hatte um sein größtes Grundstück, draußen bei der Dornenhalde, einen Zaun aufgestellt, an die 2000 Meter Stahldraht vom Südhang bis zur Kalbsspitze. Alle 87 Schafe, die er markiert und zu seinem Privatbesitz ernannt hatte, liefen dort herum und fraßen sich an Tangøs saftigstem Gras fett und rieben sich an dem teuren Zaun, sodass am Stahldraht rote Wollbäusche hängen blieben.

Seit alter Zeit waren die Schafe im Dorf Gemeinschaftsbesitz und Gemeinschaftsverantwortung gewesen und einige

Leute meinten, Hammel-Frej habe sich über die Gemeinschaft erhoben und etwas verbrochen, das Ähnlichkeit mit Diebstahl hatte.

»Er bildet sich ein, dass er sich wie ein Herrscher aufführen kann, bloß weil er mehr Boden hat als andere«, sagte Wolle, der sehr schnell zu einer Art Sprecher für die geworden war, die fanden, Hammel-Frej sei zu weit gegangen. »Der Blödmann ist größenwahnsinnig geworden, aber das werden wir ihm schon wieder austreiben.«

Eines Sonntags gerieten Hammel-Frej und Wolle auf dem Heimweg von der Kirche in offenen Streit. Sie hatten gerade erst die Friedhofsmauer hinter sich gelassen, da flogen auch schon Flüche und Verwünschungen durch die Luft. Nach diesem Zwischenfall beriefen der Pastor und Lehrer Joensen eine Versammlung ein, um die Sache zu klären und eine gütliche Lösung für den Schafsstreit zu finden.

Mama wollte nicht mitgehen. »Mit so was kenne ich mich nicht aus.« Also musste Papa allein hin.

»Wie war es denn?«, fragte sie, als er weniger als zwei Stunden später zurückkam. »Haben sie sich versöhnt?«

Papa schüttelte den Kopf. »Eher das Gegenteil, würde ich sagen. Der Pastor und der Lehrer haben sich alle Mühe gegeben, aber das Ganze ist mit noch mehr Streit geendet.«

Papa erzählte, dass Wolle und Danny gedroht hatten, Hammel-Frej bei der Polizei anzuzeigen, da er alle alten Regeln und Bestimmungen des Dorfes zur Schafhaltung übertreten habe. Aber da war Hammel-Frej ganz ruhig geblieben. Er hatte sich nämlich mit einem Rechtsanwalt aus der Stadt besprochen und der behauptete, diese Regeln seien nirgendwo aufgeschrieben und daher wohl kaum rechtsgültig. Dass sie alt waren, beweise höchstens, dass sie längst veraltet seien. Hammel-Frej hatte auch gesagt, er habe es *zum Kotzen satt* – »das hat er wirklich gesagt«, behauptete Papa –, die ganze Arbeit für andere zu machen, die keine Finger rührten und gleichzeitig ein Geschrei um ihre Rechte machten. Sie hätten offenbar nicht begriffen, dass zu Rechten auch Pflichten gehören, aber das würden sie jetzt erfahren, wenn sie auf ihre eigenen Schafe aufpassen und ihre Mauern instand halten müssten.

Dann hatte Wolle Hammel-Frej beschuldigt, sich die besten Schafe unter den Nagel gerissen zu haben. Das stritt Hammel-Frej ab. Die, die er sich geholt hatte, seien weder besser noch schlechter als andere, und wenn er noch einmal als Dieb bezeichnet würde, würde er eine Verleumdungsklage einreichen. »Eigentlich gibt es nichts Neues unter der Sonne«, hatte er geschlossen. »Man kann sagen, dass ich mir nur die Lämmer genommen habe, die mir sowieso zustehen, ehe sie geboren worden sind, und meine Schlachttiere, ehe sie geschlachtet werden.«

Dann war er gegangen und hatte mit der Tür geknallt. Und Wolle und Danny waren wutentbrannt zurückgeblieben.

»Was hast du denn gesagt?«, fragte Mama.

»Nicht sehr viel, ich wollte mich nicht einmischen, das gehört sich nicht. Für uns spielt es doch keine große Rolle. Die paar Schafe, die wir haben, werden wir schon satt kriegen und ich weiß jedenfalls, dass ich mich nie vor meinem Teil der gemeinsamen Pflichten gedrückt habe.«

Mama fand das vernünftig. »Es besteht auch kein Grund dazu, es sich mit irgendwem zu verderben. Feindschaft ist schlecht, auch für den Laden. Es sollte doch so bleiben, dass alle hier einkaufen können.«

Papa lachte, aber er sah nicht gerade fröhlich aus. »Das wird es wohl auch. Ich meine, wohin sollten sie denn sonst gehen? Aber dass es so weit kommen könnte, dass die Leute in Fjeldvig sich gegenseitig mit Rechtsanwälten und Polizei drohen, das hätte ich nie im Leben erwartet.«

Rechtsanwalt. Ich drehte und wendete dieses Wort im Mund, ohne es laut zu sagen. Ich wollte es in meiner Wörtersammlung haben, zusammen mit *Verleumdungsklage* und *rechtsgültig*.

Am Freitag, dem 17. November, ging die Sonne um 15:36 Uhr unter und war seit über 8 Stunden verschwunden, als ich aufwachte.

Irgendetwas hatte mich geweckt, ich hatte keine Ahnung, was. Es war still im Haus, nachtstill. Peter atmete langsam und tief im oberen Bett und aus dem Schlafzimmer konnte ich ein leises Schnarchen hören, das war alles.

Plötzlich wusste ich es. Das, was mich geweckt hatte, kam aus dem Wohnzimmer.

Ich blieb eine Weile liegen und starrte in die Dunkelheit. Dann stand ich auf und schlich hinüber. Ich bewegte mich sehr langsam und vorsichtig, damit die Bodenbretter nicht knackten, aber ich konnte nicht verhindern, dass ein leises, schmatzendes Geräusch zu hören war, als meine schweißnassen Füße sich vom kalten, glatten Lack lösten.

Wir waren um halb elf schlafen gegangen, als der Generator sich ausgeschaltet hatte. Viele im Dorf hatten einen Akkumulator, der genug Strom für ein paar Lampen und einen kleinen Fernseher gab, deshalb konnten sie so lange aufbleiben, wie sie wollten. Wir hatten auch einen Akkumulator, benutzten ihn aber nur für den Kühlschrank und die Gefriertruhe im Laden, denn Gott hatte uns die Nacht doch wohl geschenkt, damit wir sie zum Schlafen nutzten.

Es war stockfinster, als ich ins Wohnzimmer kam, aber gleich darauf füllte sich alles mit blendend weißem Licht. Ich musste die Augen zukneifen, aber ich konnte noch sehen, dass die Wanduhr fünf Minuten vor zwölf Uhr zeigte. Das Licht verschwand und kehrte zurück, und so kam und ging es im Abstand von jeweils zwei Sekunden. Es war der Lichtkegel des Leuchtturms, der durch das Fenster kam. Die Jalousie war heruntergelassen gewesen, als wir zu Bett gegangen waren, sonst hätten wir nicht fernsehen können, aber offenbar hatte irgendwer sie hochgezogen.

Oma stand am Fenster und starrte hinaus in die Finsternis. Sie hatte sich nicht wie sonst in ihre Wollschals gewickelt, sie trug nur ein dünnes, weißes Nachthemd, das ganz durchsichtig wurde, wenn das Licht es traf, und so sah ich, dass Oma noch dünner war, als ich gedacht hatte. Das Nachthemd reichte bis auf den Boden, ihre Füße waren darunter versteckt. Sie schien eher zu schweben als zu stehen und auf dem Rücken hatte sie graue, zusammengefaltete Engelsflügel wie die, von denen es in meiner Bibel so viele Bilder gab

Oma war zum Engel geworden.

Die grauen, seidenglatten Engelsflügel, die keine echten Flügel waren, sondern ihre Haare, die sonst immer zu einem Knoten aufgesteckt waren, fielen jetzt in Wellen über ihren Rücken – ich hatte keine Ahnung gehabt, dass sie so lang waren.

»Bist du das, David?«

Ihr Gesicht war so weiß wie ihr Nachthemd, als sie den Kopf bewegte und mich ansah:

»Sicher, du bist es ... du hörst das, was sonst niemand hört. Wenn du einen Moment früher gekommen wärst, hättest du ihn auch gesehen.«

Ich trat neben sie und schaute aus dem Fenster. Dort waren nur die Dunkelheit und der Lichtkegel des Leuchtturms zu sehen, der sich drehte und drehte und schwarze Schatten über den Kies sausen ließ.

»Wen denn gesehen, Oma?«

Eine verkrümmte Hand ließ die Fensterbank los, tastete nach meiner und schloss sich darum. So weich, so weich, aber eiskalt.

»Den weißen Widder, David ... der stand draußen in der Dunkelheit und hat mich gerufen. Er war weißer als frisch gefallener Schnee, weißer als ausgebleichte Schafsknochen im Heidekraut ... Jetzt werde ich bald wieder Opas Arme um mich spüren ...«

»Was ist hier los?« Peter war hinter uns getreten.

»Oma ... Oma hat den weißen Widder gesehen.«

»Ich rufe Papa und Mama, sie darf doch hier nicht herumstehen und frieren.«

Am nächsten Morgen hatte Oma hohes Fieber und redete wirres Zeug und Papa rief den Arzt in Lakselv an. Der Arzt verständigte das Krankenhaus, das Krankenhaus verständigte den Rettungsdienst und der versprach, im Laufe des Nachmittags einen Hubschrauber zu schicken.

»Erst so spät?«, fragte Mama. »Ich habe eben den Wetterbericht gehört, es ist Sturm angekündigt.«

Papa schaute aus dem Fenster. Die Sonne schien, Mama hatte Wäsche aufgehängt. Die Wäschestücke flatterten waagerecht im Wind. Der Wind blähte die Hosenbeine, bis sie aussahen wie die Windsäcke oben auf dem Helikopterlandeplatz.

»Sturm? Demnächst darf hier kein richtiger Wind mehr wehen, ohne dass sie von Sturm reden«, sagte Papa und runzelte heftig die Stirn.

Im Laufe des Vormittags wurde der Wind stärker und drehte von Norden nach Westen, Mama musste die Wäsche hereinholen, ehe sie von der Leine geweht wurde. Noch vor Mittag zogen schwere, schwarze Regenwolken – *Cumulonimbuswolken* – über die Insel und hingen tief in den Berggipfeln. Die ersten Regentropfen schlugen gegen die Fensterscheiben, als wir beim Mittagessen saßen. Um zwei Uhr gingen Papa und ich hinaus, um zu sehen, wie schlimm es stand, und da konnten wir nicht mehr nur stehen, sondern mussten sozusagen auf der Stelle herumtanzen, um nicht umgeweht zu werden.

Papa rief den Rettungsdienst an und es hieß, alle Flüge für den Rest des Tages seien abgesagt worden. Wir müssten bis zum nächsten Morgen warten und hoffen, dass sich der Wind bis dahin legen würde.

»Es geht um ein Menschenleben«, sagte Papa. Das war den Leuten beim Rettungsdienst nur zu bewusst, aber sie konnten doch das Leben der Hubschrauberbesatzung nicht aufs Spiel setzen.

»Was ist mit der *Havlitt*, wäre das keine Möglichkeit ...«, fragte Mama.

Nein. Papa hatte schon bei Kapitän Teis in Lakselv angerufen. Die *Havlitt* würde nicht ausfahren. Die war an Land gezogen worden - zum Glück, hatte Teis gesagt -, ehe die Wellen über die Mole gespült waren.

»Omas Leben liegt in Gottes Hand«, sagte Papa und ich dachte an das erste Bild in der Bilderbibel, auf dem Gott auf einer Wolke stand, eine Hand hob und Licht herausströmen ließ. Es war eine große, starke Hand, Omas dünnes, kleines Leben fand problemlos darin Platz.

In den Fernsehnachrichten an diesem Abend ging es fast nur um den heftigen Sturm, der so plötzlich über unsere Inseln hereingebrochen war. Es bestand keine Aussicht, dass er sich in den nächsten 24 Stunden legen würde, sagte der Meteorologe im Studio und zeigte auf eine Wetterkarte: »Die Tiefdruckgebiete stehen quer über dem Atlantik Schlange.« Er konnte auch berichten, dass Windstärken bis zu 36 Metern in der Sekunde gemessen worden waren.

»Die höchste Windstärke, die hier auf den Inseln jemals gemessen worden ist, war beim Sturm 1987«, sagte ich. »Da wurde eine mittlere Windstärke von 50 Metern pro Sekunde gemessen, die höchste überhaupt lag bei 60,9 Metern.«

»David«, sagte Mama.

»Ja«, sagte ich. »Das ist aber nichts im Vergleich zu den Windstärken, die anderswo auf der Welt gemessen worden sind. Der Hurrikan Camille hat einen bisherigen Rekord von …«

»David, aufhören!«, sagte Peter und ich hörte auf.

In der Nacht konnte ich nicht schlafen. Der Sturm heulte und pfiff, das ganze Haus bewegte sich, es ächzte und knackte. Ich konnte Papa im Wohnzimmer hin und her laufen hören, wenn er nicht in Omas Kammer war, um nach ihr zu sehen.

Der Sturm wütete auch den ganzen nächsten Tag mit unverminderter Stärke. Das Radio berichtete von eingestellten Flug- und Fährabgängen, von Dächern, die von Häusern geweht worden waren, von Autos und Containern, die der Wind in den Hafen geschleudert hatte. Es war Sonntag, aber zum ersten Mal, solange ich mich überhaupt zurückerinnern konnte, gingen wir nicht in die Kirche. Und zum ersten Mal seit einem halben Jahr hörten wir nicht die drei Sprengungen im Storfjeld. Vielleicht waren die Tunnelarbeiten wegen des Unwetters ebenfalls unterbrochen worden, vielleicht ertrank ihr Dröhnen auch im Wüten des Sturmes.

Oma lag im Bett und hatte die Augen geschlossen und die Hände auf der Decke ineinander verschränkt. Sie hustete nicht mehr, aber es kam ein seltsames, röchelndes Geräusch aus ihrem Mund, wenn sie einatmete. Ihr Mund stand halb offen und ab und zu sickerte ein wenig roter, blubbernder Schaum heraus.

»Sie reagiert nicht auf Ansprache. Wir werden sie verlieren«, sagte Papa und lief weiter im Zimmer hin und her.

Plötzlich blieb er stehen.

»Wir werden sie über den Berg tragen!«

»Was sagst du da?«, fragte Mama. »Das geht doch nicht, schon gar nicht bei diesem Wetter.«

»Wo ein Wille ist, ist auch ein Weg«, sagte Papa. »Vier Mann und eine Trage, dann müsste das möglich sein.«

»Vielleicht, aber sie würde die Tour nicht überleben.«

»Das hier überlebt sie auch nicht.«

Mama seufzte. »Weißt du überhaupt, ob irgendwer hier eine Trage hat?«

»Wenn wir eine Tür nehmen, ein paar Griffe daran schrauben, damit wir sie tragen können, und Oma daran festschnallen«, sagte Papa.

Er zog seine dicke Jacke an und ging hinaus. Im selben Augenblick, in dem Papa die Klinke losließ, knallte der Wind die Tür wieder zu und wir sahen, wie Papa sich vornübergebeugt und im Zickzack gegen den Sturm über die Straße hinüberkämpfte.

Eine halbe Stunde darauf kam er zurück. Er war bei Danny gewesen, er war bei Kevin und Johnny gewesen, die von der Trawlerfischerei zu Hause waren. Drei starke junge Männer, aber alle hatten sich geweigert, Oma über den Berg zu tragen.

»Das kann ihnen niemand verdenken«, sagte Mama. »Jetzt komm auch du mal zur Vernunft.«

Papa wirbelte herum und starrte Peter und mich an.

»Dann muss ich eben euch beide fragen ...«

»*Nein!*«, sagte Mama mit einer Stimme, die wir noch nie zuvor gehört hatten. Wir starrten sie alle drei an. »Dazu darfst du die Kinder nicht benutzen!«

Papa gab keine Antwort. Bald darauf fing er wieder an, im Zimmer hin und her zu gehen.

Als ich ins Bett ging, wütete der Sturm noch immer wie in der ersten Nacht, aber ich war so müde, dass ich trotzdem einschlief.

Gegen Morgen erwachte ich plötzlich. Draußen war es stockfinster, aber es wehte kein Wind mehr und ich dachte zuerst, die Stille habe mich geweckt.

Dann hörte ich Papa im Wohnzimmer. Er rief einige halberstickte Worte, dann wurden diese Worte zu einem jammernden Gebrüll. Ich musste an damals denken, als Herfinn Hinkefuß noch Kühe gehabt hatte und eine Färse in die Rabenschlucht gefallen war und mit gebrochenen Hinterbeinen dort unten lag. Papa klang jetzt genau wie diese Färse.

»David, bist du wach?«, fragte Peter aus dem oberen Bett und sagte dann, ohne meine Antwort abzuwarten: »Jetzt können sie den Hubschrauber ja wohl abbestellen.«

»Alk, Dreizehenmöwe, Trottellumme ...« Ich sagte das nicht laut, aber in Gedanken wiederholte ich es viele Male.

Fünf Stunden später, als wir gerade die erste Sprengung des Tages hörten, hängte sich Papa die Posttasche über die Schulter und machte sich auf den Weg über das Storfjeld. Gottes Hand hatte Oma losgelassen, aber die Post musste weiterhin gebracht und geholt werden.

Es war Montag, der 20. November 2006, die Sonne ging um 08:32 Uhr auf und um 15:28 Uhr unter. Der Tag war seit Freitag fünfzehn Minuten kürzer geworden, die Dunkelheit war auf schnellem Vormarsch.

... Die Welt schaukelt und wippt und rollt, sie riecht nach Diesel und Meer. Es ist kalt oben an Deck, ich friere, Papa geht mit mir in die kleine Kajüte neben dem Maschinenraum. Hier ist es kochend heiß, aber jetzt steigt mir mein Magen in den Hals und quillt aus mir heraus, ich schreie und schreie und schäume aus mir weg, bald wird von mir nichts mehr übrig sein.

»Ruhig, ruhig, das ist doch nur wie beim Zahnarzt und damit kennst du dich ja aus«, sagt Papa.

Die Häuser in der Stadt sind hoch und haben Augen, sie drängen sich um mich und sehen mich an. Es gibt zu viele Geräusche und zu viele blinkende Lichter, zu viele Menschen und stinkende Autos, die kreuz und quer herumdröhnen.

Wir gehen eine Treppe hoch und dann durch eine Tür. Der Mann trägt einen weißen Kittel, wie der Zahnarzt, aber es gibt keinen Zahnarztstuhl und keinen Bohrer, nur eine blaue Bank, auf die ich mich legen soll.

»Jetzt schau ich dir mal eben in den Kopf«, sagt der Kittelmann und hat plötzlich eine Menge kleiner Leitungen in der Hand. »Liegst du gut?«

»Alk«, sage ich. »Dreizehenmöwe«, sage ich. »Trottellumme, Atlantiksturmtaucher, Seeschwalbe, Teiste«, denn jetzt befestigt er die Leitungen an meinem Kopf, er will mich unter Strom setzen! Die Wörter werden zu Schreien, meine Arme fuchteln, meine Beine strampeln. Ich kippe von der Bank, Papa fängt mich auf.

»Es muss nicht unbedingt Epilepsie sein. Krampfanfälle bei Kindern können viele Ursachen haben, Hysterie zum Beispiel«, sagt der Kittelmann zu Papa. »Kommen Sie wieder, wenn er gelernt hat, sich zu beherrschen, wenn es sich bis dahin nicht gelegt hat.«

Wir fahren mit dem Bus nach Lakselv. Papa nimmt mich auf die Schultern und trägt mich über das Storfjeld nach Hause. Ich habe zwei neue Wörter für meine Sammlung und sage sie in Gedanken im Takt seiner Schritte auf:

»Hysterie, Epilepsie ...« Sie reimen sich sogar.

ACHT

Der 7. Februar 2007 wurde aus zwei Gründen ein ganz besonderer Tag.

Erstens war Basstölpeltag und fast ganz Fjeldvig war draußen auf dem Keilfels, um die Basstölpel willkommen zu heißen. Anfangs sah es aus, als ob die Basstölpel uns im Stich gelassen hätten, aber dann entdeckte Høgni einen und bald darauf sahen wir einen ganzen Schwarm von 33 Vögeln von der Ackerspitze her geflogen kommen. Reidar war sauer, weil Høgni sie zuerst entdeckt hatte, alle anderen aber freuten sich, weil die großen Vögel zu uns kamen, um Nester zu bauen und Eier zu legen und Junge aufzuziehen. Wir schauten hinüber zum Basstölpelzinken, der aus dem Meer aufragte wie ein schwarzer, gezackter Drachenschwanz, und ich dachte daran, dass er bald von brütenden Basstölpeln und ihrem Kot weiß sein würde.

Peter stupste mich ganz vorsichtig an.

»Er ist ganz allein nach oben geklettert«, sagte er und mir war klar, dass er Opa meinte. Es war fast, als ob ich hörte, wie Oma es sagte.

Ich nickte und dachte an Opa, aber mehr an Oma und am

meisten an den weißen Widder und die roten Blutblumen auf dem hellgrauen Wollschal.

Und an das schwarze, klaffende Loch des Grabes ...

Oma wurde am Samstag nach ihrem Tod begraben, am 24. November. Nachts hatte es geschneit, der erste Schnee dieses Jahres, die ganze Welt war so weiß wie Omas Sarg. Der Sarg war am Donnerstag mit der *Havlitt* gekommen, Peter und ich hatten ihn zusammen mit Papa im Hafen abgeholt.

Der Pastor benutzte siebzehnmal das Wort »Gnade« und achtmal »Paradies«, aber abgesehen davon hörte ich nicht viel von dem, was er sagte, denn meine Hose kratzte. Es war Peters schwarze Konfirmationshose, aus der er herausgewachsen war, und meine Arme begannen zu fuchteln, als ich die Hose anzog, aber es half nichts. Das Hemd war bis zum Hals zugeknöpft, das musste bei einer Beerdigung so sein, und der steife Kragen scheuerte. Um das auszuhalten, ging ich in Gedanken meteorologische Rekorde durch, während ich in der Kirche saß.

Schnee, zum Beispiel ... wenn ich alles andere ausblendete und in mich hineinschaute, konnte ich die Seite mit den »Wetterrekorden« vor mir sehen, die ich zu meiner Startseite gemacht hatte. Mein Kopf wurde zu einem Computerbildschirm und ich brauchte nur zu lesen, was darauf stand: »Größte Schneemenge an einem Tag: 193 Zentimeter«, »größte auf dem Boden liegende Schneemenge: 11,46 Meter, gemessen in Tamarack, Kalifornien ...«.

Und die vielen Orkane, die hatten Mädchennamen – Camille und Wilma, Rita und Gabrielle – und sie wurden mit einem

Windstärkenmesser gemessen, aber die Meteorologen sagten nicht: »Windstärkenmesser«, sondern »Anemometer«. *Anemometer* gehörte zu den schönsten Wörtern in meiner Sammlung, ich vergaß die Kratzhose und wurde innerlich ganz glatt und perlmuttblank, weil ich hier saß und es zu mir selbst sagte ...

Peter stupste mich vorsichtig an. Einen Augenblick dachte ich, ich hätte laut »Anemometer« gesagt, aber das war nicht passiert. Der Gottesdienst war zu Ende, wir sollten Omas Sarg hinaustragen. Der kam mir kaum schwerer vor als an dem Tag, als wir ihn im Hafen geholt hatten, und das war seltsam, weil doch jetzt Oma darin lag. Aber das kam sicher daher, dass zuletzt nur noch so wenig von ihr übrig gewesen war.

Danny, der auch der Totengräber von Fjeldvig war, hatte bereits die Plane entfernt, die er über Nacht über das Grab gelegt hatte, damit es sich nicht mit Schnee füllte. Das längliche Loch in der Erde klaffte vor uns wie eine offene Wunde mitten im Weiß des Schnees. Ich spürte das Kratzen der Hose wieder und machte meine Beine steif, als wir den Sarg zum Grab trugen und ihn hinabsenkten, Weiß in Schwarz in Weiß. Neben dem Grab stand ein grauer Stein mit der Aufschrift »Suni Eliassen«. Suni Eliassen war Opa, aber er lag nicht unter dem grauen Stein, denn das Meer hatte ihn geholt, als er vom Basstölpelzinken gefallen war, und ihn niemals wieder hergegeben. Das hatte Papa erzählt.

Mama und Peter weinten. Das hatten sie schon in der Kirche getan, und als der Pastor die kleine Schaufel hob und wir die schwarze Erde auf den weißen Sarg fallen sahen, fing auch Papa an zu weinen. Es weinten auch noch andere, mehrere von den alten Leuten waren ja mit Oma verwandt, wenn auch weiter entfernt als wir. Ich hob einen Finger und betastete meine Augenwinkel, aber die waren ganz trocken.

»Ist Oma jetzt im Himmel?«, fragte ich Papa, als wir nach Hause gingen.

»Ja, das ist sie wohl«, sagte er. »Der Herr hat's gegeben, der Herr hat's genommen, gelobt sei der Name des Herrn.«

»Natürlich ist sie das, Isak«, sagte Mama und nahm seine Hand. Ich hatte noch nie gehört, dass sie Papa Isak genannt hatte, aber jetzt konnte Oma das natürlich nicht mehr tun ...

Das andere, was den 7. Februar zu einem ganz besonderen Tag machte, war der Knall, der oben im Storfjeld ertönte, als wir von den Basstölpeln nach Hause gingen.

Er war viel lauter und ganz anders als die drei täglichen Explosionen, an die wir uns gewöhnt hatten. Gleichzeitig mit dem tiefen Dröhnen knallte es wie ein scharfer Peitschenhieb – *die Geißel Gottes!,* dachte ich. Ein Schwarm von Eissturmvögeln floh über das Meer davon, während das Echo der Explosion zwischen Stejlhammar und Lambatinde hin- und herrollte.

Als wir oben auf dem Leuchtturmhang angekommen waren, sahen wir, was passiert war.

Unten im Storfjeld gab es jetzt ein Loch, dicht bei dem ersten Steinhaufen, der den Beginn des Wanderweges markierte. Ein rundes, schwarzes Loch. Als ob der Berg ein Auge geöffnet hätte, von dem wir nicht wussten, dass er es hatte, und uns nun anstarrte.

Einige Männer mit orangefarbenen Helmen liefen da oben

herum. Sie waren nicht über die Berge gekommen, sondern hindurch. Das Loch führte durch das ganze Storfjeld, es war ein Tunnel.

»Und da hat Papa behauptet, das sei unmöglich«, sagte Peter. »Aber jetzt gibt es einen Tunnel, das kann nicht einmal er abstreiten.«

Doch Papa verlor kein Wort über den Tunnel, obwohl er die letzte Sprengung vom Wanderweg aus gehört haben und gesehen haben musste, wie die Felsbrocken hinausgeschleudert wurden. Er sagte auch abends nichts, als wir die Fernsehnachrichten sahen, in denen der *Fjeldvigtunnel* das Hauptthema war, und wo Bilder gezeigt wurden, auf denen man durch das Loch und hinunter auf das Dorf blickte.

»Jetzt gibt es den Tunnel also doch«, sagte Peter und sah Papa an.

»Danke, das habe ich durchaus bemerkt«, sagte Papa. Ich fand es seltsam, dass er sich dafür bedankte. »Aber vergiss nicht, dass es ihn nur bis zu dem Tag geben wird, an dem Gott beschließt, dass er nun doch nicht mehr bestehen soll.«

»Was willst du damit sagen?«, fragte Peter.

»Es wäre nicht das erste Mal, dass solches Menschenwerk zu Schutt zerfällt. Auf diese Weise lehrt Gott die Hochmütigen Bescheidenheit«, sagte Papa. Dann sprang er auf und sagte zu Mama: »Ich leg mich ein bisschen hin.«

Etwas war mit Papa geschehen, seit Oma tot war, er war anders geworden. Sonntags kam es vor, dass er nach wenigen Minuten die Bibel weglegte und vor sich hinstarrte. Oder er legte sich schon lange vor der üblichen Schlafenszeit hin, so wie jetzt. Andererseits hörte ich, wie er mitten in der Nacht aufstand und im Haus hin und her lief. Er war schweigsamer geworden, aber manchmal wurde er plötzlich laut und schimpfte Peter oder Mama aus, ohne dass ich begreifen konnte, worum es überhaupt ging.

»Papa hat es im Moment nicht leicht. Es ist schwer, einen Menschen zu verlieren, der einem so nahegestanden hat«, sagte Mama und damit meinte sie sicher Oma.

Mich schimpfte Papa niemals aus. Trotzdem ärgerte ich mich darüber, dass er sich so verändert hatte, es machte mich nervös und verwirrt. Ich wollte, dass alles so blieb, wie ich es gewöhnt war. Dann ging es mir am besten.

Papa hatte mehrmals gesagt, wir könnten uns auf Sodom und Gomorrha gefasst machen, wenn aus dem Tunnel jemals etwas würde. Sodom und Gomorrha waren die sündhaften Städte, die Gott mit Schwefel und Feuer vernichtet hatte. Manchmal, wenn ich zu dem schwarzen Loch im Storfjeld hinüberschaute, sah ich vor meinem inneren Auge, wie plötzlich eine grausige schwarze Wolke aus dem Loch quoll, die aussah wie der Dieselrauch aus dem Rohr, das auf der *Havlitt* als Schornstein diente, nur zehnmal schwärzer und fetter und ekliger, denn sie kam von den vielen Sündern, die der zornige Gott in Flammen aufgehen ließ. An anderen Tagen stellte ich mir vor, wie Horden von Gewaltverbrechern, Drogensüchtigen und nackten Frauen mit schamlos nach oben zeigenden Brüsten aus der Stadt herüberkamen, sich über den Grashang herunterdrängten, Fjeldvig einnahmen und uns aus unseren Häusern verjagten. Es war sehr seltsam, solche Dinge vor mir zu sehen, die es in der Wirklichkeit gar nicht gab.

Aber Sodom und Gomorrha ließen auf sich warten. Über eine Woche verging, ohne dass irgendwer aus dem Tunnelloch kam. Es war einfach nur da, ein rundes Loch mit nichts darin, ganz unten am wintergrauen Grashang des Storfjeld. Ein Auge, das niemals blinzelte oder wegschaute, sondern uns einfach immer weiter anstarrte.

Es war so viel über den Tunnel und darüber geredet worden, was passieren würde, wenn wir ihn erst hätten. Jetzt hatten wir ihn endlich und es passierte rein gar nichts.

Aber am Samstag, dem 17. Februar, gegen Mittag, passierte endlich etwas. Es war ein Tag, an dem Sonne und Schneeregen sich abwechselten, wobei gleichzeitig schon ein Hauch von Frühling in der Luft lag. Was an diesem Tag aus dem Tunnel auf uns zukam, waren weder Teufel noch Ratten oder Drogensüchtige.

Nein, es kamen zwei knallgelbe Bulldozer auf Raupenketten mit einem tiefen, brummenden Motorengeräusch, das in Fjeldvig nie zuvor gehört worden war, und beide zogen mit Flaggen geschmückte Anhänger. Die beiden Anhänger waren gefüllt mit Männern und wir sahen, wie sie sich an den Rand der Ladefläche klammerten, und hörten sie johlen und lachen, als die Wagen über die Grasbüschel und Steine am Hang hinunter zum Kiesweg polterten. Dort wurden die Bulldozer schneller, bis sie auf dem Platz vor der Kirche anhielten, wo sie schon von fast ganz Fjeldvig erwartet wurden.

Wolle und Marner hatten gerade ihre Urlaubswoche, und am Donnerstag, als sie mit der *Havlitt* gekommen waren, hatten sie ein Plakat mitgebracht, das sie unter dem Vordach bei der Friedhofsmauer neben der Liste über die Gottesdienste im Februar angebracht hatten. Auf dem Plakat war das Bild eines Bulldozers, der aussah wie die beiden, die jetzt vor der Kirche hielten, und darunter stand:

Tunnelfest in Fjeldvig
Samstag. 17. Februar, 13.00 bis ??

Feiern Sie mit uns, dass es das Loch jetzt gibt!
Eröffnungsrede des Vorsitzenden des Infrastrukturausschusses der Landesregierung
Für das leibliche Wohl ist gesorgt
Erleben Sie die großen Baumaschinen
Bringen Sie warme Kleidung und gute Laune mit

Wolle und Marner hatten zuerst im Laden gefragt, ob sie das Plakat an unserem Fenster anbringen dürften, aber davon hatte Papa nichts hören wollen.

»Es ist doch kein Geheimnis, dass ich von Anfang an gegen den Tunnel war«, sagte er. »Jetzt will ich nicht auch noch Reklame dafür machen.«

Papa wollte auch nicht mit zum Tunnelfest kommen und deshalb blieb Mama ebenfalls zu Hause, aber fast alle anderen waren da. »Da wollen wir doch mal sehen, was die sich jetzt wieder für einen Unsinn ausgedacht haben«, sagte Oddmar und die anderen nickten, drehten ihren Priem im Mund um und spuckten schwarze Speichelklumpen auf den Boden. Die Alten hatten sich zu einer eigenen Gruppe versammelt. Auch die Jungen standen beisammen, Peter, Reidar, Kenny, Brenda, Nelly, Vinni und dann ich, nur Malja und Høgni fehlten. Ich mochte nicht mit so vielen zusammen sein, deshalb hielt ich mich dicht an Peter. Das tat Reidar auch, sodass wir drei sozusagen eine Gruppe in der Gruppe bildeten, mit Peter als Fels, auf dem alles ruhte.

Wolle und Marner standen mit Danny und Kevin und Arnfinn zusammen. Ab und zu steckten sie die Köpfe zusammen und lugten zu Hammel-Frej hinüber, der sich mit Kapitän Torfinn und dem Schmied unterhielt.

Die beiden Bulldozerfahrer kletterten aus ihren Führerhäuschen. Sie trugen Blaumänner, Thermojacken und orangefarbene Helme. Auch einige der Männer aus den Anhängern waren so gekleidet, andere trugen unter ihren Mänteln Anzüge oder Stadtkleidung, wie die Leute im Fernsehen sie hatten.

»Ist das da der Vorsitzende für das Infradingsbums?«, fragte Vinni.

»Infrastrukturausschuss«, sagte ich.

»Nein, das ist der Bürgermeister von Lakselv, er heißt Harmer«, sagte Kenny. »Der vom Ausschuss steht da oben – der mit dem roten Schlips. Und der Dünne daneben, das ist der stellvertretende Direktor der Baufirma, die den Tunnel gesprengt hat.«

Die Männer begannen von den Anhängern zu klettern, nur

zwei von denen im Blaumann und ein großer Mann mit Brille und Pferdeschwanz hoben ihre Bierflaschen und sahen auf uns herunter.

»Prost, Leute!«

»Prost«, riefen Danny und Marner zurück, scharrten im Kies und lachten laut. Wir anderen sagten nichts, wir standen einfach nur da und warteten.

»Es macht nicht viel Spaß, zu prosten, wenn man nichts zum Prosten hat«, sagte Wolle sehr laut. Die drei mit den Bierflaschen lachten und sprangen vom Wagen. Der Pferdeschwanz des Großen tanzte hin und her.

»Seht euch den an!«, kicherte Kelly. »Ob der vom anderen Ufer ist?«

»Vielleicht, vielleicht auch nicht, er kommt jedenfalls von der Zeitung«, sagte Peter, woher immer er das wohl wusste. »Wie der mit der tollen Kamera. Und die in der Windjacke ist auch Journalistin.«

Ja, es war auch eine Frau dabei, wie ich jetzt sah. Sie trug ein Stirnband um ihre kurz geschnittenen Haare und enge Jeans unter der kurzen Jacke.

Einige der Arbeiter mit den Helmen fingen an, Tische und Klappstühle aufzustellen, die sie auf den Wagen mitgebracht hatten. Andere schleppten große Kästen herbei. Es klirrte, als sie die Kästen auf den Boden stellten.

»Seht mal, da kommt die Schlampe!«, fauchte Reidar plötzlich.

Malja und Høgni kamen vor Augen des ganzen Dorfes Hand in Hand angeschlendert und blieben ein Stück von uns anderen jungen Leuten entfernt stehen, möglichst weit von Reidar weg. Kenny ging zu ihnen und jetzt gab es sozusagen zwei Gruppen in der Gruppe. Das war ziemlich kompliziert und ich rückte dichter an Peter heran.

Tische und Stühle waren aufgestellt. Unter den Tischen standen Kästen mit Bier und Limonade und auf den Tischen gab es größere Flaschen und aufgestapelte Plastikbecher. Der Vorsitzende des Infrastrukturausschusses der Landesregierung schnappte sich eine Bierflasche, trat vor die Tische und klopfte mit einem Messer an die Flasche.

»Verehrte Mitbürgerinnen und Mitbürger von Fjeldvig«, fing er mit der gleichen lauten und überdeutlichen Stimme an wie der Pastor in der Kirche. »Ja, ich werde mich kurzfassen, ich hab ja gehört, dass man etwas zum Prosten braucht, und Sie können ganz beruhigt sein: Die Gläser werden nicht lange leer bleiben.«

Marner und Danny johlten, Kevin und Arnfinn applaudierten.

»Aber ich finde trotzdem, dass ich ein paar Worte sagen sollte, jetzt, da ein alter Traum in Erfüllung gegangen ist, und die Sache ... ja, die Sache mehr als nur geritzt ist, könnte man wohl sagen.«

»Ein geritztes Loch«, murmelte einer der Bulldozerfahrer, der gleich neben uns stand.

Der Ausschussvorsitzende rückte seinen roten Schlips gerade und fing an über den *Zug* zu reden, der fast abgefahren war, weshalb Fjeldvig von der Entwicklung *abgekoppelt* worden war. Der seekranke Regierungsvertreter Næss hatte das damals bei der Tunnelanhörung auch gesagt, das wusste ich noch. Es war aber kein richtiger Zug, sondern eher ein Bilderzug.

»Aber jetzt sind Sie angekoppelt«, sagte jetzt der Ausschussvorsitzende, »vielleicht hinter dem letzten Wagen, aber doch auf dem Gleis in die Zukunft und das ist die Hauptsache.« Der rote Schlips war offenbar zu eng gebunden, die Haut am Hals des Mannes hing in lila Falten über den Knoten, er sah aus wie ein Truthahn. »Und denken Sie doch nur daran, wie viel leichter der Alltag für Sie werden wird, wenn erst die Straße fertig ist. Dann können Sie zum Einkaufen kurz zum Supermarkt fahren, die Auswahl wird sicher etwas größer sein als hier, und Sie können zur Arbeit pendeln. Und wo wir schon von der Arbeit sprechen, ich bin davon überzeugt, dass der Tunnel auch hier am Ort Arbeitsplätze generieren wird, wenn Sie ansonsten mit der Zeit gehen und Ihr großes Potenzial für den Tourismus auszunützen wissen. Ja, Tourismus! Moderne Touristen haben genug von Palmen und Badestränden, sie sehnen sich nach dem, was anders und authentisch ist. Die Zukunft gehört der Erlebnisindustrie ...«

Der Ausschussvorsitzende wischte sich Schweiß aus den Falten, obwohl es wirklich nicht warm war, nur mild für die Jahreszeit. *Generieren,* echote es in meinem Kopf. *Erlebnisindustrie* ... und was mochte das für ein *Potenzial* sein?

»Aber ich will mich kurzfassen, und was könnte passender sein, als meine Rede – nach dem vielen lauten Knallen, das Sie im vergangenen Jahr hören mussten – mit einigen kleinen, festlichen Knallern abzuschließen? Kurz gesagt, jetzt lassen wir die Champagnerkorken hüpfen und füllen die Gläser!«

Nach dem Champagner wurden den Erwachsenen Bier und Whisky und den Kindern Cola und Mandelhörnchen und allen Chips und Erdnüsse angeboten. Bürgermeister Harmer war der Barmann und schenkte Whisky aus, bei Bier und Wasser konnte man sich einfach bedienen.

Die meisten griffen bei den Getränken eifrig zu, sie hatten ja von Geburt eine trockene Kehle, und das brachte die Gespräche in Gang. Alle redeten wild durcheinander, stießen an und prosteten, lachten und johlten. In meinem Kopf summte es.

Ich nahm mir eine Cola. Auch Peter und Reidar wollten sich eine nehmen, aber einer der Bulldozerfahrer, der mit dem »geritzten Loch«, hielt sie zurück.

»Zwei so große Kerle werden doch wohl keine Mädelsbrause trinken wollen? Nehmt euch ein Bier!«

Peter und Reidar wechselten einen Blick und griffen dann zu den Bierflaschen.

Der Bulldozerfahrer stieß mit ihnen an und nahm seinen Helm ab. »Begrüßt die Dame«, sagte er und ich sah, dass doch ein bisschen Sodom und Gomorrha durch den Tunnel gekommen war, denn auf seinen kahlen Schädel hatte er eine nackte Frau tätowiert, die den Hintern in die Luft streckte und deren Brüste nach unten hingen.

»Scharfes Stück, was?« Er wackelte mit den Ohren und der runde Hintern der Tattoofrau hob und senkte sich. Dann sah er mich an: »Hallo, Kumpel, fallen dir gleich die Augen aus dem Kopf?«

»Wie sollte das passieren können?«, fragte ich. Der Bulldozerfahrer mit dem Tattoo sah Peter und Reidar an: »Meine

Güte, der ist ja nicht der Hellste. Sagt mal, wie viel Inzucht gibt es hier bei euch eigentlich?«

Die drei von der Presse drängten sich vor uns, um sich mit Bier zu versorgen.

»Was zum Teufel stinkt denn hier so?«, fragte die Frau mit der Brille den Mann mit der tollen Kamera.

»Torfrauch, die heizen hier draußen echt noch mit Torf.«

»Das meinst du doch wohl nicht im Ernst ...«

In diesem Moment wurde es ganz dunkel und eine Mischung aus Regen und Schnee brach über die Feier herein. Alles rettete sich johlend und lachend unter das Halbdach bei der Mauer am Friedhof, wo wir Oma zwei Monate zuvor in die Erde gebettet hatten.

»Der Whisky, Marner!«, schrie Arnfinn. »Rette die Whiskyflaschen, ehe es reinregnet.«

»Ach was, ein bisschen Wasser betont nur den Geschmack«, sagte der Journalist mit dem Pferdeschwanz, riss Marner eine Flasche aus der Hand und hielt sie an den Mund. »Außer Schwulen trinkt niemand Whisky wegen des Geschmacks.«

Bürgermeister Harmer aus Lakselv kletterte auf einen Stuhl und wollte eine Rede halten. Seine Stimme war so klein und dünn, wie er groß und dick war. Niemand hörte lange seiner Rede zu, bei der es um die alte Sage um den Troll aus Lakselv ging, der die Menschen in Fjeldvig schikanierte, weshalb Gott das Storfjeld geschaffen hatte, um ihm den Weg zu versperren.

»Aber glaubt mir, von uns in Lakselv habt ihr nichts mehr zu befürchten«, endete Harmer und wäre fast vom Stuhl gekippt. »Prost, liebe Leute! Denkt dran, bald sind Gemeindewahlen!«

Die Sonne kam wieder zum Vorschein und alles strömte zurück auf den Platz.

»Aslaug und Rolf, spielt für uns«, rief Heini vom Leuchtturm und gleich darauf verlangte ein ganzer Chor: »Spielt für uns! Spielt!«

Also mussten Aslaug und Rolf die Geigen holen. »Aber wir spielen nur, wenn ihr tanzt!«

»Natürlich tanzen wir!« Jakob legte den Arm um Estrid und sie fingen an zu tanzen. Fiona und Danny folgten und Allan und Karen auf ihren alten steifen Beinen taten es ihnen gleich.

»Wollen wir nicht auch mal das Tanzbein schwingen?«, fragte die Frau des Pastors den dünnen stellvertretenden Direktor und der Pastor forderte die Journalistin mit der Brille auf. Wir hatten den Pastor und die Pastorenfrau noch nie tanzen sehen und alle jubelten und klatschten wie verrückt.

»Seht euch nur die beiden an ...«, flüsterte Reidar, denn Malja und Høgni tanzten auch. Høgni legte Malja die Hände auf den wogenden Hintern und drückte sie an sich und Malja stellte sich auf Zehenspitzen und küsste ihn.

»Die fette Kuh, ich halt das nicht aus. Komm, wir holen uns noch ein Bier!«

»Wo steckt denn der Postbote?«, fragte der Journalist mit dem Pferdeschwanz ins Gewimmel.

»Was?«, fragte Ziegen-Gordon.

»Der Postbote, stimmt es nicht, dass euer Postbote dreimal die Woche über den verdammten Berg laufen muss?«

»Na ja, der Post, Eliassen ... also, der ist nicht hier, aber David da, das ist sein Sohn.«

»Hallo, David!« Der Journalist ging ein bisschen in die Knie und lächelte mich an. Sein Pferdeschwanz baumelte, er roch nach Whisky. »Was sagt dein Vater zu dem Tunnel, freut er sich nicht darüber, dass er bald nicht mehr über den Berg zu kraxeln braucht?«

Mein Kopf summte, meine Gedanken gerieten durcheinander, schwirrten in alle Richtungen, wie eine Schar in Panik geratene Möwen ...

»Hallo, ist jemand zu Hause? Bist du stumm?«

»Lassen Sie den Jungen in Ruhe!« Lehrer Joensen stand plötzlich bei uns.

»Ein paar höfliche Fragen können ihm ja wohl nicht schaden. Hallo, was sagt dein Vater?«

Ich schloss die Augen und konnte einen Gedanken aus dem Gewimmel in meinem Kopf ziehen: »Er sagt, Gott wird ihn einstürzen lassen. Um die Hochmütigen Bescheidenheit zu lehren.«

»Oh, meine Fresse!«, murmelte der Journalist und zog sein Notizbuch hervor.

Aber jetzt passierte drüben beim Whiskytisch etwas.

»Drecksdieb«, brüllte eine wütende Stimme.

»Faulpelz! Lügner!«, rief eine andere zurück.

Wolle und Hammel-Frej standen einander schwankend gegenüber. Sie hatten beide die Jacken weggeworfen und die Ärmel aufgekrempelt. Wolle war einen Kopf größer als Hammel-Frej und zehn Jahre jünger, aber Hammel-Frej hatte breite Schultern und war stark wie ein Stier.

»Nein, hört doch auf!« Alles strömte zusammen und versuchte, die beiden zu beruhigen. Wolle schob die Hand in die Tasche am Oberschenkel seiner Arbeitshose, und als er sie wieder herauszog, hielt er eine Spraydose in der Hand. Ein Pfeifen ertönte und Hammel-Frejs dicke Wollmähne war jetzt rot.

»Was zum Henker ...!«

»Jetzt können alle sehen, was für ein Schafskopf du bist!«

Hammel-Frej zog den Kopf ein und rammte ihn Wolle in den Bauch. Wolle kippte rückwärts über den Tisch, aber gleich darauf war er wieder auf den Beinen.

»Dir werd' ich gleich ...«

»*Was* wirst du?« Die neunzig Jahre alte Tora trat zwischen die beiden, sie hatte ein rotes Gesicht und stemmte die Hände in die Seiten. »Wenn ihr euch noch weiterprügeln wollt, dann kriegt ihr es mit mir zu tun!«

Der stellvertretende Direktor und der Ausschussvorsitzende sahen einander an.

»Ganz ehrlich, machen wir, dass wir von diesen Irren wegkommen«, sagte der stellvertretende Direktor. Der Ausschussvorsitzende lockerte seinen Schlips und nickte.

Papa lag auf dem Sofa, als wir nach Hause kamen. »Na, ist das Gelage endlich zu Ende? Das wurde aber auch Zeit.«

»Du hättest mitkommen sollen.« Peters Stimme wirkte seltsam belegt.

Papa setzte sich auf. »Bei der Kirche johlen und saufen, nein, das kannst du mir glauben.«

Er schnupperte und sprang dann auf. »Was ist das denn, hast du getrunken?«

»Getrunken nicht gerade, Reidar und ich habe uns ein Bier geteilt ...«

»Du stinkst nach Bier! Du solltest dich schämen, das solltest du! Wie gut, dass Oma das nicht mehr erleben muss!«

»Ach, das findest du also gut? Wenn wir vor drei Monaten den Tunnel schon gehabt hätten, dann wäre sie vielleicht nicht tot, kapierst du das nicht? Dann wäre sie ins Krankenhaus gekommen!«

»Das reicht jetzt, du Großmaul!«, rief Papa.

»Isak«, sagte Mama, aber Papa hörte das nicht. Er war kreideweiß geworden und sein Gesicht war so verzerrt, dass er aussah wie ein Wahnsinniger aus der Bilderbibel, ein Mann, in den ein Dämon gefahren war ...

Ja, in Papa musste ein Dämon gefahren sein, denn er war doch immer ein gütiger Vater gewesen, der seine Kinder niemals schlug, aber jetzt ballte er die Faust und hob sie und ...

Meine Arme begannen zu fuchteln, in mir wurde es ganz schwarz, ich fiel in die Schwärze ...

»Du darfst Peter nicht schlagen! Du darfst Peter nicht schlagen!«, hörte ich jemanden mit einer seltsam schrillen Stimme schreien, war ich das?

»Peter, geh in dein Zimmer«, sagte Papa und ließ die Hand sinken.

... Ich gehe die Straße hinunter, vorbei an der Kirche und am Haus des Schmiedes. Ich habe im Fernsehen einen Storch gesehen und jetzt bin ich selbst ein Storch. Ich schlage mit den Flügeln und hebe die Knie bei jedem Schritt ganz hoch in die Luft.

»Was spielst du denn da?« Reidar steht vor mir. Der Storch kann nicht an ihm vorbei.

Ich gebe keine Antwort.

»Der ist nicht gerade klug.« Jetzt steht auch Kenny da.

»Der ist überklug, das ist er«, sagt Reidar und versetzt mir einen Stoß. Ich schreie. Er stößt mich noch einmal: »Wieso jammerst du denn so?«

Da kommt Peter angerannt. Er schlägt Reidar, sodass ihm das Blut aus der Nase spritzt. Kenny läuft weg, Reidar humpelt hinterher und presst sich die Hände auf die Nase.

Mein großer Bruder passt auf mich auf, wir werden immer zusammen sein. Immer und immer und immer.

Und dann muss ich plötzlich in die Schule. Ich will nicht, ich möchte zu Hause bleiben, da bin ich doch immer, warum muss das geändert werden?

Ich will nicht in die Schule, aber ich muss ...

NEUN

Peter und Reidar gingen zusammen von der Schule nach Hause und ich musste ein Stück hinter ihnen her trotten, bis Reidar zu sich abbog, weil sie *geheime Dinge* zu besprechen hatten. Aber an einem Tag Ende Mai blieben sie stehen und warteten auf mich.

»Willst du in unseren neuen Klub eintreten?«, fragte Peter.

»Warum denn?«, fragte ich.

»Weil zwei zu wenig für einen Klub sind«, sagte Reidar und verdrehte die Augen. »Also, willst du oder willst du nicht?«

»Sicher will ich«, sagte ich.

Die meisten Menschen haben Freunde. Es ist *normal*, Freunde zu haben, und es ist *unnormal*, wenn man keine hat. Das wusste ich aus den Büchern, die wir in der Schule lasen, und aus den Serien, die ich im Fernsehen sah.

Aber ich hatte nicht mehr Freunde als damals, als wir über unsere Freunde schreiben sollten und ich über Peter und Oma und Mama und Papa schrieb. Im Gegenteil, ich hatte eine Freundin weniger, und übrigens zählten Verwandte aus irgendeinem Grund nicht richtig als Freunde. Ich hatte mir oft überlegt, dass ich gern Freunde haben und normaler sein wollte.

Jetzt war ich also mit Reidar befreundet, obwohl er sich über mich lustig gemacht hatte und er gar nicht auf die Weise freundlich wirkte wie die Freunde, über die wir in den Büchern in der Schule lasen. Aber wenn wir im selben Klub waren, mussten wir doch Freunde sein.

»Trifft sich der neue Klub auch bei der alten Wassermühle?«, fragte ich.

»Woher weißt du denn davon?« Reidar sah Peter an.

»Ach, er war nur mal mit da draußen, um die Vogelfängerseile zu holen, du weißt schon«, sagte Peter. »He, habt ihr das gesehen – die ist schon an der Kirche vorbei!«

Er meinte die Asphaltmaschine. Die Fahrbahn im Tunnel war nämlich inzwischen asphaltiert und jetzt war das letzte Stück Straße durch den Ort an der Reihe.

Nach dem Tunnelfest hatte sich Hammel-Frej die Haare ganz kurz geschnitten, aber die, die noch da waren, hatten noch immer einen Stich ins Rote. Es war nicht zu weiteren Zusammenstößen zwischen ihm und Wolle gekommen, aber laut Herfinn Hinkefuß hatten sie beide Rache geschworen. Zwischen ihnen war jedenfalls »das Tischtuch zerschnitten«, wie Mama sagte. Und ohne Tischtuch gingen Wolle und die, die zu ihm hielten, wieder weg, wenn sie die Tür zu unserem Laden öffneten und sahen, dass Hammel-Frej dort stand. Und ohne Tischtuch kam Hammel-Frej sonntags nicht in die Kirche, wenn Wolle und die anderen vom Ölterminal frei hatten.

Einige Wochen lang passierte nichts im Tunnel. Es war, als ob alle nach dem Tunnelfest eine Verschnaufpause brauchten.

Der einzige Neue, der aus dem Loch im Storfjeld kam, war ein Mann von der Zeitung, der zu Fuß durch den Tunnel ging, um Papa zu interviewen. Er hatte eine Stirnlampe, wie Bergarbeiter sie benutzen, aber er hatte keinen Pferdeschwanz und sah ganz normal aus, als er die Stirnlampe abnahm. Papa wollte sich zuerst nicht interviewen lassen, war dann aber doch bereit und danach sagte er, der Journalist sei ein sympathischer Mann gewesen, der sich Zeit zum Zuhören genommen und Verständnis für Papas Ansichten gezeigt hatte.

Zwei Tage darauf, als Papa die Zeitung über die Berge getragen und das Interview mit sich gelesen hatte, fand er den Journalisten nicht mehr sympathisch.

»FJELDVIGS POSTBOTE GEHT DER ZUKUNFT MIT EINEM LÄCHELN ENTGEGEN«, stand in schwarzen Buchstaben unter einem großen Bild. Darauf lächelte Papa zwar, aber in der Zeitung hatten sie auf irgendeine Weise das Bild von ihm mit dem Bild des Tunnels zusammengeschnitten, sodass es aussah, als ob er hineingehe und deshalb lächelte. Papas Ansichten tauchten in dem kurzen Interviewtext unter dem Bild nicht auf. Stattdessen stand da: »Nicht ohne eine gewisse Wehmut verabschiedet sich der Postbote vom Wanderweg über das Storfjeld, aber wie er sagt: ›Die Entwicklung können und dürfen wir nicht aufhalten und der Tunnel macht das Leben für uns alle hier in Fjeldvig unbestreitbar leichter.‹«

»Der Teufel soll diesen Zeitungsschmierer holen«, fauchte Papa und damit hatte ich ihn zum ersten Mal in meinem Leben den Leibhaftigen beim Namen nennen hören. Er war offenbar über sich selbst erschrocken. Ich konnte sehen, wie er sich mit der Zunge auf der Innenseite der Wange herumfuhr, sicher um festzustellen, ob die Zunge jetzt verdorrt war. Aber dann knüllte er die ganze Zeitung zusammen und stopfte sie in den Ofen.

»Na, da steht man also in der Zeitung, Post«, sagte Herfinn, als er später am Nachmittag bei uns vorbeischaute, und es klang wie eine Frage, aber Papa gab keine Antwort.

»Jaja«, sagte Herfinn dann. »Aber man darf auch nicht alles glauben, was die schreiben. Ich habe gestern da reingeschaut, in den Tunnel, meine ich, und ich habe ja keine Ahnung von Tunneln, aber gut sieht es dort nicht aus. Da liegen überall Felsbrocken herum und das Wasser schießt aus einem Riss in der Decke.«

»Tritt Wasser aus?« Papa wirkte gleich fröhlicher. »Vielleicht hatten sie es mit ihrem Tunnelfest ein bisschen zu eilig. Wer zuletzt lacht, lacht am besten, wie man sagt.«

»Ja, man soll auch den längsten Tag nicht vor dem Abend loben«, sagte Herfinn und so machten sie weiter, aber ich hörte nicht mehr zu. Ich dachte daran, dass der Journalist mit der Stirnlampe durch den ganzen Tunnel gegangen war, trotz Wasser und Felsbrocken, und ich ärgerte mich, dass ich keine Stirnlampe hatte.

Aber ich hatte eine kleine Taschenlampe, die Peter mir zu Weihnachten geschenkt hatte.

Zwei Tage später ging ich in den Tunnel. Peter hatte irgendetwas Geheimnisvolles zusammen mit Reidar vor, das hatten sie inzwischen fast immer, und ich war *rastlos.* Auf dieses Wort war ich in einem Buch gestoßen, das wir in der Schule lasen, und ich dachte, genau das sei ich: unruhig auf eine kleine, ein bisschen nervige Weise. *Rastlos.*

»Ich geh mal eine Runde«, sagte ich zu Mama. Ich sagte nichts darüber, dass die Taschenlampe in meiner Jackentasche lag.

In der Nacht hatte es geschneit, das Storfjeld war weiß und in dem ganzen Weiß sah das schwarze Tunnelloch besonders schwarz aus. Ich ging an der Kirche vorbei und durch das Loch im Zaun und folgte dem Wanderweg, bis er scharf nach rechts abbog und im Zickzack den Berg hochführte. Von dort aus ging ich geradeaus, den verschneiten Grashang hoch, wo man unter dem Schnee noch immer die tiefen Spuren der Bulldozer sehen konnte, und direkt auf das Loch zu.

Aus der Nähe sah es eher wie ein Mund aus als wie ein Auge, ein aufgerissener Mund mit unregelmäßigen, hervorstehenden Zahnstümpfen. Es schneite wieder ein bisschen, kleine, leichte Flocken, die in der tief stehenden, dunstigen Nachmittagssonne glitzerten. Ich schaute zum Dorf hinüber, aber da unten war niemand zu sehen.

Dann ging ich in die schwarze Finsternis hinein.

Ich hatte mir den Tunnel ganz gerade vorgestellt, so, dass man auf der ganzen Strecke von 1.380 Meter durch den Berg sehen und das Loch auf der Lakselv-Seite als winzigen Lichtpunkt erkennen könnte. Aber es gab kein Licht, es gab nur kohlschwarze Finsternis. Der Tunnel zog sich mit vielen Biegungen durch den Berg.

Ich schaltete die Taschenlampe ein und ließ ihr gelbes Licht über Wände und Decke des Tunnels wandern, die vor Feuchtigkeit glänzten, während ich langsam weiterging, immer tiefer in den Berg hinein. Herfinn hatte übertrieben, als er behauptet hatte, überall lägen Felsbrocken herum – es gab nur einige sehr kleine Steinstücke, fast Scherben, auf denen man problemlos laufen konnte. Aber es kam wirklich Wasser herein, es tropfte von der Decke und lief die Wände hinunter. Die Luft im Tunnel war von eiskalter Feuchtigkeit gesättigt. An den meisten Stellen war nicht zu sehen, woher das Wasser kam, aber an einer spritzte es in einem dünnen Strahl aus einem Riss in der Decke, wie Herfinn gesagt hatte, auch wenn es ziemlich übertrieben gewesen war, zu behaupten, dass es »schoss«. Ich blieb für einen Moment stehen und schaute mich um. Die Tunnelöffnung war schon zu einem kleinen, runden Loch geschrumpft. Es sah aus wie eine umgekehrte Kopie dessen, das ich von außen gesehen hatte: ein weißes Loch mitten in dem vielen Schwarz, während es von außen ein schwarzes Loch mitten im vielen Weiß gewesen war.

Plötzlich verbreiterte sich der Tunnel auf der linken Seite und bildete in der Felswand eine Art Nische. Das war sicher einer der Ausweichplätze, von denen im Fernsehen die Rede gewesen war. Der Tunnel war nicht so breit, dass zwei Autos nebeneinanderfahren konnten, deshalb waren solche Ausweichstellen wichtig, um aneinander vorbeizufahren. Ich fing an, meine Schritte zu zählen, und als ich bei 157 angekommen war, kam eine neue Ausweichstelle, diesmal auf der rechten Seite. Ich ging weiter und im Gehen versuchte ich mir vorzustellen, wie es sein würde, wenn eines schönen Tages – bald, bald – Autos mit fremden Menschen durch den Tunnel zu uns kämen. Ich fand es schwer, mir das vorzustellen, aber ich musste es trotzdem versuchen, und darüber vergaß ich das Zählen.

Dann erlosch die Taschenlampe.

Im einen Augenblick waren die nächsten fünf oder sechs Meter Tunnel von dem warmen, gelben Licht erleuchtet, im nächsten war es ganz dunkel. Stockdunkel.

Ich schüttelte die Taschenlampe. Irgendetwas darin raschelte.

Als ich mich umdrehte, um zurückzugehen, war das weiße Loch im Schwarz verschwunden, verborgen hinter einer Tunnelbiegung. Ich war von einer Finsternis umschlossen, die so kohlschwarz und kompakt war wie die, in der sicher die ganze Welt versunken gewesen war, ehe Gott gesagt hatte: »Es werde Licht!« Die Finsternis lag vor mir und hinter mir, über mir und unter mir und auf meinen Seiten. Und als ich noch bewegungslos dastand und nach dem Lichtpunkt Ausschau hielt, der nicht da war, hatte ich das Gefühl, dass die Finsternis sich fester um mich schloss und die Luft aus mir herauspresste. Ich dachte an die Tausenden und Abertausenden Tonnen Felsgestein, die sich über mir wölbten, und ich dachte, dass vielleicht jetzt, gerade jetzt, Gott vom Zorn erfasst wurde und den Berg über dem Loch einstürzen ließ, das hochmütige Menschen hineingesprengt hatten ...

Ich rief, so laut ich konnte. Ich weiß nicht, was ich rief, ich rief einfach und meine Stimme hallte im Tunnel wider. Sie klang irgendwie viel größer als sonst und zugleich viel kleiner – so klein wie die eines Tangflohs, wenn Tangflöhe überhaupt eine Stimme haben –, als ob sie in den Fels gesogen und erstickt würde. Und als ihr Klang verschwand, hörte ich ein anderes Geräusch, ein seltsames monotones Murren, als ob die Dunkelheit selbst eine Stimme bekommen hätte und sich in meine Gehörgänge zwängte, gegen mein Trommelfell hämmerte, von Ersticken und Tod predigte …

Ich streckte den rechten Arm ganz gerade aus und tastete mich zur Seite, bis die Hand die Tunnelwand gefunden hatte. Dann fing ich an, durch die Dunkelheit zu gehen, mit winzigen Schritten, ohne den kalten, feuchten Felsen loszulassen, Schritt für Schritt für Schritt … Jetzt konnte ich auch mein eigenes hämmerndes Herz und mein Blut hören, das durch meine Adern gepumpt wurde …

Die Zeit verging und plötzlich verschwand die Tunnelwand, meine Hand tastete in der Luft herum und ich stolperte und fiel mit Händen und Knien auf die harten Scherben. Als ich wieder aufgestanden war, sah ich den runden Lichtpunkt in dem Schwarzen und wusste, dass ich jetzt wieder die Ausweichstelle erreicht hatte.

Ein kleiner, runder Lichtpunkt, aber genug, um ein Loch in die Dunkelheit zu stechen. Ich lief los und der Lichtpunkt wurde größer und größer.

Ich erzählte Papa nicht, dass ich im Tunnel gewesen war, ich wollte nicht riskieren, dass er böse auf mich würde, wie er es immer häufiger auf Peter war.

An einigen Tagen schien Papa nicht zu sehen, was um ihn herum passierte, und er sagte kein Wort. Aber an anderen Tagen schien dieser Dämon wieder in ihn gefahren zu sein. Es fing damit an, dass er Peter auf so eine seltsame Weise anstarrte und die Augen zu zwei schmalen Schlitzen zusammenkniff, als ob ihm von diesem Anblick schlecht würde. An solchen Dämonentagen konnte er ohne irgendeinen Grund plötzlich wütend aufspringen: Einmal war Peter später nach Hause gekommen, als ihm gesagt worden war, dann hatte er nicht aufgeräumt, dann wollte er sich nicht die Haare schneiden lassen, obwohl die Locken ihm schon über die Ohren hingen.

Papa schrie, mit weißem Gesicht und schwarzen Furchen, aber Peter wehrte sich.

»Willst du jetzt auch noch vorlaut sein?«, rief Papa.

»Vorlaut?«, fragte Peter. »Du hörst dich an wie ein altes Buch!«

Ich konnte sehen, wie der Dämon an Vater riss und zerrte, und ich dachte, es wäre gut, wenn irgendwer käme und den Dämon austriebe, wie in der Bibel, Jesus zum Beispiel. Aber es kam niemand.

Anfang März fingen die Arbeiter mit den orangefarbenen Helmen an, die undichten Stellen im Tunnel mit wasserdichten Membranen abzudichten und die Membranen mit Beton auszugießen. Danach wurde die Fahrbahn im Tunnel asphaltiert und Bulldozer und Bagger tauchten mit den Schaufeln voller Stein und Kies aus dem schwarzen Loch auf und luden sie auf Haufen ab, die bald zu neuen, kleinen Berggipfeln am Fuße des Berges wurden. Offiziell war der Tunnel noch nicht eröffnet, aber am 1. Mai hing ein neues Plakat an der Tafel unten bei der Kirche. Dort stand, von nun an dürften die Einwohner von Fjeldvig durch den Tunnel gehen.

Aber Papa nahm weiterhin den Wanderweg über die Berge.

»Ich setze keinen Fuß in den Tunnel«, sagte er.

»Aber jetzt ist er nun mal da, ob uns das nun passt oder nicht. Warum willst du dir diese Stunden dann nicht sparen?«, widersprach Mama.

Und damit wurde auch dieser Tag zum Dämonentag.

+++

Es war jetzt schon Ende Mai, ich war Mitglied von Peters und Reidars neuem Klub und auf dem Weg zu unserem ersten Treffen draußen in der alten Wassermühle. Es war ein warmer Tag, die Sonne schien, die Sumpfdotterblumen leuchteten und die Asphaltmaschine war schon an unserem Haus vorbei und hatte fast die Schule erreicht, als wir losgingen.

Peter schnupperte. »Ich weiß einfach nie, ob ich den Geruch angenehm oder ekelhaft finde.«

Reidar zuckte mit den Schultern. »Es riecht jedenfalls *neu*.«

Wir waren an den strengen Geruch von Stockfisch und getrocknetem Hammelfleisch gewöhnt, an den würzigen Duft von frisch gemähtem Gras, an den Geruch von Schafskacke und blühendem Heidekraut, an den von Torfrauch, Meer und verfaulendem Tang. Aber der Geruch von heißem, flüssigem Asphalt war wirklich neu.

»Mein Vater hat Gerüchte gehört, dass hier in Fjeldvig ein Café eröffnet werden soll«, sagte Reidar.

»Ein Café?«, fragte Peter. »Wer soll da denn hingehen?«

»Die Touristen«, sagte Reidar. »Wenn der Tunnel für Autos

geöffnet ist, ist doch logisch.« Er stupste Peter an. »Und *wir*. Es wäre doch toll, irgendwo abhängen zu können. Hier ist es doch scheißöde.« Mich stupste er nicht an, aber wir waren ja auch noch nicht so lange Freude wie Peter und er. Außerdem wollte ich lieber gar nicht gestupst werden.

»Was ist mit eurem Vater, geht der noch immer den langen Weg über die Berge?«, fragte Reidar bald darauf.

»Ja«, sagte ich. Jetzt war auch ich am Gespräch beteiligt.

Reidar schüttelte den Kopf. »Der ist doch verrückt.«

Das Dorf lag jetzt hinter uns und wir bogen auf den schmalen Weg ab, der über die Dornenhalde nach oben führte. Reidars Rucksack schlug hin und her, weil wir ziemlich schnell gingen. Ich überlegte, was er wohl darin hatte, fragte aber nicht. Peter schlug mit einem langen Stock ins Gras, er hatte ihn wegen der Großen Raubmöwen mitgenommen.

Die Großen Raubmöwen haben zur Brutzeit, wenn sie ihre Nester verteidigen, vor nichts Angst. Wir waren gerade an Lehrer Joensens Vogelkoje vorbeigegangen, als wir die großen, kräftigen Vögel auf Steinen und Grasbüscheln zwischen den Senken mit Gras und Wollgras sahen, wo sie ihre Nester gebaut hatten. Da hielten sie nun Ausschau.

»Na, die haben wir gleich«, sagte Peter und schloss beide Hände um seinen Stock. Die Raubmöwen flogen hoch, flüchteten über die Ebene und waren nicht mehr zu sehen.

Oder genauer gesagt, sie taten so, als ob sie flohen. Kaum waren sie außer Sichtweite, da flogen sie höher, machten kehrt und hielten im Sturzflug auf uns zu. Und jetzt jagte die erste nur wenige Zentimeter über unsere Köpfe weg, wir spürten den Luftzug der Flügel und hörten das Brausen der Federn. Die Raubmöwe machte eine scharfe Drehung und flog wieder höher, um den Angriff zu wiederholen, und inzwischen folgte ihr schon ein ganzer Schwarm.

»Haut ab ...!« Peter schlug mit dem Stock in die Luft. Meistens drehten die Raubmöwen kurz vor dem Angriff ab, aber nicht immer. Wir hatten alle drei von Oddmar gehört, wie er als junger Mann einmal von einer Raubmöwe im Sturzflug zu Boden geschlagen worden und erst zwei Stunden später von Möwenkacke bedeckt wieder zu sich gekommen war.

»Scheiß Drecksvögel!«, fauchte Reidar.

»Stercorarius skua«, sagte ich. Der lateinische Name klang irgendwie richtiger als »Große Raubmöwe« und jedenfalls viel richtiger als »Drecksvögel«.

»Stercorarius kannst du mich sonst wo«, sagte Reidar. Ich verstand nicht, was ich ihn sonstwo konnte, deshalb sagte ich nichts mehr, sondern zählte lieber die Raubmöwen.

Ich war bei 71 angekommen, als wir die andere Seite ihres Brutgebietes erreichten und die Angriffe so plötzlich aufhörten, wie sie angefangen hatten.

»Puh.« Reidar schüttelte sich. »Daran werd' ich mich wohl nie gewöhnen. Diese fucking Vögel tun doch echt so, als ob ihnen die ganze Insel gehörte.«

Fucking ... Ich war ziemlich sicher, dass Papa das als Fluch bezeichnen würde, aber ob es schlimmer war als »Teufel« und »Hölle« oder nicht ganz so schlimm, wusste ich nicht.

Reidar lachte plötzlich laut. »Dabei ist das ja gar nicht so, Tangø gehört dem rothaarigen Schafskopf Hammel-Frej. Oder jedenfalls die halbe Insel. Seht euch doch bloß all seine blöden Schafe an.«

Wir waren auf der Höhe von Norderhelle angekommen, wo der Weg an Hammel-Frejs neuem Zaun entlangführte. Die Schafe drängten sich hinter dem Zaun zusammen und glotzten uns an. Viele waren frisch geschoren und neu markiert. Die rote Sprühfarbe auf ihren mageren, bleichen Körpern sah aus wie Blut.

»Was glotzt ihr denn so?« Reidar klatschte in die Hände und stampfte mit dem Fuß auf, was die ganze Herde dazu brachte, davonzutrotten.

»Mein Vater sagt, Frej wird das hier noch bereuen«, sagte Reidar. Ich dachte an Reidars Vater Wolle, der seine eigenen Kinder schlug, und an das Tischtuch, das zwischen Wolle und Frej zerschnitten war.

Ich war seit dem Tag im Vorjahr, als Peter und ich beim Vogelaufzug gewesen waren, nicht mehr bei der alten Wassermühle gewesen. Alles sah so aus wie in meiner Erinnerung, nur dass der Bach jetzt viel mehr Wasser führte. Wir hatten einen kalten April gehabt, oben in den Bergen hatte die Schneeschmelze gerade erst richtig eingesetzt. Das Schmelzwasser floss in den Bach und verwandelte ihn in einen rauschenden Wasserfall. Das Wasser schäumte donnernd über den Damm. Eine Wolke aus feinen Tropfen stob über den Resten des Mühlrades auf, die Sonnenstrahlen wurden darin zu kleinen Regenbogen.

Wir breiteten am Rand des Wasserfalls in der Sonne unsere Decken aus und setzten uns darauf. Reidar öffnete seinen

Rucksack und fischte drei Flaschen Bier heraus, jede einzelne in Zeitungspapier gewickelt.

»Auf diese Weise bleiben sie länger kalt und klirren auch nicht so.« Er musste fast rufen, um den Wasserfall zu übertönen. »Der Alte merkt nicht, wenn ich ein paar Flaschen einsacke. Er bestellt sie jetzt aus Lakselv. Mit der *Havlitt*, bei fünf Kästen gibt es Rabatt.«

Während Reidar die Bierflaschen öffnete, dachte ich daran, dass Mama gesagt hatte, dass wir weniger Bier verkauften als früher. Das musste der Grund sein.

»Dann Prost.« Reidar sah mich an und drückte mir ein Bier in die Hand. »Und willkommen im Frauenhasserklub.«

Ich trank vorsichtig einen Schluck Bier und spuckte ihn sofort wieder aus. »Pfui, das schmeckt ja widerlich!«

Reidar verdrehte die Augen und schnitt eine Grimasse. Im scharfen Sonnenlicht konnte man seine vielen Pickel sehen, die geschwollenen roten und die entzündeten gelben, es sah aus, als ob sie jeden Moment platzen könnten.

»Gib mir die Flasche, das ist doch Verschwendung von guten Tropfen.«

»Warum heißt der Klub Frauenhasserklub?«, fragte ich.

»Was glaubst du wohl? Weil wir Frauen hassen, natürlich«, sagte Reidar.

»Warum hassen wir Frauen?«, wollte ich jetzt wissen.

»Weil die einem die ganze Zeit die Titten unter die Nase halten, aber anfassen darf man sie nicht«, sagte Reidar.

»Das tun sie doch nicht«, sagte ich, denn mir war so etwas noch nie passiert.

»Tun sie wohl.« Reidar hatte sein Bier schon geleert, warf seine Flasche ins Gras und trank aus meiner. »Und sie wackeln mit dem Arsch und zeigen alles, sodass man glaubt, sie wollten was, aber dann ... denk doch bloß an Malja.«

Peter legte mir sanft die Hand auf den Arm. »David, Mädchen sind dumm. Deshalb können wir sie nicht leiden.«

Peter hatte jetzt auch Pickel, aber bei Weitem nicht so viele und so fiese wie Reidar.

Dumm ...? Das konnte durchaus sein. Jedenfalls konnte kein Mädchen in unserer Klasse so schnell rechnen wie ich.

Peter sah Reidar an. »Er versteht so was nicht, und das weißt du genau.«

»Nö, er ist wirklich nicht besonders schlau«, sagte Reidar. »Aber das liegt wohl in der Familie.«

Er schob wieder die Hand in den Rucksack und zog eine Zeitschrift heraus. Darauf war ein Bild von einer Frau, die auf einem Sofa lag. Die Frau trug hohe, rote Stiefel und sonst nichts. Ein Mann beugte sich über sie, er hatte überhaupt nichts an.

»Hör mal, David.« Reidar beugte sich zu mir vor. »Jetzt wirst du zum Wachtposten des Klubs ernannt. Du setzt dich auf die andere Seite des Felsens da und passt auf, dass niemand kommt. Und Peter und ich sitzen hier und ... machen Pläne.« Er zwinkerte Peter zu. Peter schaute weg.

Ich setzte mich auf die andere Seite des Felsens. Das Wasser gluckerte und rauschte unten im Bach, es klang wie eine eifrige Unterhaltung. Wenn ich genau zuhörte, konnte ich etwas davon hören, was die Stimmen sagten, und es waren alles Wörter aus meiner Sammlung.

»Alk«, sagten sie. *»Alk, Dreizehenmöwe, Raubmöwe, Tunnelanhörung, Anemometer, Rechtsanwalt.«*

Und *fucking* gehörte jetzt auch zu meiner Sammlung.

Während ich ihnen zuhörte, hielt ich Wache, ich war ja Wachtposten. Aber es kam niemand.

Abends, als wir im Bett lagen, fing Peter an, sich über mir hin und her zu wälzen. Ich war fast eingeschlafen, aber jetzt wurde ich wieder hellwach, weil er sich so heftig herumwarf, dass alle Federn quietschten.

»Kannst du nicht schlafen?«, fragte ich in die helle Mainacht hinaus.

Oben wurde es ganz still. Aber bald konnte ich Deckenrascheln hören und dann quietschten die Federn wieder los.

»Was machst du?«, fragte ich. Er schlief ja nicht, das konnte ich schließlich hören.

»Nichts«, war die Antwort. »Halt den Mund und lass mich schlafen.«

Also sagte ich nichts mehr, aber schlafen konnte ich nicht. Das ganze Bett bebte und bald danach hörte es sich an, als ob Peter in die Matratze stöhnte.

Es klang überhaupt, als ob er ganz schön viel mehr machte als nichts. Aber ich hielt den Mund, das hatte er ja gesagt, und schließlich wurde es im oberen Bett still.

... Ich bin sechs Jahre alt, ich soll zur Schule gehen. Ich will nicht, ich will zu Hause bleiben wie immer, warum muss das denn verändert werden?

Doch es führt kein Weg daran vorbei, also gehe ich in die Schule.

Aber ich kann nicht von zu Hause weggehen, ohne meine Sammlung von Napfschnecken gezählt zu haben und sicher zu sein, dass alle 600 noch da sind. Jeden Morgen kippe ich die 12 Kästen auf dem Boden aus und lege die Schneckenschalen wieder hinein, während ich herumkrieche und zähle. Niemand darf dabei ins Zimmer kommen, sonst treten sie mir womöglich auf die Schneckenschalen. Aber eines Morgens drücke ich aus Versehen das Knie auf drei Schalen und sie zerbrechen. Mama kommt herein, um zu sehen, warum ich so schreie.

Ich falle nicht mehr in Krämpfen auf den Boden, ich brauche den Lammfellhelm nicht mehr aufzusetzen, es gibt auch keine weiteren Besuche bei dem Kittelmann mit den Leitungen. Aber in mir wird alles schwarz, die Wörter bleiben stecken, die Gedanken geraten durcheinander, werden schwarz, bleiben stehen.

Peter und ich kommen beide zu spät zur Schule und Mama trifft mit mir eine Verabredung: Ich zähle nur die 50 schönsten Schneckenschalen, die im obersten Kasten liegen. Ich lege sie auf den Tisch, mit der grauen, rauen Außenseite nach oben. Schließe die Augen, betaste sie mit den Fingern, drehe eine nach der anderen um. Wenn ich alle umgedreht habe, öffne ich die Augen und sehe, dass sie in den schönsten blanken Perlmuttfarben leuchten, rote und gelbe und grüne Farbtöne durcheinander. Dann kann ich in die Schule gehen ...

ZEHN

Gleich nach dem Johannistag kam von Nordwesten her Wind auf und ein Sommersturm brach über Tangø herein. Drei Tage lang donnerten die Wellen gegen die Steilküste und dicke, weiße Schaumflocken flogen mit dem Wind über die Insel. Es sah aus, als ob es mitten im Sommer schneite. Dann legte sich der Wind und man konnte sehen, woher unsere Insel ihren Namen hatte: Berge aus schwarzem und braunem Tang waren in die Felsspalten geschwemmt worden und unten im Hafen war der ganze Kai damit bedeckt.

Der Tang fing in dem warmen Wetter nach dem Sturm rasch an zu stinken, aber das störte Papa nicht.

»Tang ist eine Gabe Gottes an alle, die etwas in die Erde gesät haben«, sagte er und zog den Handwagen unter dem Schutzdach hervor. »Gratisdünger, von dem die Kartoffeln wunderbar wachsen.«

Gottes Gaben darf man nicht verachten, deshalb mussten Peter und ich mit Handwagen und Schubkarre hinunter zum Hafen, um den Tang nach Hause zu holen. Papa stand unten auf der Mole und belud die Lore, während Peter und ich oben warteten. Wenn die Lore mit dem Tang nach oben kam, standen wir schon mit unseren Mistgabeln bereit und beluden die Schubkarre. Danach bugsierten wir die Schubkarre den schmalen, steilen Weg hoch zum Handwagen, wo wir abermals die Mistgaben schwingen mussten.

»Pfui, wie das stinkt.« Peter schnappte nach Luft und hielt sich gleich darauf die Nase zu. Der nasse, zusammengepresste Tang war schwer. Die Tangflöhe sprangen nach allen Seiten, wenn man die Mistgabel in den Tang steckte.

Als wir die Schubkarre zum dritten Mal gefüllt hatten und damit oben ankamen, stand eine ganze Menge fremder Leute um den Handwagen herum und glotzte uns an. Zwei ältere Damen winkten uns zu, die anderen hatten alle Hände damit zu tun, uns mit ihren kleinen Kameras und Mobiltelefonen zu fotografieren.

»Scheißtouristen!«, fauchte Peter leise, denn das waren sie, *Touristen,* eine ganze Busladung voll.

An solche Leute sollten wir uns ja gewöhnen. Manche im Dorf, Wolle zum Beispiel, meinten noch dazu, dass wir irgendwann von ihnen leben würden. Aber es war schon seltsam, vor ihren Augen weiterzuarbeiten, während sie glotzten und drauflosknipsten. Ich versuchte zwar, nur meine Mistgabel anzusehen, aber ich spürte doch die ganze Zeit ihre Blicke auf mir und meine Bewegungen wurden noch ungeschickter und steifer als sonst.

»Sammelt ihr das da?« Ein junger Typ im blauen Kapuzenpulli mit einer schwarzen Bulldogge auf der Brust hielt mir die Kamera dicht vors Gesicht. Er grinste: »Wir haben zu Hause am Strand jede Menge davon, das könnt ihr billig bekommen.«

»Tu so, als wären die Luft«, flüsterte Peter, aber das war nicht leicht, da sie so dicht neben uns standen und so schrecklich glotzten. Ich spießte eine Riesenladung Tang auf die Mistgabel, um fertigzuwerden und wegzukommen, mit dem Ergebnis, dass die Schubkarre das Gleichgewicht verlor und umkippte.

»Da ist offenbar im Oberstübchen niemand zu Hause«, sagte der Typ mit dem Doggenpulli, und das Nächste, was ich hörte, war irgendwer, der laut und schrill losgackerte. Mir ging zu spät auf, dass ich das war.

»Hör mit dem bescheuerten Lachen auf!«, sagte Peter und ich klappte den Mund zu.

»Hallo, ihr zwei«, johlte ein anderer von den jungen Leuten aus der Gruppe. »Wo versteckt ihr denn die Wasserköpfe und die mit den drei Fingern?«

Aber wir waren jetzt schon mit der Schubkarre auf dem Rückweg, und der Pfad war wohl zu steil für die Touristen oder sie hatten zu große Angst um ihre schönen Schuhe, jedenfalls kamen sie nicht hinterher.

Peter schüttelte den Kopf, als wir wieder unten standen.

»Die sind doch schwachsinnig, aber deshalb brauchen wir das nicht auch zu sein. Wieso hast du so albern gegackert?«

»Das weiß ich nicht«, sagte ich, denn ich wusste es nicht. Es war einfach etwas, das mein Mund von selbst machte, wenn der Rest von mir nicht wusste, wie er sich zu verhalten hatte.

»Nein, aber jetzt weißt du, dass du es einfach lassen musst.«

»Seid ihr fertig da oben?«, rief Papa unten vom Kai. Die Lore kam wieder nach oben, vollbeladen mit Tang.

Am 15. Juni war der Tunnel offiziell für den Verkehr freigegeben worden. Kein Geringerer als der Regierungspräsident hatte bei der Einweihungsfeier auf der Lakselvseite die rote Schnur durchgeschnitten. In Fjeldvig gab es kein neues Tunnelfest, wir mussten uns damit begnügen, die Eröffnung im Fernsehen zu verfolgen.

Und dann kamen die ersten Autos aus dem schwarzen Loch und fuhren durch das Dorf. Die Leute blieben auf der Straße stehen oder pressten die Nasen an die Fensterscheiben, um die Autos zu sehen, aber schon nach wenigen Tagen hatten wir uns an den Anblick gewöhnt. Wir gewöhnten uns auch an den Geruch von Auspuffgasen, an das wütende Dröhnen der Automotoren und an das seltsame Brummen, wenn die Autos über die Rollstäbe des *Viehrosts* fuhren.

Eines Tages dröhnten 17 Motorradfahrer aus dem Tunnel und durch das Dorf, in schwarzen Lederanzügen und mit einer Art Raumfahrerhelm auf dem Kopf. Sie fuhren den Leuchtturmweg hoch, aber als sie eine halbe Stunde darauf zurückkamen, hielten sie beim Laden und kauften Cola. Dann standen sie draußen neben ihren großen, blanken Maschinen und tranken, ohne die Helme abzunehmen, nur mit hochgeklapptem Visier. Fünf Minuten später brachten sie die Flaschen zurück in den Laden, klappten die Visiere wieder herunter und fuhren los. Der Tunnel verschluckte das Brüllen der Motoren sehr schnell, aber als sie auf der anderen Seite ankamen und Gas gaben, rollte der Lärm wie ein fernes Echo zurück durch das Storfjeld.

Der Windsack oben beim Helikopterlandeplatz war am

Tag der Tunneleröffnung heruntergenommen worden und am Donnerstag vor Johannis fuhr die *Havlitt* ihre letzte Tour zwischen Lakselv und Fjeldvig.

»Was machen wir jetzt ...?«, rief Papa. Er hatte einen seiner stillen Tage gehabt, an denen er einfach in sich versank, aber jetzt schien er zu erwachen.

»Woran denkst du?«, fragte Mama.

»Die Waren für den Laden! Wie sollen wir die liefern lassen, wenn die *Havlitt* aufhört?«

Mama legte ihm die Hand auf die Schulter. »Das habe ich schon geklärt. Jeden Donnerstag kommt ein Lastwagen aus dem Gemeinschaftslager in der Stadt. Wir dürfen nur nicht vergessen, spätestens am Mittwochnachmittag telefonisch zu bestellen.«

Papa schüttelte ihre Hand ab und sprang auf: »Ein Lastwagen, *durch den Tunnel?* Und das hast du so einfach verabredet?«

»Ja«, sagte Mama und für einen langen Augenblick war ich sicher, dass der stille Tag zum Dämonentag werden würde, aber dann setzte Papa sich langsam wieder hin und schlug die Hände vor die Augen.

Am nächsten Donnerstag hielt der Laster mit den Waren vor dem Laden. Im Wagen lagen ein Warenheber und ein kleiner Gabelstapler, deshalb ging es ganz schnell, »das bisschen« abzuladen, wie der Fahrer sagte. Wenn die Sachen mit der *Havlitt* gekommen waren, hatte es immer Stunden gedauert, sie nach Hause zu schaffen, jetzt waren es nur ein paar Minuten. Das musste man doch Fortschritt nennen können, aber es war kein Fortschritt, der Papa einen frohen Smiley machen ließ.

Kaum war der Lastwagen wieder gefahren, da hielt ein blauer Postwagen vor dem Laden. Der Fahrer sprang heraus und kam zu uns herein. Es war Lenny mit den schwarzen Haaren und den blauen Augen, aber er war nicht allein. Auch der Postdirektor aus Lakselv war dabei und er ergriff im Laden das Wort.

Der Postdirektor erklärte, dass es jetzt nur natürlich sei, die Tour des Postautos zu verlängern, da die Fahrt nach Fjeldvig keine zehn Minuten dauere. Das bedeute aber auch – und hier zog der Postdirektor einige Unterlagen aus einer dünnen schwarzen Mappe –, dass Fjeldvigs wandernder Postbote überflüssig sei, doch unser Laden sollte natürlich weiterhin die Poststelle im Dorf sein. Papa war gekündigt worden, aber er bekam sechs Monate Gehalt, obwohl er nur Anspruch auf drei hatte. Diese großzügige *Abfindungszahlung* sei eine Geste vonseiten der Post, als Dank für lange, treue Dienste.

»Und als weiteren und dauerhafteren Ausdruck für die Anerkennung vonseiten des Postwesens würde ich gerne diese kleine Erkenntlichkeit überreichen …« Der Postdirektor sah Lenny an und Lenny fischte eine Tonfigur aus seiner Posttasche.

Papa starrte sie an. »Was in aller Welt soll das denn sein?«

»Das ist doch das Storfjeld«, sagte ich, denn das war es schließlich. Eine winzige Kopie des Storfjeld, bemalt mit dem Wanderweg und seinen steinernen Markierungen – und mit einem Loch, das offenbar mit einer Stricknadel gebohrt worden war und den Tunnel darstellen sollte.

»Genau!« Der Postdirektor nickte und ging rückwärts auf

die Tür zu. »Das Storfjeld ... eine dauerhafte Erinnerung, wie gesagt, mit herzlichem Dank.«

Papa blieb mit der Figur in der Hand stehen und drehte und wendete sie, als die anderen gegangen waren.

»Gefeuert«, sagte er und sah Mama an. »Einfach so gefeuert, nach all den Jahren.«

»Aber mit einem halben Jahr Gehalt«, sagte Mama. »Jetzt können wir uns beide auf den Laden konzentrieren. Wer weiß, vielleicht werden wir mehr als genug zu tun haben, wenn die Touristen erst mal richtig nach Fjeldvig kommen.«

Und die Touristen kamen, nicht gerade in Scharen, aber es waren auch nicht ganz wenige. In diesem Sommer verging keine Woche, ohne dass ein Reisebus von der Größe eines Hauses auf dem Platz vor der Kirche hielt. Die Touristen schlenderten in Gruppen umher, fotografierten Torfstapel und drängten sich in die Trockenhäuser, um den Stockfisch unter der Decke zu knipsen. Dabei lächelten sie und winkten uns zu, als ob sie uns höchstpersönlich aus unserer Abgeschiedenheit gerettet und in den Zug in Richtung Zukunft gesetzt hätten.

»Ach, diese Luft!«, sagten sie und atmeten laut hörbar ein – ob da, wo sie herkamen, wohl Luftmangel herrschte?

Aber bald darauf fragten sie: »Kann man hier wirklich nirgendwo eine Tasse Kaffee bekommen?« Das konnte man nicht und schon bald standen die meisten wieder am Bus und schauten auf ihre Armbanduhren. Sie fotografierten den Laden, wenn sie vorbeigingen, aber die wenigsten kamen herein, und wenn, dann nur, um die Blicke über die Regale wandern zu lassen. Dann murmelten sie etwas und gingen wieder.

»Ich verstehe das nicht«, sagte Mama. »An unseren Waren ist doch nichts auszusetzen, warum kaufen die Leute denn nichts?«

Ein Tourist aber kaufte bei uns ein, ein großer junger Mann mit langen, schwarzen Haaren, der mit einem riesigen Rucksack, auf den er noch ein Zelt geschnallt hatte, über das Gebirge gewandert kam. Er schlug das Zelt an einem Grashang oben zwischen Leuchtturm und Kahlkuppe auf und wohnte den ganzen Sommer dort, und das war natürlich eine ganz andere Art des Tourismus. Ab und zu kam er in den Laden und kaufte ein – Brot, Haferflocken, ein Stück Käse und auch eine Flasche Whisky. Er hatte eine fremde Aussprache, sagte aber nur das Allernötigste und blieb für sich. Er war »menschenscheu«, meinte Mama. Heini konnte berichten, dass er ihn oft mit der Whiskyflasche in der Hand draußen am Rand der Steilküste durch die helle Nacht wandern sah.

»Man sollte ihn wohl vor dem tückischen Überhang warnen«, sagte Heini. »Andererseits ist er ja alt genug, um zu wissen, was er tut. Und am Ende ist es sowieso seine Sache.«

Eines Tages wollten Heinis Nelly und Hammel-Frejs Sanna Grasnelken pflücken, um Sträuße daraus zu binden. Die wollten sie an die Touristen verkaufen. Als sie am Zelt vorbeikamen, saß der Fremde mit den langen Haaren davor und schrieb in einem Heft. Ihnen gegenüber war er überhaupt nicht scheu, sondern erzählte, dass er *Gedichte* schrieb, und fragte, ob er ein Foto von ihnen machen dürfe. Während er im Zelt war, liefen Nelly und Sanna weg, und jetzt hatten ihre Eltern ihnen verboten, in die Nähe des Fremden zu gehen.

Man konnte ja nie wissen und irgendetwas an dem Fremden wirkte verdächtig. Er hatte offenbar weder Arbeit noch Familie, und warum hatte er das wohl nicht?

»*Gedichte*«, da könnte ja jeder kommen!

Während die Touristen wegblieben, gab es andere, die gern einkaufen wollten. An einem Freitag kurz vor Ladenschluss tauchten Arnfinn und Marner auf. Arnfinn war nicht mehr da gewesen, seit er einmal sonntags Bier haben wollte und Papa ihn vor die Tür gesetzt hatte.

Auch diesmal hatte er getrunken. Er rülpste laut und verlangte drei Kästen Bier. Marner grinste, auch er war beschwipst und musste sich auf den Tresen stützen.

Mama und ich waren allein im Laden. Papa und Peter waren gegangen, um nachzusehen, ob die Kartoffeln auf unserem Feld schon geerntet werden konnten. Ich hatte mich mit einem neuen Buch über Wetterrekorde, das Lehrer Joensen mir aus der Bücherei in der Stadt besorgt hatte, neben Mama gesetzt.

»Ich verkaufe dir kein Bier, wenn du betrunken bist«, sagte Mama.

Arnfinn ist ein großer Mann und jetzt machte er seine Schultern breit und blies sich auf, sodass er noch größer wurde.

»Was ist das denn für ein Pissgerede?«, fauchte er. »Ist das hier ein Laden oder nicht? Wenn es einer ist, dann verkaufst du mir das Bier. Wenn ich richtig gesehen habe, steht auf dem Schild an der Tür ›geöffnet‹.«

»Ich habe gesagt, was dazu zu sagen ist«, sagte Mama.

Arnfinn kniff die Augen zusammen. »Das ist doch verdammt noch mal ... *Diskrimierung!*«

»Wenn das so ist, dann kauf ich verdammt noch mal den ganzen Laden. Was willst du für die Klitsche?«

Er wühlte in der Gesäßtasche und knallte ein dickes Bündel Geldscheine auf den Ladentisch.

»Bitte sehr. Oder ist mein Geld etwa nicht gut genug, weil ich es mit fucking Maloche im Öl verdient habe, statt hier in diesem Drecksheimatmuseum Museumswärter zu spielen?«

»Ich muss euch beide bitten, den Laden zu verlassen«, sagte Mama. Sie wich nicht zurück, obwohl Arnfinn regelrecht über ihr hing, aber ihre Stimme bebte ein wenig. Vielleicht konnte aber nur ich mit meinem scharfen Gehör das hören.

»Du kannst mich doch kreuzweise, du scheinheilige Kuh!«, schrie Arnfinn und drehte sich zu mir um. »Was glotzt du denn so, Spasti, möchtest du eine gescheuert kriegen?«

»Das ist verdammt noch mal ... Diskrimierung!«, gurgelte Marner noch einmal und fügte hinzu: »Wir haben doch schließlich ...«, er suchte nach dem Wort, fand es und rülpste es heraus: »... *Meinungsfreihei*t!«

»Arnfinn!«, sagte eine Stimme, eine sehr alte Stimme, aber auch eine sehr feste. Oddmar stand in der Ladentür.

Arnfinn lief feuerrot an und schien zu schrumpfen. Marner ließ den Tresen los und schwankte ein bisschen, während er von einem zum anderen sah.

»Komm, wir hauen ab«, murmelte Arnfinn, krallte sich seine Geldscheine und zwängte sich dann mit Marner an Oddmar vorbei aus der Tür.

Oddmar schüttelte den Kopf. »Wenn der Alkohol reinkommt, geht der Verstand raus ... Ich hätte gern das übliche. Eine Packung Lutschtabak und eine kleine Flasche Schnaps.«

Als Papa heim kam, erzählte Mama ihm, was passiert war.

»Und stell dir vor, dem Frechdachs habe ich den Hintern abgewischt, als er noch klein war!«, schnaubte sie. »Vor Oddmar hat er offenbar immer noch Respekt, aber sie sind natürlich auch verwandt.«

Papa zuckte mit den Schultern. »Sehr weitläufig verwandt, aber Oddmar hat sich um ihn gekümmert, als Arnfinns Vater damals mit dem Kutter untergegangen ist. Er war wie ein Vater für ihn. Das hat Arnfinn wohl nicht vergessen.«

Mama schüttelte den Kopf. »Ja, wenn Oddmar nicht gekommen wäre, dann hätte ich wohl die Polizei angerufen ... Und was sagst du dazu, das ganze Geld auf den Tresen zu knallen. Du kannst mir glauben, das waren über tausend!«

Papa seufzte: »Schnöder Mammon, das ist die neue Religion ... oder so neu auch wieder nicht, um das goldene Kalb sind sie ja schon zu Zeiten Mose getanzt ...«

+++

Die Sommerferien gingen zu Ende, ein neues Schuljahr begann und es war erst zwei Tage alt, als Lehrer Joensen beschloss, mit der Klasse eine Exkursion zu machen.

»Ich will euch etwas zeigen, das leider inzwischen ein seltener Anblick ist. Etwas, das ihr sicher noch nie gesehen habt. Ein kleines Wunder der Natur.«

Es war der 10. August 2007, die Sonne war um 05:10 Uhr aufgegangen und würde um 21:29 Uhr untergehen. Der Tag war 2 Stunden und 53 Minuten kürzer, aber es gab noch immer helle Nächte mit dem blauen Halbdunkel, das manche »liebten« und bei dem andere durchdrehten.

Es war ein schöner Tag mit Sonne und einzelnen Wolken und nur leichtem Wind. Lehrer Joensen wollte nicht verraten, wohin es ging, aber als wir draußen bei Gerölde den Leuchtturmweg verließen, tippten mehrere von uns, dass wir zu den Vogelfelsen oben bei der Kahlkuppe unterwegs waren. Lehrer Joensen lächelte nur und erzählte über den dramatischen Rückgang, von dem die Brutvögel auf Tangø und allen anderen Inseln betroffen waren. Der Alk war verschwunden, von den Papageientauchern waren zu wenige Junge flugtüchtig und die Trottellummen ... ja, man könnte ewig weiterreden, aber im Grunde war es so, dass Vogelarten, die vor weniger als einem Menschenalter zu Hunderttausenden aufgetaucht waren, jetzt als bedroht gelten mussten. Die Ursache, erklärte Lehrer Joensen, sei die globale Erwärmung. Die Meerestemperatur brauchte nur um ein halbes Grad zu steigen und schon suchten sich die winzigen Organismen, die das erste Glied in der Nahrungskette ausmachten, tiefere und kältere Gewässer. Die Sandaale und die anderen kleinen Fische folgten ihnen und damit war es für die Vögel zu weit, um mit Nahrung zu ihren Jungen zu fliegen.

Während er erzählte, waren wir oben auf der Kahlkuppe angekommen. Wir blieben eine Weile stehen, um zu verschnaufen und auf das Meer hinauszublicken. Man konnte den Buchten und Felsvorsprüngen mit dem Blick bis hinüber zur Moorspitze folgen und wir sahen die weißen Säulen aus Gischt, die sich ab und zu draußen bei den Hammelfelsen hoben, um dann gleich wieder in sich zusammenzusinken. Es gab keine Wellen, aber die Meeresoberfläche hob und senkte sich in einem langsamen, schweren Rhythmus.

Lehrer Joensen zeigte darauf: »Seht ihr, das Meer atmet.«

»Das Meer kann doch nicht atmen«, sagte Pastors Christine, die gerade mit der Schule angefangen hatte. »Es ist ja aus Wasser.«

»Da hast du natürlich recht«, sagte Lehrer Joensen. »Aber ich finde doch, es sieht aus wie ein riesiger Brustkasten, der sich hebt und senkt, während er ein- und ausatmet. Beobachte das mal an dir selbst, dann verstehst du vielleicht besser, was ich meine.«

Christine legte sich die Hand auf die Brust, wir anderen folgten ihrem Beispiel. Es stimmte, die Brust hob und senkte sich, hob und senkte sich wie das Meer, aber viel schneller, denn wir waren alle außer Puste vom Aufstieg. Vielleicht haben wir alle ein Meer in uns, dachte ich und war so überrascht von diesem seltsamen Gedanken, dass ich fast losgegackert hätte. Aber dann fiel mir ein, was Peter gesagt hatte, und ich unterdrückte mein Lachen.

»Haltet euch hinter mir und passt gut auf, wohin ihr eure Füße setzt«, sagte Lehrer Joensen und ging hinaus auf einen mit Gras bewachsenen Felsbuckel, der wie eine Stupsnase über der Steilküste vorragte.

Lehrer Joensen war nicht umsonst Ornithologe, der Grund

dieser Exkursion hatte natürlich etwas mit Vögeln zu tun. Ein Schwarm aus kreischenden Eissturmvögeln stob auf, als wir uns am Rand des Felsvorsprungs, wo wir freien Blick auf die Felskanten tiefer unten hatten, ins Gras setzten. Ihre fetten Jungen saßen da unten dicht an dicht, aber die hatten wir ja schon oft gesehen. Was Lehrer Joensen uns zeigen wollte, war eine kleine Schar schwarz-weißer Vögel, die weiter unten auf einem Felssims herumtrippelten und aussahen wie kleine, hochaufgerichtete Pinguine ...

»Trottellummen!«, rief ich. *»Uria aalge.«*

»Genau.« Lehrer Joensen strahlte. »Die Trottellumme brütet wieder auf Tangø, zum ersten Mal seit ungefähr zehn Jahren!«

Er erzählte, wie er die Trottellummen beobachtet hatte, seit sie im Februar die Küste erreicht hatten. Er hatte gesehen, wie sie ihre Eier auf den nackten Felsen legten – ein Ei pro Paar, aber ein riesengroßes, in den schönsten Farben und mit allerlei Mustern; keine zwei Eier sahen gleich aus. Er hatte gesehen, wie die Eier ausgebrütet worden waren und wie die flaumigen Jungen Federn bekommen hatten, er hatte gesehen, wie erwachsene Trottellummen mit Fischen für die piepsenden Schluckhälse herbeigeflogen waren und jetzt ...

»Jetzt ist der große Augenblick gekommen, an dem die Jungen von zu Hause weggehen und den großen Sprung in die weite Welt wagen sollen. Den Sprung, ja, denn es gibt nur den einen Weg, über die Kante. Ihre Flügel können sie noch nicht richtig tragen, deshalb ist es kein Wunder, dass sie ziemlich skeptisch wirken. Seht euch das nur an!«

Wir reckten die Hälse und schauten nach unten. Die Trottellummenjungen trippelten am Rand des Brutsimses hin und her, dicht gefolgt von ihren Eltern. Sie piepten und schlugen mit den Flügen, schoben die Köpfe vor und schauten nach unten.

Hinunter auf den Brustkasten des Meeres, der sich hundert Meter unter ihnen hob und senkte.

Plötzlich sprang ein Junges. Es stürzte sich Hals über Kopf über den Rand, halb flog und halb stürzte es mit wildem Flügelschlagen auf das Meer zu. Es schlug in der Luft einen Purzelbaum und landete mit weißem Aufspritzen im Wasser. Die beiden erwachsenen Trottellummen landeten gleich daneben.

Immer weitere folgten diesem Beispiel. Zwei kamen nicht weit genug und landeten auf einem Felsvorsprung, wo sie ganz flach liegen blieben, ohne sich zu rühren. Aber die meisten landeten im Wasser und schwammen dann weiter hinaus.

Eine halbe Stunde später war ihr Felssims leer.

»Da sind wir gerade im richtigen Moment gekommen«, sagte Lehrer Joensen.

»Dass sie sich das trauen, wenn sie noch gar nicht richtig fliegen können«, sagte Brenda. »Ich an ihrer Stelle hätte zu viel Angst.«

»Ich auch«, sagte Peter. »Aber ich würde es trotzdem tun. Lieber den Sprung wagen als sitzen bleiben und vermodern.«

Lehrer Joensen lächelte. »Wir wollen doch hoffen, dass ihr flugtüchtiger sein werdet, wenn ihr so weit seid, dass ihr das Nest verlassen sollt.«

Auf dem Heimweg aus der Schule, nachdem Reidar zu sich abgebogen war, blieb Peter plötzlich stehen und sah mich an: »Weißt du, was Lehrer Joensen gesagt hat?«

»Ja«, antwortete ich, denn mir fiel so einiges ein, was Lehrer Joensen gesagt hatte. »Nein«, fügte ich eilig hinzu, denn ich konnte Peter irgendwie ansehen, dass es die falsche Antwort gewesen war.

»Er sagt, er findet, ich sollte mich für das Gymnasium bewerben.«

Das *Gymnasium?* Das Gymnasium lag in der Stadt, das hieß, Peter würde ... in mir wurde alles schwarz und ich bohrte die Hände in die Taschen, damit meine Arme nicht losfuchteln konnten.

»Musst du dann in der Stadt wohnen? Willst du wegziehen?« Ich brachte diese Wörter fast nicht heraus.

»Lehrer Joensen will versuchen, den Schulbus hierherzuholen. Aber ich glaube, ich will das nicht. Ich will mir lieber Arbeit suchen. Beim Öl vielleicht, wie Marner und die anderen. Marner verdient vierzigtausend im Monat. *Vierzigtausend,* was sagst du dazu?«

Ich sagte nichts, ich *konnte* nichts sagen. Es war, als ob die Erde unter meinen Füßen verschwand und ich durch den leeren Raum fiel und fiel, nach unten wirbelte wie die jungen Trottellummen auf ihren kleinen Flügeln, die sie nicht tragen konnten.

Ich hatte schon einmal daran gedacht, daran, dass Peter – mein Bruder, mein Hüter und mein Fels – eines Tages das Dorf verlassen könnte, wie Marner und die anderen jungen Männer.

Dass er *mich* eines schönen Tages verlassen würde.

Ich hatte diesen Gedanken weggestoßen, er war zu groß und zu schrecklich, ich konnte ihn nicht ertragen. Aber jetzt stand Peter vor mir und sprach ihn laut aus und in mir passierte etwas Seltsames: Dort, wo sonst nur ein schwarzes Loch war, war plötzlich ein fester, harter Knoten. Nein, es war kein Knoten, es war eine große, geballte Faust. Sie öffnete sich und die Finger packten mich und pressten die Luft aus mir heraus und das Allerseltsamste war, dass ich sofort ein Wort für das hatte, was in mir riss und zerrte.

Das Wort war *Angst.* Angst davor, Peter zu verlieren und allein zu bleiben, wir wollten doch immer und immer und immer zusammen sein ...

Ich krümmte mich zusammen, machte einen unsicheren Schritt. Meine Hände schossen aus meiner Tasche, meine Arme fuchtelten, ich bekam keine Luft, ich erstickte ...

»He, he, was ist denn los? Ganz ruhig jetzt, David.« Peter legte die Arme um mich – vorsichtig, so vorsichtig er nur konnte – und hielt mich auf den Beinen. »Hallo, ich bin doch noch gar nicht weg, oder? Verdammt, David, ich bin doch hier!«

Das war er und er würde es auch bleiben, immer und immer. Sonst würde ich zerbrechen, das wusste ich.

... »Habt ihr am Wochenende irgendwelche Vögel gesehen?«, fragt Lehrer Joensen. Er interessiert sich sehr für Vögel.

Viele von uns zeigen auf.

»Ich habe 17 Raubmöwen gesehen«, sage ich. »Stercorarius skua.«

Irgendwer kichert.

»Raubmöwen, schön, David, aber vergiss nicht zu warten, bis du gefragt wirst«, sagt Lehrer Joensen, nickt und schreibt »Raubmöwe« an die Tafel. »Und du weißt ja sogar den lateinischen Namen. – Und was ist mit dir, Nelly?«

»Und einen Zwergfalken, Falco columbarius«, füge ich rasch hinzu.

»David, jetzt ist Nelly an der Reihe.«

»Und eine große Schar Eiderenten und einen Mittelsäger«, sage ich trotzdem.

»Drei Säbelschnäbler oben im Hammeltal«, sagt Nelly neben mir, aber ich bin noch längst nicht fertig, ich habe noch viele andere gesehen, sie soll mich jetzt bloß nicht mit ihren Säbelschnäblern unterbrechen.

Meine Arme fuchteln in der Luft, treffen Nelly und Nelly fängt an zu weinen, aber sie soll mich nicht unterbrechen, das soll sie nicht! …

ELF

Der September kam und die hellen Nächte wurden dunkel. Große Starenschwärme kamen von den anderen Inseln und ruhten sich auf Tangø aus, ehe sie den langen Flug nach Süden antraten, einige trugen schon ihr gesprenkeltes Winterkleid. Sie saßen auf den Dächern, auf den Mauern und auf Hammel-Frejs Zaun, auf dem Rücken der Schafe und auf Dannys neu gebauter Garage.

Der Regierungsvertreter Næss hatte sein Versprechen an Fjeldvig gehalten: Ein Starkstromkabel war durch den Tunnel gelegt worden. Das Licht des Generators war jetzt Vergangenheit, es war Schluss mit dem Notlicht nach halb elf Uhr abends. Das Dorf war bis spät in die Nacht hinein in Licht gebadet. Es quoll aus den Fenstern und strömte aus den vier Straßenlaternen, die aufgestellt worden waren. Der Strahl des Leuchtturms verblasste in dem vielen Licht. Als die jungen Papageientaucher aus der kleinen Kolonie oben beim Teufelssturz ihre Brutsimse verlassen und das Meer ansteuern wollten, waren sie davon so verwirrt, dass sie stattdessen im Dorf landeten und die ganze Nacht unter den Straßenlaternen herumflatterten.

Danny bekam ein Auto, Fjeldvigs erstes, einen nagelneuen,

knallroten Ford Focus. Als er zum ersten Mal damit angefahren kam, hatte er die Stereoanlage voll aufgedreht. Wir konnten die Diskorhythmen schon aus dem Tunnel hören und die Fensterscheiben klirrten im Takt, als er langsam durch den Ort fuhr und um Schule und Kirche noch eine Extrarunde drehte – »eine Protzrunde«, kommentierte Peter. Am selben Abend goss Danny die Pfosten für einen Carport. Am nächsten Tag fuhr Hammel-Frej nach Lakselv, und als er zurückkam, saß er ebenfalls in einem Ford, doch seiner war blau und gebraucht und ein Traktor.

Der Tunnel brachte neue Menschen nach Fjeldvig. Eine ganze Familie zog in das leere Haus neben dem von Allan und Karen. Daggie, so hießen sie mit Nachnamen. Die Vornamen der Erwachsenen wusste ich nicht, aber ihre drei Jungen im Alter von 13, 14 und 15 hießen Elvin, Eric und Esben und waren alle drei groß und rothaarig und hatten Sommersprossen. Zum ersten Mal seit vielen Jahren wuchs die Schülerzahl der Schule. Malja und Høgni waren zwar abgegangen, aber mit Pastors Christine, die nach den Sommerferien angefangen hatte, und den drei Neuen, waren wir nun doch 16. Die Gegenstände mussten verschoben und neue Tische aufgestellt werden und das Schulzimmer kam mir plötzlich viel kleiner vor als vorher. Die drei neuen Jungen *füllten* es, sie gebrauchten sozusagen den ganzen Körper, wenn sie redeten, und das taten sie die ganze Zeit, auch wenn Lehrer Joensen sagte, sie sollten still sein. Das ärgerte mich, deshalb blieb ich so viel wie möglich in der Nische bei meinem Computer, aber ihre Stimmen konnte ich immer noch hören. Sie taten in meinen Ohren weh, heiser und kreischend wie die von Raben. Was ihre Eltern machten und woher sie kamen, wusste niemand, aber Herfinn Hinkefuß hatte gehört, sie wollten oben beim Teufelssturz ein Restaurant oder so etwas eröffnen, wo die Touristen beim Essen den Blick aufs Meer genießen könnten.

»Die Pläne können sie gleich vergessen.« Papa schüttelte den Kopf. »Das Land da oben gehört Jakob und Estrid und die würden nicht im Traum an einen Verkauf denken. Schon gar nicht für einen solchen Unfug.«

Herfinn zuckte mit den Schultern. »Ja, ich weiß ja nur, was ich gehört habe ...«

Das kleine blaue Haus neben Oddmars war ebenfalls wieder bewohnt, noch dazu von einem Kunstmaler. Er hatte einen großen, grauen Bart und hieß Falkward, und als die Nachbarn kamen, um ihn willkommen zu heißen, schickte er sie wieder weg, denn er wollte »Ruhe und Frieden« genießen. Das durfte er. Im Laden sahen wir ihn nie, zum Einkaufen fuhr er in seinem alten, verrosteten Polo zum Supermarkt nach Lakselv.

Jetzt gab es also zwei Autos im Dorf und das konnte man wohl als Fortschritt sehen, aber es gab andere Dinge, bei denen das nicht so leicht war. Eines Morgens, als Hammel-Frej nach seinen Schafen sehen wollte, war ein großer Teil des Zaunes umgestürzt und niedergetrampelt worden.

»Und das nicht von Schafsklauen«, sagte Hammel-Frej und hatte Wolle im Verdacht, der gerade seine freie Woche hatte. Aber er konnte es nicht beweisen und er war auch nicht der Einzige, der Probleme hatte. Es kam immer häufiger vor, dass Tore nicht geschlossen wurden, sodass die Schafe von Kohlköpfen und Heuhaufen fraßen und in die tiefen Schluchten liefen. Sicher waren es die Touristen, die so unachtsam waren. Oder vielleicht die Zugezogenen, bei denen wusste man ja auch nicht so recht, aber wieder: Beweisen konnte man nichts.

Eines Tages, als Ziegen-Gordon aus dem Trockenhaus eine Hammelkeule holen wollte, gab es dort keine Fische und kein Fleisch mehr. Alles war weg, *gestohlen!* Kapitän Torfinn hatte eine Ölheizung einbauen lassen und bewahrte das Heizöl in einem großen, grünen Plastiktank hinter dem Haus auf. Eines Morgens war ein Loch in den Tank gebohrt und 400 Liter Öl abgezapft worden. Es musste mitten in der Nacht passiert sein und die Diebe mussten doch ein Fahrzeug gehabt haben, um das Öl wegzuschaffen. Es war beängstigend, dass so etwas passieren konnte, während man schlief. Die Leute kamen jetzt in den Laden und fragten nach Vorhängeschlössern.

»Was ist denn bloß los?«, seufzte Herfinn Hinkefuß, als er auf einen Kaffee und ein Schwätzchen vorbeikam.

»Ja, dazu könnte ich so einiges sagen«, antwortete Papa. »Aber ich will mich damit begnügen, zu prophezeien, dass wir das Schlimmste noch vor uns haben.«

Papa hatte recht, denn zwei Wochen danach fand Hammel-Frej zwei von seinen Schafen tot am Zaun hängend. Auch wenn das vielleicht nicht *das Schlimmste* war, so war es doch schlimm genug und schlimmer als die anderen Dinge, die bisher passiert waren. Die beiden toten Schafe hatten besonders rote Wolle und das war keine Markierfarbe, sondern Blut. Sie waren umgebracht worden, mit einem spitzen Messer erstochen. *Jemand* hatte das Messer viele Male in sie hineingestoßen.

»Wie im Blutrausch«, sagte Hammel-Frej. »Das muss doch ein perverser Irrer gewesen sein. Ein Psychopath! Es würde mich gar nicht wundern, wenn er noch andere Dinge in sie hineingestochen hätte. Ja, ich denke mir mein Teil.«

Und dann sah er hinüber zu dem Höhenzug zwischen Leuchtturm und Kahlkuppe, wo der Fremde mit den langen Haaren noch immer in seinem Zelt hauste und mitten in der Nacht mit der Whiskyflasche in der Hand am Abgrund herumlungerte, wie Heini erzählt hatte.

»Sodom und Gomorrha«, sagte Papa düster. »Aber das musste ja kommen, so, wie die Leute hier am Ort sich von Gott abwenden und Seine Gesetze verletzen.«

Papa dachte an den Sonntag, der geheiligt werden sollte, den *Ruhetag*, der keiner mehr war. Danny zum Beispiel hatte ganz offen den ganzen Sonntag an seinem Carport gearbeitet, sogar während der Gottesdienstzeit. Dabei hatte er Bier getrunken und sich nicht einmal die Mühe gemacht, die leeren Flaschen ins Haus zu bringen. Jetzt war der Carport fertig, aber jeden Sonntag stand Danny mit einem Bier in der einen und einem Putzlappen in der anderen Hand darin und polierte den roten Lack des Ford. Dabei ließ er eine Vordertür offen stehen und drehte die Stereoanlage im Wagen auf, und was aus den Lautsprechern gepumpt wurde, waren keine Sonntagschoräle.

+++

Am Nachmittag des Tages, an dem Hammel-Frej die massakrierten Schafe gefunden hatte, tuckerte der Frauenhasserklub in Marners kleiner Jolle mit dem Außenbordmotor los. Reidar hatte seinem großen Bruden gesagt, wir wollten Möwen schießen, und Marner hatte ihm die Jolle und sein doppelläufiges Schrotgewehr geliehen.

Es war ein bleigrauer Tag mit tief hängenden Wolken. Herbst lag in der Luft, aber es regnete nicht und es gab kaum Wind. Das Meer war ruhig, der schmale Kielwasserstreifen der Jolle wurde nicht von Wellen gebrochen, als wir in einem breiten Bogen um die Seejungfrauen, die gefährlichen Felsschären, herum und dann weiter an der Küste entlangfuhren.

Wir umrundeten die Ackerspitze mit dem Leuchtturm und kamen dicht an der Steilwand bei der Kahlkuppe vorbei – dort, wo wir die Trottellummen gesehen hatten. Wir fuhren zwischen dem Hammelfelsen und der Moorspitze hindurch und weiter vorbei am Nordhang und um die Kalbsspitze herum. Die Vogelfelsen waren jetzt fast leer, die jungen grauen Basstölpel waren als Letzte losgeflogen, aber die Simse waren noch immer weiß von ihrer Kacke.

Reidar hatte die Hand auf den Gashebel des Außenbordmotors gelegt und steuerte. Er sah auf das Schrotgewehr, das über seinen Knien lag, hinunter und lachte.

»Wenn sie das hier sieht, wird sie vielleicht doch tun, was ich ihr sage.«

Er redete vom Seehundsmädchen. Reidar hatte Marner angelogen. Wir wollten gar keine Möwen schießen, sondern in der Grotte nachsehen, ob das Seehundsmädchen da war.

Ohne Seehundsfell, splitternackt, mit runden Brüsten und glatten Seidenschenkeln.

Reidar und Peter hatten oft über diese alte Sage geredet, sie hatten gelacht und sie als puren Aberglauben bezeichnet, aber sie wollten doch unbedingt zur Grotte, denn *was wenn* und *gesetzt den Fall* ... ja, sie wollten dann jedenfalls nicht so blöd sein wie der Fischer aus Kirvi und das Seehundsfell in eine Truhe legen, wo das Mädchen es spielend leicht finden könnte.

»Da wären wir dann.« Reidar drehte den Außenbordmotor aus und ließ das Boot direkt auf den Steilhang zugleiten, zu der schwarzen Öffnung, die sich über der Wasseroberfläche wölbte. Er klappte den Außenbordmotor hoch, legte das Schrotgewehr weg und packte die beiden kurzen Ruder, die auf dem Boden der Jolle lagen.

Dann fuhren wir ganz langsam in die Grotte des Seehundsmädchens hinein.

Die Ruder knackten in den Dollen. Das Wasser leckte an den Wänden der Grotte hoch und zog sich mit einem Glucksen zurück. Jetzt, da der Motor ausgedreht war, kam mir das Wasser unter der Jolle auf eine ganz andere Weise lebendig vor.

»Unten im Rucksack liegt eine Stablampe«, sagte Reidar zu Peter und seine Stimme hallte hohl von den Wänden wieder. »Schalt die ein und pass auf, dass wir nirgendwo anstoßen.«

Peter ließ den scharfen Lichtkegel der Stablampe über die unregelmäßigen Wände der Grotte wandern. Die Grotte führte fast geradewegs in den Fels hinein, ohne dass man ihr Ende erkennen konnte. Sie war hoch genug, dass wir im Boot hätten stehen können, und ungefähr doppelt so breit, und sie schien immer breiter zu werden, je tiefer man hineinkam.

»Jetzt muss sie aber bald mal auftauchen«, sagte Reidar. Er ließ nach jedem Schlag die Ruder ruhen und das Boot schaukelte langsam voran.

Peter legte für einen Moment die Stablampe ab, hielt die Hände wie einen Trichter vor den Mund und rief in die dunkle Grotte hinein:

»Seehundsmädchen, bist du da? Komm doch raus, aber wirf vorher dein Fell ab!«

Reidar grinste. »Ja, lass uns deine Leckerbissen sehen!«

»Was wollt ihr denn mit ihr?«, fragte ich, denn es gab hier etwas, das ich nicht verstand. Nein, es gab *vieles*, was ich nicht verstand, aber was ich nun *gar nicht* verstand, war, warum sie unbedingt dieses Mädchen finden wollten, wo sie Mädchen doch hassten. Wir waren schließlich ein Frauenhasserklub.

»Sie soll unsere Sexsklavin sein«, sagte Reidar und machte einen trägen Ruderschlag.

»Sexsklavin ... was ist das?«

»So eine, die uns einen Blowjob gibt und alles Mögliche macht, wenn wir ihr das sagen.«

Blowjob, das klang wie ein starkes Wort, ich nahm es gleich in meine Wörtersammlung auf. Ich wusste nur nicht, was es bedeutete.

»Was bedeutet das, ein Blowjob?«, fragte ich.

»Das bedeutet, dass sie deinen Schwanz in den Mund nimmt und daran lutscht«, sagte Reidar und schnalzte mit der Zunge.

»Hör doch auf, das kapiert er doch nicht«, sagte Peter.

Der Schwanz war dasselbe wie der Piepmatz, das wusste ich, aber wozu es gut sein sollte, ein Mädchen daran lutschen zu lassen, konnte ich mir nicht vorstellen. Schon gar nicht, wenn man doch Frauen hasste. Ich würde meinen jedenfalls niemandem in den Mund stecken. Wenn die nun zubissen! Mädchen hatten doch Zähne, wie alle anderen auch.

»Aber wir hassen Mädchen doch, oder nicht?«, fragte ich.

»Doch«, sagte Reidar und lachte wieder. »Deshalb soll sie ja unsere Sklavin sein.«

Ich sagte nichts mehr. Manchmal brachte es nichts, zu fragen, die anderen fanden es nur nervig, das hatte ich inzwischen gelernt. Vielleicht war es auch gelogen, was Reidar da erzählt hatte. Er hatte doch schon bewiesen, dass er ein guter Lügner war.

»He, ich kann dahinten Licht sehen!«, rief Peter plötzlich.

»Licht?!« Reidar reckte den Kopf. »Ich sehe kein Licht, wo sollte das herkommen? Über uns sind doch mindestens hundert Meter Fels!«

»Doch, doch, seht mal.« Peter zeigte nach vorn und schaltete die Stablampe aus und da sahen auch Reidar und ich das bleiche Licht, das von oben herabsickerte und das schwarze Wasser glitzern ließ.

»Ja, verdammt!« Reidar machte einige kräftige Ruderschläge, die Jolle schoss nach vorn. Die Grotte war ein richtiger Saal, größer als das Kirchenschiff.

Reidar ließ die Ruder wieder ruhen. Das Boot schaukelte auf das bleiche Licht zu, langsamer und langsamer, bis in den Lichtkegel hinein. Wir legten alle drei die Köpfe in den Nacken und schauten hoch zum Deckengewölbe.

Hoch, hoch oben war ein rundes weißes Auge, durch das das

Licht herunterstrahlte. Es sah aus wie das, das ich im Tunnel gesehen hatte ... und es *war* ja eine Art Tunnel, nur senkrecht, ein Schacht durch den Fels ...

»Das Siedeloch!«, rief Peter. »Das ist doch das Siedeloch! Oma hat ja gesagt, dass Opa dadurch abgestiegen ist, und sie hatte recht: Von da oben schaut man in die Seehundsmädchengrotte. Sie hängen zusammen.«

Er schaltete die Stablampe wieder ein und ließ den Lichtkegel umhergleiten. Auf allen Seiten traf er gegen Felswände, es gab kein anderes Loch als das leuchtende Auge über uns.

Hier, wo sie am allerbreitesten war, endete die Grotte und wir hatten kein Seehundsmädchen gesehen.

»Blöd. Na, dann können wir auch gleich wieder zurückrudern.«

Auf dem Rückweg durch die Grotte sagte keiner von uns etwas, aber als wir ins graue Tageslicht hinauskamen und Reidar die Ruder ins Boot hochzog, fragte er plötzlich:

»Habt ihr gehört, dass Malja und Høgni vielleicht zusammenziehen wollen? Sicher, damit sie es die ganze Zeit machen können.« Er schnappte sich das Schrotgewehr, hob es und feuerte aus beiden Läufen auf eine große Möwenschar, die vom Wasser abgehoben hatte, als die Jolle auftauchte. Zwei Möwen fielen ins Wasser, die anderen stoben kreischend auseinander und einige Federn rieselten herunter.

»Shit!«, sagte Peter. »Seht mal da!«

Nebel zog vom Meer herein, er kam von Südwesten getrieben, so dicht und undurchdringlich wie ein Knäuel aus grauer Wolle. Die Kalbsspitze war bereits dahinter verschwunden.

Reidar riss an der Startleine des Außenbordmotors. »Was machen wir jetzt?«

Wir wussten alle drei, wenn wir in den Nebel führen, würden wir keine zwei Meter weit sehen können und ganz schnell die Orientierung verlieren. Wir könnten gegen einen Felsen fahren. Oder hinaus auf den endlosen Ozean.

Peter schaute in die andere Richtung, an der Küste hoch, »Wir müssen versuchen, die Felskluft zu erreichen. Da können wir das Boot in Sicherheit bringen und zu Fuß nach Hause gehen.«

Wir schafften es, aber wirklich in letzter Sekunde. Wir konnten das Boot zwischen zwei Felsblöcke ziehen und dann die steile Südwand der Beilkluft hochklettern.

Gerade als wir oben ankamen, wälzte der Nebel sich über die Küste und hüllte uns in eine dicke, eiskalte Decke. Im einen Moment konnten wir den Stejlhammar als dunklen Kegel im Südosten sehen, im nächsten Augenblick gab es dort nur noch diffuses, leuchtendes Grau.

In dichten Nebel hineinzugehen ist, wie in eine Wolke hineinzugehen. Man sieht so schlecht wie in einer bewölkten Nacht und man verliert im Nebel leichter die Orientierung als bei Dunkelheit. Das seltsame, richtungslose Grau ist wie mattes, flüssiges Silber und die Sinne ertrinken darin.

»Na, dann wollen wir mal den Weg suchen«, sagte Reidar, ein bisschen lauter als unbedingt nötig. »Hier geht es längs.«

Er setzte sich in Bewegung. Peter ging neben ihm her, und ich folgte dicht hinter den beiden. Ich war nicht überzeugt, dass es der richtige Weg war – ich fand, er ging zu steil aufwärts –, aber das sagte ich nicht, denn ich war auch nicht ganz sicher, dass es *nicht* der richtige Weg war. Er führte jedenfalls nach oben, einen gleichmäßig ansteigenden, mit Gras bewachsenen Hang hoch. Man konnte zwei, drei Schritte weit sehen, mehr nicht. Das Rauschen des Mühlbachs tief unten in der Schlucht erstarb hinter uns.

Ich fror schon jetzt. Nebelkälte saugt die Wärme aus dem Körper, so wie wenn man in kaltes Wasser getaucht wird. Deshalb ist es wichtig, in Bewegung zu bleiben, und das taten wir ja.

Höher und höher ... bis plötzlich aus dem Nebel vor Reidars rechtem Fuß eine Möwe geflattert kam. Sie streifte seinen Stiefel mit einem Flügel und flog kreischend weiter.

»Halt!« Peter packte Reidar und hielt ihn zurück.

Ein kalter Windstoß riss einen kleinen Spalt in den Nebel, und tief, tief unter uns sahen wir das dunkle Wasser am Fuß des Steilhangs. Wir waren genau in die falsche Richtung gegangen und standen jetzt ganz an der Kante. Noch ein Schritt, und Reidar wäre in die leere Luft gelaufen.

Dann schloss sich der Nebel wieder um uns. Aber in diesem kurzen Augenblick, in dem das Loch darin geklafft hatte, hatte ich noch etwas anderes sehen können: zwei dicke Pfähle, die zwei Meter vom Rand entfernt in den Boden gerammt worden waren.

»Ich weiß, wo wir sind«, sagte ich. »Wir sind beim Vogelaufzug. Ich glaube, von hier aus kann ich nach Hause finden.«

»Du *glaubst?«*, fragte Reidar skeptisch.

Peter sah ihn an. »Ich kenne keinen mit so gutem Orientierungssinn wie David. Also lass es ihn doch probieren. *Du* hast es ja schon versucht, oder?«

Peter irrte sich, mein Orientierungssinn ist nicht besonders gut. Aber wenn ich einmal etwas gesehen habe, kann ich es mir merken und es wiedererkennen. Wenn ich einmal eine bestimmte Strecke gegangen bin, dann scheint sie wie ein Film in meinem Kopf zu liegen, und wenn ich den Film ablaufen lasse, kann ich mich noch an die kleinsten Steine und Löcher und Grasbüschel auf dem Weg erinnern. Das gehörte zu den Dingen, von denen Lehrer Joensen einmal behauptet hatte, ich schaffte sie besser als die meisten anderen.

So gut, hätte er vielleicht auch sagen können, dass es schon *unnormal* war.

Ich ging. Peter und Reidar kamen hinterher. Ich starrte die ganze Zeit meine Füße an und blendete alles andere aus. Der Film lief. Einmal geriet mein Fuß in ein Papageientaucherloch, oder vielleicht war es auch ein Kaninchenbau, und ich brauchte eine Weile, um den Film in meinem Kopf wieder anlaufen zu lassen.

Es ging abwärts. Geradeaus. Und wieder aufwärts.

»Gib es doch zu, du hast keine Ahnung, wo wir sind«, hörte ich Reidar sagen, aber er schien weit, weit weg zu sein, obwohl er gleich hinter mir lief.

Dann hörte ich noch etwas anderes, ein blökendes Schaf, viele Schafe, und gleich darauf tauchte Hammel-Frejs Stahldrahtzaun aus dem Nebel auf, so dicht vor uns, dass wir fast hineingelaufen wären.

Von dort an wussten wir alle drei den Weg, wir brauchten nur dem Zaun zu folgen, dann kamen wir ein Stück hinter der Vogelkoje auf den Weg.

Und nun wurde der Nebel bei jedem Schritt dünner. Er änderte seine Farbe von mattem Silbergrau zu goldenem Perlmutt, hoch oben tauchte wie ein dunkler Kegel der Stejlhammar auf, und als wir den Weg gerade erreicht hatten, brach die Sonne durch, als ob Gott für uns unsichtbar dort oben stünde und riefe: »Es werde Licht!«

Hoch über uns wechselte der Himmel von Grau zu Blau. Draußen auf dem Meer aber lag der Nebel nach wie vor dicht und schwer.

... Peter beschützt mich, die anderen großen Jungen wissen, dass er sie schlägt, wenn sie mich hauen.

Die großen Mädchen hauen nicht, sie reißen Witze.

»Seht euch doch bloß den Tollpatsch an«, sagen sie beim Sportunterricht. Nelly und Vinny schlagen Räder und stehen Kopf, während ich nicht einmal einen Purzelbaum schaffe, obwohl ich doch ein Junge bin.

»David Superschlau«, sagt Brenda und grinst.

»Sprung in der Schüssel«, kichert Malja. Kenny und Reidar zwinkern ihnen zu und kichern auch. Wenn Peter nicht hinschaut, versetzen sie mir Stöße oder stellen mir ein Bein, sodass ich hinfalle.

»Hallo, pass doch mal ein bisschen auf«, sagen sie. Oder:

»Hu, entschuldige, das wollte ich wirklich nicht.«

Wenn ich aus der Schule nach Hause komme, spiele ich mit meinen Steinen. Die sind keine Kühe und Schafe mehr, die schwarzen sind Teufel und die weißen sind Engel. Die Teufel haben Hörner auf der Stirn, sie jagen die Engel und wollen sie totschlagen, aber die Engel schwingen ihre Flammenschwerter und besiegen die Teufel. Der weißeste und stärkste aller Engel heißt Peter …

ZWÖLF

Eine Woche nach unserem Ausflug zur Grotte waren Peter und ich gerade auf dem Heimweg von der Schule, als wir oben bei unserem Laden laute Stimmen hörten. Es war ein selten schöner Tag Ende September und das Dorf sah unvorstellbar friedlich aus, wie es dort im Sonnenschein lag, aber in der Stimme, die am lautesten schrie, lag nicht viel Frieden:

»Du gehst nirgendwohin, du krankes Schwein!«

»Lass mich los!«, rief die andere Stimme. Sie klang ängstlich.

Neben dem Haus hatten wir einen kleinen, mit Kies bestreuten Platz mit einer Bank, auf der die Kunden sich zum Verschnaufen hinsetzen konnten; viele von ihnen waren doch alt. Der fremde junge Mann mit den langen Haaren, der aus dem Zelt, stand bei der Bank und wollte hinaus auf die Straße, aber Hammel-Frej und Heini vom Leuchtturm versperrten ihm den Weg. Hammel-Frej hatte seine Jacke auf den Boden fallen lassen und die Ärmel aufgekrempelt und er brüllte am lautesten. Zwei von den kleinen Mädchen aus dem Dorf, Pastors Lisa und Kapitän Torfinns Annabeth, standen auf der Straße und beobachteten die Szene.

»Krankes Schwein!«, schrie Hammel-Frej wieder und versetzte dem Fremden einen Stoß, sodass der junge Mann einen Schritt zurücktaumelte und fast über die Bank fiel. »Du meinst wohl, du kannst da draußen noch mehr Schafe schänden, was?«

»Ich weiß nicht, wovon Sie reden! Ich habe nichts getan!« Die Stimme des jungen Kerls versagte.

»Ein wirklich schönes Messer hast du da«, sagte Heini und zeigte auf den Dolch, der am Gürtel des jungen Mannes hing. »Scharf und spitz, könnte ich mir vorstellen.«

»War das, weil du nicht an unsere Mädchen rankommst?«, rief Hammel-Frej und hielt sein Gesicht ganz dicht vor das des Fremden. »Du musstest stattdessen deine perversen Gelüste an den stummen Tieren ausleben, was?«

»Weißt du, was wir über solche wie dich sagen?« Jetzt ließ auch Heini seine Jacke zu Boden fallen.

»Bald wird er es wissen«, zischte Hammel-Frej. »Wenn wir ihm die Eier abgeschnitten haben.«

»Sie sind doch wahnsinnig! Lassen Sie mich in Ruhe!« Der junge Mann versuchte, sich zwischen ihnen durchzuschieben, aber Hammel-Frej packte ihn und stieß ihn zu Boden.

»Verdammter Psychopath!« Heini versetzte ihm einen Tritt.

»Heini, Frej! Aufhören! Was ist denn los mit euch?« Das war der Pastor. Lisa hatte ihren Vater geholt und der kam jetzt angelaufen, atemlos und ohne Jacke über dem weißen Hemd. »Was um alles in der Welt geht hier vor sich?«

»Da brauchst du dich nicht einzumischen, Pastor!«

Der Pastor trat vor den jungen Mann, der wimmernd auf dem Kiesboden lag.

»Das werde ich aber, das kannst du mir glauben! Versucht, mich daran zu hindern, und ich hole die Polizei!«

Der junge Mann kam mühsam auf die Beine und humpelte zur Bank hinüber. Sein linkes Hosenbein hing in Fetzen an seinem Bein herunter.

»Was ist hier eigentlich los?« Jetzt kam auch Lehrer Joensen dazu.

Hammel-Frej hob die Hände. »Fragt doch den da! Fragt ihn, was er mit meinen Schafen gemacht hat, ehe er sie mit dem Messer aufgeschlitzt hat.«

Lehrer Joensen schüttelte den Kopf. »Du irrst dich, Frej. Er war das nicht. Du rächst dich an einem Unschuldigen.«

»Woher weißt du das?«, fragte Heini und hob seine Jacke auf, die er auf die Bank geworfen hatte.

Lehrer Joensen zuckte mit den Schultern. »Es kommt vor, dass ich etwas anderes als Vögel entdecke, wenn ich zum Beobachten mit dem Fernglas in der Beringungshütte sitze.«

»Wenn du weißt, wer es war, dann sag es mir und ich hau den Kerl zu Brei ...«, begann Hammel-Frej.

»Da mach dir keine Hoffnungen.« Lehrer Joensen trat dicht vor ihn und schaute ihm ins Gesicht. »Es reicht mit den Gewaltausbrüchen hier in Fjeldvig, es sind wirklich schon mehr als genug. Aber ja, ich weiß, wer es war, und ich werde den Betreffenden mit meinem Wissen konfrontieren. Und wenn deinen Schafen von jetzt an auch nur ein Haar gekrümmt wird, gehe ich zur Polizei. So viel kann ich dir versprechen.«

Hammel-Frej wischte sich den Schweiß von der Stirn und zog seine Jacke an, aber plötzlich fauchte er:

»Jetzt weiß ich es! Es war Wolle, dieser Versager, stimmt's?«

Er bekam keine Antwort. Lehrer Joensen war zu dem jungen Mann gegangen, der sich das Bein rieb, und hielt ihm die Hand hin.

»Im Namen des Dorfes möchte ich für dieses peinliche Missverständnis um Verzeihung bitten. Wenn ich irgendetwas tun kann ...«

Der junge Mann sah die ausgestreckte Hand an, nahm sie aber nicht. Er bückte sich, hob seine Einkaufstüte auf und humpelte wortlos davon. Er zog das linke Bein hinter sich her, seine Einkaufstüte tropfte und man konnte darin die Glasscherben klirren hören.

Lehrer Joensen folgte ihm mit den Augen, bis er hinter der Biegung bei der Schule verschwunden war. Dann drehte er sich zu Hammel-Frej und Heini um:

»Wenn ihr euch ein wenig umgehört hättet, anstatt ein übereiltes Urteil zu fällen, hätte ich euch sagen können, dass er trotz seines jungen Alters da, wo er herkommt, einen bekannten Namen hat. Ein gottbegnadetes dichterisches Talent, wir müssten stolz sein, ihn bei uns zu haben. Jetzt sehen wir ihn niemals wieder, und überlegt mal, welche Erinnerungen er von hier mitnimmt.«

Heini schaute zu Boden und scharrte mit der Stiefelspitze im Kies. Frej versetzte der Bank einen Tritt und flüsterte:

»Wolle!«

Am nächsten Morgen ging der fremde junge Mann mit seinem großen Rucksack auf dem Rücken durch das Dorf und verließ uns auf dem Weg, den er gekommen war, über die Berge. Er blieb nicht beim Laden stehen, sondern sah die ganze Zeit auf den Weg vor sich. Peter und ich standen in der Ladentür und blickten hinter ihm her, und etwas an seinem Gang ließ mich denken, dass Lehrer Joensen wohl recht hatte: Den würden wir niemals wiedersehen. Der schmale Rücken mit dem Rucksack sagte gewissermaßen überaus nachdrücklich Lebwohl.

In diesem Moment kam das blaue Postauto aus dem Tunnel. Lenny hob hinter dem Lenkrad die Hand zum Gruß, aber der junge Mann winkte nicht zurück.

Das Postauto fuhr durch das Dorf und hielt dann auf der Kiesfläche hinter dem Laden.

»Sag, ich sei nicht zu Hause«, sagte Papa eilig und lief ins Wohnzimmer. Er wollte nicht mehr mit Lenny reden, seit Lenny die Postroute nach Fjeldvig übernommen hatte. Der Laden war noch immer die Poststelle. Dreimal die Woche holte Lenny die Post ab, dreimal die Woche fragte er nach Papa und dreimal die Woche sagte Mama, der sei nicht zu Hause.

»Wie schade!«, sagte Lenny auch diesmal und sah sie aus seinen kleinen, schwarzen Augen an. »Dann grüß ihn von mir.«

»Das werde ich«, sagte Mama und nickte.

Lenny wandte sich zum Gehen um, blieb aber in der Tür stehen. »Ach, hier ist noch ein Brief für euch, den hätte ich fast vergessen. Bitte sehr, David, kannst du den deinem Vater geben, wenn er nach Hause kommt ... dein Name war doch David, oder?«

»Ja, stimmt«, sagte ich und fügte hinzu: »So heiße ich noch immer.«

»Wie schön für dich!« Lenny war schon fast aus der Tür. Ich sah den Brief an. Er war größer als die Briefe, die unsere Tante an Mama schickte und der Absender war nicht mit Kugelschreiber geschrieben, sondern auf den Umschlag gedruckt.

Herrn Isak Eliasson
910 Fjeldvig
Tangø

stand mitten auf dem Umschlag, und in der linken unteren Ecke:

BygdeByg GmbH
Werftstr. 21
100 Neustadt

»Von dem ist der denn?«, fragte Mama.

»Von keinem, den ich kenne«, sagte ich. »Von so einer ... BygdeByg GmbH.«

»Lass mal sehen.« Papa kam zurück in den Laden, sobald man hörte, wie das Postauto leiser wurde und in den Tunnel fuhr.

Papa schlitzte den Umschlag auf, zog ein Blatt Papier mit wenigen gedruckten Zeilen heraus, legte es auf den Ladentisch und las kopfschüttelnd.

»Was in aller Welt soll das bedeuten ...!«

»Was steht denn da?«, fragte Mama.

»Ja, wenn ich das so genau wüsste ...« Papa schüttelte den Kopf. »Hört mal, was die schreiben: ›Im Zuge der Einrichtung von einem Café/Minimarkt zweihundertfünfzig Meter südöstlich von Fjeldvigs Dorfstraße wird dauerhaft eine zweispurige, mit Kies befestigte Zufuhr von der Dorfstraße zum Bauplatz auf der Strecke angelegt werden, auf ebender der bereits existierende Fußweg von der Dorfstraße zur Küste verläuft. Die Bauarbeiten werden voraussichtlich primo Dezember beginnen und unter größtmöglicher Rücksichtnahme auf die angrenzenden Wohngrundstücke vorgenommen werden, wenngleich ein gewisses Lärmaufkommen in Verbindung mit dem Betrieb schwerer Baumaschinen unvermeidlich sein wird. Wenn Sie in dieser Hinsicht Fragen haben, wenden Sie sich bitte an Unterzeichneten ...‹ Unterzeichneter, das muss doch diese BygdeByg sein, wer immer das sein mag«, endete Papa.

»Zweihundertfünfzig Meter im Südosten der Dorfstraße? Das ist doch oben bei Teufelssturz und Steinrutsch. Oben beim Grundstück von Jakob und Estrid«, sagte Peter.

»Was bedeutet primo?«, fragte Mama.

»Das ist Latein und bedeutet zuerst«, sagte ich. »Primo Dezember ist Anfang Dezember. Wenn es Ende Dezember wäre, müsste dort ultimo Dezember stehen, und wenn ...«

»Aufhören, David«, sagte Peter.

Die Ladentür ging auf, Herfinn Hinkefuß kam herein und schwenkte einen Brief.

Der stammte ebenfalls von der BygdeByg GmbH und darin stand genau das Gleiche wie in unserem. Herfinn war ja unser Nachbar und der Weg, von dem im Brief die Rede war, verlief zwischen seinem Haus und unserem.

»Jaja, da haben sie dann doch verkauft, Jakob und Estrid«, sagte Herfinn.

Papa starrte ihn an. »Verkauft? Die haben doch den Boden da oben nicht an so einen ... Zirkus verkauft?«

Aber genau das hatten sie, jedenfalls nach allem, was Herfinn gehört hatte. »Sie sagen, sie hätten ein Angebot bekommen, das sie einfach nicht ablehnen konnten.«

»Ein Angebot, das sie nicht ablehnen konnten?« Papa war weiß im Gesicht und ich wich zurück, um nicht im Weg zu stehen, wenn der Dämon jetzt in ihn fuhr. »Was für ein Gewäsch! Die haben offenbar ihr Vaterunser vergessen ... ›führe uns nicht in Versuchung‹, heißt es dort.«

»Geschehen ist geschehen, das lässt sich jetzt wohl kaum noch ändern«, seufzte Herfinn und schob den Brief in die Hosentasche.

»Das wollen wir doch erst mal sehen! In dieser Sache ist das letzte Wort noch nicht gesprochen, das kannst du mir glauben!« Papa schlug mit der Hand auf den Tisch. »Der Herr legt uns schwere Prüfungen auf, aber etwas sagt mir, die Stunde ist nahe, in der die Schafe von den Böcken getrennt werden sollen.«

Ich wollte schon fragen, ob er mit den Schafen und den Böcken Hammel-Frej und Ziegen-Gordon meinte, aber dann fiel mir ein, dass es vielleicht wieder Bildsprache war. Und so oder so war es klüger, den Mund zu halten, um den Dämon nicht zu reizen.

Wenn ich die Augen zu einem dünnen Strich zusammenkniff, glaubte ich, den Dämon hinter Papa ahnen zu können, zottig, schwarz und zum Sprung zusammengekrümmt.

Am nächsten Tag waren von der ersten Stunde erst zehn Minuten vergangen, als ich das Schild »PAUSE« hochhob und mich an meinen Computer in der Nische setzte. Elvin, Eric und Esben hatten mit ihren heiseren Rabenstimmen meinen Kopf schon wieder zum Summen gebracht.

»Jetzt will ich es nicht noch einmal wiederholen müssen: Ihr sollt still sein!«, sagte Lehrer Joensen und wurde wütender Smiley im Gesicht, was sonst nie passierte. Es wurde still, aber bald darauf fingen Elvin und Eric an zu kichern und zu tuscheln, Esben schickte Brenda Zettelchen und die Unruhe schien auf die anderen überzugreifen.

Es tat mir gut, mich an den Computer zu setzen und den vielen Störungen den Rücken zu kehren. Ich klickte mich ganz schnell weg von meiner Startseite, Xtreme Weather.com, und googelte das Wort, das mir wie eine nervige Fliege im Kopf herumschwirrte.

BygdeByg.

Die Suche ergab 20.000 Treffer. Ich ging zum ersten, bygdebyg.com, und ein Bild von einem Felsen an einem abendlichen Meer tauchte auf. »Klick hier«, stand neben einem kleinen Pfeil über dem Felsen.

Ich klickte und das Bild verwandelte sich vor meinen Augen: Jetzt stand oben auf dem Felsen ein großes Haus, ein richtiger Palast mit riesengroßen Fenstern, aus denen Licht strahlte. Als ich die Maus verschob, tauchten über dem Bild ein Text und ein Menükasten auf. Der Text war in großen, roten Buchstaben geschrieben:

ERST ABGELEGEN JETZT ANGESAGT

BygdeByg GmbH – wir machen den Krähwinkel von gestern zum Touristenmagneten von morgen.

Investieren Sie in die Zukunft! Großes Verdienstpotenzial!

»Verdienstpotenzial« war ein schönes Wort, genau richtig für meine Wörtersammlung.

Ich klickte auf den Menüpunkt: »Realisierte Projekte«, und davon gab es vier: ein Restaurant, einen Supermarkt mit Café, ein »Wellness-Center« und ein »Erlebnis-Center«. Alle vier waren aus Glas und Metall, wie der Palast auf dem großen Bild, und lagen in abgelegenen Dörfern, drei auf der Insel Brunø und eines auf Lyngø.

Unter dem Menüpunkt »Neue Projekte« gab es keine Fotos, nur eine einzige Zeichnung eines weiteren Gebäudes, das so ungefähr aussah wie die anderen.

Café/Minimarkt in Fjeldvig – dem »vergessenen Dorf«, stand darunter, und danach hieß es weiter:

»Die Touristen von heute suchen das Authentische, ohne auf modernen Komfort verzichten zu wollen. Authentizität hat Fjeldvig, wo die Zeit hinter den hohen Bergen stillsteht, immer schon geboten, aber durch BygdeBygs jüngstes Projekt wird es jetzt bald auch ...

»Mach mal Platz!«

Die Stimme rief in mein Ohr, heiser wie ein Rabe. Eric stand hinter mir: »Ich muss mir was auf dem Computer ansehen.«

»Der Computer«, sagte er, aber es war doch *mein* Computer. Eric hatte hier nichts zu suchen und ich versuchte, ihm das zu sagen, aber die Wörter klumpten sich in meinem Hals zusammen und wollten nicht heraus. Es kam nur ein dünner Schrei und meine Arme fingen an zu fuchteln, ich brach zusammen, knallte mit der Stirn auf die Tastatur ... »Jetzt reg dich doch nicht so auf, Mann!«

»Eric, setz dich sofort an deinen Platz!« Ich schielte nach oben. Lehrer Joensen war dazugekommen, packte Eric am Arm und zog ihn weg. »Das sind Davids Platz und Davids Computer, also lass ihn in Frieden!«

»Loslassen«, heulte Eric und sein kleiner Bruder Elvin rief: »Das ist doch bloß, weil Sie Rain Man total bevorzugen!«

»Keiner hier in der Klasse heißt Rain Man«, sagte Lehrer Joensen und ließ Eric los.

»Doch, David wohl! Der ist genauso verrückt wie der Idiot in dem Film, dieser ... Baptist!«

»Autist«, brüllte der große Bruder Esben. Alle drehten sich um und schauten mich an. Brenda und Kenny fingen an zu kichern und gleich darauf lachte die ganze Klasse. Nein, Peter starrte seine Tischplatte an und wurde schrecklich rot im Gesicht, aber Reidar feixte auch, obwohl wir doch Freunde und im selben Klub waren. Es ärgerte mich, dass sie kicherten und dass sie über mich lachten und dass ich nicht begriff, warum. Meine Arme wollten jetzt nicht nur fuchteln, sie wollten jemanden schlagen. So hart schlagen, dass die anderen in Stücke gingen und dass Blut herauskam und dass sie *die Fresse hielten!*

»Jetzt reicht es! Und denkt daran, hier in der Klasse benutzen wir keine Spitznamen«, sagte Lehrer Joensen.

»Tun wir wohl, Vogelfresse«, murmelte Eric. Aber vielleicht hörte nur ich das, mein Gehör ist ja superscharf. *Unnormal* scharf.

Autist. Ich hatte das eine nervige Wort noch im Kopf und schon schwirrte dort ein weiteres herum.

Autist ...

Papa war in diesem Herbst sehr langsam und träge geworden. Er hatte wohl zu wenig zu tun, jetzt, da er die Post nicht mehr holen musste, denn im Laden gab es nicht genug Arbeit für zwei. »Ich leg mich ein bisschen hin«, sagte er immer häufiger und seine Müdigkeit steckte offenbar den Dämon an, denn der stand meist nur abwartend hinter ihm, wie an dem Tag, als der Brief von der BygdeByg gekommen war.

Aber gerade dieser Brief schien Papa dann wieder zum Leben zu erwecken. Er hatte gegen den Tunnel gekämpft und verloren, aber jetzt hatte er einen neuen Gegner, nämlich die Straße – die geplante Straße von uns zu dem *Projekt* am Teufelssturz.

Ohne Weg kein Projekt, das lag auf der Hand. Wenn Papa die BygdeByg daran hindern könnte, den Weg zu bauen, würde er zugleich alle Pläne für Minimarkt und Café ruinieren, und genau darum ging es ihm. Zu diesem Zweck hatte er einen Karton mit vergilbten alten Papieren vom Dachboden geholt. Eines davon war ein Grundbrief mit einer in verblasster Tusche gezeichneten Landkarte. Wenn man die ins Licht hielt, konnte man unser Haus und das Ende von Herfinns sehen, und einige gestrichelte Linien zeigten, wo die Grenze verlief.

»Hier haben wir es schwarz auf weiß«, rief Papa.

»Grau auf gelb«, sagte ich, aber er schüttelte nur den Kopf und redete weiter: »Unser Grundstück reicht bis ganz nach hier, es ist Privatbesitz, sie dürfen es nicht anrühren. Und der schmale Streifen, der dann noch übrig ist, gehört Herfinn.«

»Bist du sicher?«, fragte Mama. »Die Striche sind so undeutlich.«

»Aber deutlich genug«, sagte Papa. »Das ist unser Boden. Das mit dem Weg können die sich gleich aus dem Kopf schlagen.«

»Aber da war doch immer schon ein Fußweg«, wandte Mama ein.

»Kann schon sein. Aber bald ist Schluss damit, denn jetzt rede ich mit Herfinn und dann stellen wir einen Zaun auf. Das ist unser gutes Recht.«

Papa ging zu Herfinn Hinkefuß, wie er gesagt hatte, aber einen Zaun gab es dann doch nicht, denn Herfinn wollte nichts damit zu tun haben – »angenommen, wir müssen den nachher wieder wegmachen, dann haben wir doch nur Zeit und Geld verschwendet«.

»Herfinn ist ein Waschlappen«, schnaubte Papa. »Aber das soll mich nicht aufhalten. Dann rede ich jetzt eben mit Hammel-Frej.«

»Hammel-Frej?«, fragte Mama. »Der hat damit doch gar nichts zu tun, er wohnt doch am anderen Ende des Dorfes?«

»Das schon«, sagte Papa und nickte. »Aber wie du vielleicht noch weißt, kennt er einen Anwalt. Ich bin bereit, vor Gericht zu ziehen, wenn es sein muss.«

Hammel-Frej gab Papa die Nummer des Anwalts aus der Stadt und Papa rief an und redete mit dem Anwalt, der ganz sicher war, dass ein Anwalt eingeschaltet werden müsse.

Am selben Abend steckte Papa den vergilbten Grundbrief in einen Umschlag, schrieb Namen und Adresse des Anwalts darauf und bat Mama, den Brief beim nächsten Mal Lenny mitzugeben.

Und dann wartete Papa darauf, dass das Postauto die Antwort des Anwaltes brachte, dass es *gesetzlich verbrieft* war, dass der Weg über unseren Grund und Boden führte und die Bygde-Byg den Plan mit dem Straßenbau gleich vergessen konnte.

Aber was an einem frühen Morgen knapp zwei Monate später aus dem schwarzen Loch des Tunnels fuhr, war kein blaues Postauto, sondern ein Bulldozer mit einer Baggerschaufel so breit wie ein Scheunentor. Er sah aus wie ein gelber Dinosaurier, als er da auf seinen Raupenketten angepoltert kam, dicht gefolgt von einem Grabenbagger und einem mit Tonscherben beladenen Lastwagen.

Es war der 10. Dezember 2007 (Sonnenaufgang 09:10 Uhr, Sonnenuntergang 15:07 Uhr), ein kalter, windiger Tag, an dem der Regen teilweise in Hagel überging, den der Wind einem ins Gesicht peitschte. Aber der Lärm der riesigen Baumaschinen lockte doch Menschen auf die Straße.

»Damit kommen die nicht durch«, sagte Papa, der schon seinen Mantel angezogen hatte. »Kommt, Jungs.«

»Ich bleibe hier«, sagte Peter und schlug die Arme übereinander.

Papa sah ihn an und nickte langsam. »Jaja, das musste wohl so kommen. Du bist nicht der erste Peter, der einen verrät, wenn es darauf ankommt.«

»Ich verrate niemanden«, sagte Peter. »Ich sehe nur nicht ein, warum wir uns hier lächerlich machen sollen.«

Papa seufzte. »Auf dich kann ich doch zählen, David?«

Für einen Moment wusste ich nicht, was ich machen sollte.

Ich dachte, es wäre gut gewesen, wenn es zwei von mir gegeben hätte, dann hätte der eine zusammen mit Peter im Haus bleiben können, während der andere mit Papa hinausging. Ich sah Peter an, aber Peter schaute weg, und Mama war in der Küche.

Also holte ich mir Mütze und Handschuhe und ging mit Papa nach draußen.

Der Bulldozer war mitten zwischen dem Haus von Herfinn Hinkefuß und unserem stehen geblieben und richtete seine Schaufel auf den Fußweg. Bagger und Lastwagen standen dahinter und zwei Männer in Overalls stellten »Straßenarbeiten«-Schilder auf und zogen rotweiße Absperrbänder.

Das ganze Dorf war zusammengeströmt, um zu sehen, was jetzt passieren würde, und das war an sich ja nichts Neues. Nein, das Neue und Seltsame war, dass sich zwei verschiedene Gruppen sammelten, auf jeder Seite des Bulldozers eine, die eine stand an der Ecke von unserem Haus, die andere an der Ecke von Herfinns.

Mitten in der einen Gruppe standen Hammel-Frej und Kapitän Torfinn. Heini vom Leuchtturm war offenbar aus irgendeinem Grund ins Dorf gekommen, denn auch er war da, und ein wenig am Rand der Gruppe standen Aslaug und Rolf – die waren ja mit Torfinn verwandt – und Schmieds. Hammel-Frejs Haare wuchsen inzwischen nach und es war kein Rot mehr darin zu sehen. Die andere Gruppe umstand Danny und Fiona und Reidar. Fiona, Dannys Frau, war ja Reidars große Schwester. Wolle und Marner wären ganz sicher auch bei dieser Gruppe gewesen, zusammen mit Marners Freund und Arbeitskollegen Arnfinn, wenn sie zu Hause gewesen wären, aber sie waren bei der Arbeit im Ölterminal. Arnfinns Großonkel Oddmar stand mit Jakob und Estrid ein kleines Stück weiter, und jetzt kam Daggie mit seinen drei Söhnen und schloss sich ihnen an.

Die Gruppen warfen einander Saure-Smiley-Blicke zu. Elvin streckte mir die Zunge heraus, als er mich entdeckte. Herfinn hinkte einige Male zwischen den beiden Gruppen hin und her, schloss sich dann aber zwei anderen alten Leuten an, die ein Stück weiter die Straße hinunter standen, zusammen mit Pastors und Lehrer Joensen.

Die Männer in den blauen Overalls hatten die Absperrbänder angebracht und gingen zu ihren Maschinen zurück. Der Bulldozerfahrer kletterte ins Führerhaus hinauf und ich erkannte ihn: Es war der mit den Tattoos, der beim Tunnelfest Reidar und Peter zum Biertrinken aufgefordert hatte.

»Komm«, sagte Papa und stellte sich vor den Bulldozer. Ich ging hinterher.

Der Bulldozerfahrer steckte den Kopf aus dem Seitenfenster des Führerhauses und starrte uns an.

»Hallo, ihr zwei, geht doch mal zur Seite!«

»Das hier ist mein Grund und Boden, das habe ich schriftlich, und ich werde ihn nicht verlassen.«

Der Bulldozerfahrer schob sich einen Finger unter den orangefarbigen Helm und kratzte sich am Ohr.

»Davon weiß ich nichts«, sagte er. »Ich weiß nur, dass hier ein Weg gebaut werden soll und dass wir ihn bauen sollen und dass wir jetzt anfangen. Also wenn ihr bitte weggehen könntet.«

Papa rührte sich nicht von der Stelle und ich tat es auch nicht. Hinter dem Bulldozer ließ der Bagger seinen Motor aufdröhnen.

»Hör doch mit dem Pisskram auf, Post«, rief plötzlich Danny. »Bloß, weil du so heilig bist, dass du die Uhr am liebsten ins Mittelalter zurückdrehen würdest, brauchst du nicht uns andere darunter leiden zu lassen. Schaut doch mal in den Spiegel, dann seht ihr, was für Versager ihr seid!«

Der Bulldozerfahrer nahm den Helm ab und senkte den Kopf und wir konnten die nackte Frau auf seinem Schädel sehen.

»Jetzt macht schon, dass ihr wegkommt, ihr Dorftrottel!«

Er wackelte mit den Ohren. Titten und Hintern auf seinem Schädel wippten im Takt.

»Weiche von mir, Satan«, murmelte Papa und sah mich an: »Gesangbuch Nummer 362, David.«

Und dann fing er an zu singen: »Ein' feste Burg ist unser Gott«, und ich sang mit. Ich bin kein besonders guter Sänger, es fällt mir schwer, den richtigen Ton zu treffen, aber Papa hat eine starke und schöne Singstimme, in der Kirche sang er immer vor:

»Ein' feste Burg ist unser Gott,
ein gute Wehr und Waffen.
Er hilft uns frei aus aller Not,
die uns jetzt hat betroffen.«

Papa hatte vielleicht gehofft, dass die anderen mitsingen würden, aber da hatte er sich verrechnet. Niemand sonst sang, die meisten anderen starrten den Boden an und Danny hielt sich einen Finger an die Schläfe und drehte ihn einige Male. Elvin, Eric und Esben johlten und lärmten und Reidar grinste breit.

Der Bulldozerfahrer knallte sich den Helm auf den Kopf und starrte uns an.

Der Regen brach wieder los und peitschte uns eine Mischung aus eiskalten Regentropfen und Hagel ins Gesicht, und während ich sang, dachte ich, dass es ein Glück war, dass die Hagelkörner nicht so groß waren wie die größten aller Zeiten, die am 16.4.1986 in Bangladesch gefallen waren und 1.020 Gramm gewogen hatten.

Wir waren bei

»Und wenn die Welt voll Teufel wär

und wollt uns gar verschlingen …«

angekommen, als der Bulldozerfahrer den Zündschlüssel umdrehte und Gas gab und sogar Papas kräftige Stimme im Dröhnen des Motors ertrank. Der Bulldozerfahrer schaltete, die Raupenketten ruckten. Die Worte des Chorals verklumpten in meinem Hals und aus dem Augenwinkel sah ich Mama aus dem Laden kommen.

Sie grüßte niemanden, schaute weder nach links noch nach rechts, sondern kam auf uns zu und packte Papa am Arm.

»Jetzt reicht es, Isak. Jetzt gehen wir ins Haus.«

Papa schüttelte den Kopf. Für einen Moment sah er dämonisch aus, aber dann zuckte er mit den Schultern und folgte Mama mit gesenktem Kopf und hängenden Schultern.

Dannys Lachen verfolgte uns den ganzen Weg ins Haus. Er war nicht der Einzige, der lachte, aber er lachte am lautesten.

Als eine Stunde darauf das blaue Postauto kam, brachte Lenny einen Brief von dem Anwalt. Papa hatte sich hingelegt, kam aber heraus und las, als Lenny wieder gefahren war.

Im Brief war nichts gesetzlich verbrieft, es war nur der Anwalt, der schrieb, er müsse von gerichtlichen Schritten abraten, »da die BygdeByg GmbH geltend macht«, las Papa vor, »und fünf in Fjeldvig ansässige, mündige Personen bestätigen, dass es auf besagtem Weg öffentliches Wegerecht als Gewohnheitsrecht von alters her gibt, weshalb gegen den geplanten Straßenbau kein Verbot erwirkt und auch keine Entschädigungssummen geltend gemacht werden können.«

»Was bedeutet das?«, fragte Mama.

»Das bedeutet, dass Arnfinn und Marner und diese ganze Bande uns in den Rücken gefallen sind und gegen uns ausgesagt haben«, sagte Papa und war plötzlich wieder kreideweiß im Gesicht.

»Aber das hat da doch nicht gestanden, finde ich«, sagte Mama.

»Nein, aber man kann es sich ja ausrechnen. Sie haben ein Hühnchen mit uns zu rupfen, weil wir ihnen keinen Alkohol verkaufen wollten.«

Ein Hühnchen? Wollten die sich jetzt auch noch Hühner zulegen?

Papa schaute in den Brief.

»Und dann verlangt dieser Schnösel von Anwalt viereinhalbtausend dafür, dass er uns das erzählt.«

»Viereinhalbtausend!« Mama setzte sich. »So viel Geld haben wir doch gar nicht.«

»Nein«, sagte Papa. »Das haben wir nicht, bald haben wir gar nichts mehr.«

Er nahm die kleine Keramikfigur, die er als Abschiedsgeschenk bekommen hatte, vom Sims neben dem Ofen und sah sie an. Dann feuerte er sie mit aller Kraft in den Schornstein.

Die Reste des Storfjeld flogen über den Boden, mit Tunnel, Wanderweg und allem Drum und Dran.

Der Dämon wütete weiter, Papa brüllte herum und riss sich seine ohnehin schon schütteren Haare büschelweise aus, aber ich sah mir das nicht lange an, ich lief auf die Toilette und schaute in den Spiegel.

Das hatte Danny uns ja geraten, aber ich begriff nicht, warum, denn mein Gesicht im Spiegelglas sah so aus wie immer, mit denselben struppigen Haaren und denselben mehr grauen als blauen Augen.

Dann sah ich es: eine rote, geschwollene Stelle auf meiner Stirn. Als ich sie mit einem Finger betastete, tat sie weh. Ich hatte einen Pickel bekommen.

Draußen donnerten die schweren Maschinen hin und her. Die Fensterscheiben klirrten, das ganze Haus bebte.

... Morgens kann ich deutlich hören, was Lehrer Joensen sagt. In der ersten Stunde geht es gut, manchmal auch in der zweiten, aber dann fängt mein Kopf an zu summen und seine Stimme ertrinkt im Lärm der anderen. Sie rascheln und schlagen mit Büchern und Heften, oben in der Ecke sitzen die Großen in Gruppen und diskutieren. Nelly wippt mit den Füßen, ihre Schuhsohlen schrappen über den Boden

und das macht mir eine Gänsehaut. Das Licht, das durch die Fenster kommt, sticht in meinen Augen.

Lehrer Joensen steht oben am Pult, sein Mund geht auf und zu. Offenbar spricht er mit mir, denn jetzt kommt er und beugt sich über mich und fragt:

»Hallo, David, bist du da?«

Mein Kopf summt, ich weiß nicht, was ich sagen soll. Bin ich da …?

DREIZEHN

Einmal hatten wir im Schulzimmer ein Aquarium. Wir ließen abwechselnd rote Trockenfutterflocken zu den Fischen nach unten rieseln. Wir hatten sie offenbar zu gut gefüttert, denn nach einiger Zeit fing das Wasser an zu stinken und die Fische trieben einer nach dem anderen mit dem Bauch nach oben und toten, weißen Augen an der Oberfläche. Aber es sah toll aus, wenn man in den Wintermonaten in die Schule kam und das Aquarium im Schulzimmer leuchtete und gleichsam in der Dunkelheit schwebte.

Es war der 1. April 2008, als mir das Aquarium in den Sinn kam, der Tag, an dem Daggies Café und Kiosk oben am Teufelssturz eröffnet wurden, zwischen Helikopterlandeplatz und Steinrutsch. Vom Dorf hatten wir einen Blick auf das große, viereckige Gebäude, es sah aus wie ein Glaskasten mit so viel Licht, dass es überlief und in die Morgendämmerung hinausströmte. Daggie sparte wirklich nicht an Strom.

Es war ein langer, harter Winter gewesen. Zuerst hatte es eine Menge Schnee gegeben, dann folgten mehrere Wochen mit Minusgraden rund um die Uhr, sodass die Bulldozer und Bagger über lange Zeit stillstanden.

»Jaja«, sagte Papa und nickte. »Jetzt merken sie endlich, dass es auf der Welt stärkere Kräfte gibt als ihre Maschinen.«

Der Winter schien einfach kein Ende nehmen zu wollen und die Dunkelheit hatte sich offenbar für immer über Fjeldvig gesenkt. Die wenigen Tage, an denen sich die Sonne überhaupt sehen ließ, konnte sie sich kaum hinter dem Storfjeld hervorschleppen, ehe sie auch schon wieder hinter dem Stejlhammar verschwand. An den meisten Tagen waren Himmel und Erde in kaltes, nasses Grau gehüllt. Es war, wie über den Meeresboden zu wandern, es fehlte nur, dass aus unseren Mündern Blasen gekommen wären, wie bei Fischen.

Aber Ende Februar schlug der Wind um und aus Südwesten wehte milde Frühlingsluft über die Inseln. Die Straßenarbeiten wurden wieder aufgenommen, nach zwei Wochen wurde der Bulldozer von einer Walze abgelöst, und als die Walze durch das schwarze Loch des Tunnels davonrollte, war der breite Kiesweg zwischen Dorf und Teufelssturz fertig. Am selben Tag fuhren die ersten Lastwagen auf dem neuen Weg, beladen mit Fundamentblöcken, Betonelementen und Fensterpartien aus Glas und Aluminium.

»Wir eröffnen am 1. April«, sagte Daggie zu Herfinn Hinkefuß, der das allen weitererzählte, die es hören wollten.

»Das schafft ihr doch nicht«, meinte Herfinn. Aber Daggie lachte und sagte:

»Du hast doch keine Ahnung, wie schnell das bei der modernen Fertigbauweise zu machen ist!«

Daggie, der Zugezogene, war ebenso rothaarig und untersetzt wie seine Söhne Elvin, Eric und Esben, seine Frau dagegen war lang und dünn wie Spargel und hatte so helle Haare, dass sie weiß aussahen. Sie sagte nie ein Wort, folgte ihrem Mann aber wie ein Schatten. Sie hatte keinen Namen, jedenfalls keinen, den irgendwer im Dorf gekannt hätte, und wenn die Leute »Daggie«, sagten, dann meinten sie den Mann, aber wenn sie »Daggies« sagten, dann waren er und seine Schattenfrau zusammen gemeint.

Und jetzt wollten Daggies da oben am Rand des Steilhangs Geschäfte machen, egal, ob sie das Grundstück nun gekauft oder von der BygdeByg GmbH gepachtet hatten. Auch das wusste niemand. Aber eines wussten die meisten, und zwar, dass sie auf jeden Fall weiter bei uns einkaufen würden.

»Das sagen sie jetzt«, seufzte Mama. »Aber ich sehe doch an den vielen vollen Einkaufstüten, die Danny aus Lakselv mitbringt, dass er nicht nur für sich selbst einkauft.«

Der Umsatz im Laden sank, das zeigten die Zahlen schwarz auf weiß, wenn ich Mama half, Kasse und Lager durchzuzählen. Und es wurde auch nicht besser davon, dass ein neuer und nicht unbedeutender Posten dazugekommen war, den wir noch nie in die Berechnungen hatten mit einbeziehen müssen. »Schwund« hieß dieser Posten, und *Schwund* waren die Waren, die aus dem Laden verschwanden, ohne bezahlt zu werden.

»Diebstahl, mit anderen Worten«, wie Mama sagte. Vor allem verschwanden Schokolade und andere Süßigkeiten, manchmal aber auch einige Bier und zweimal eine Flasche Whisky, und das war seltsam, denn aller Alkohol stand hinter dem Tresen und man konnte ihn sich nicht so einfach unter den Arm klemmen.

»Das musste ja so kommen«, sagte Papa. »Wenn die Menschen die Gesetze des Herrn brechen, warum nicht auch die der Menschen?«

Papa zog sich mehr denn je zurück, nachdem er den Kampf um den Weg verloren hatte. Er lag oft im Schlafzimmer, wenn wir aus der Schule kamen, und blieb manchmal bis zum Essen liegen. An anderen Tagen ging er los und blieb stundenlang weg, »um nach dem Boden zu sehen«, sagte er, aber um diese Jahreszeit gab es dort draußen nichts zu erledigen. Wenn er dann zurückkam, lag der Dämon auf der Lauer und konnte jederzeit in ihn fahren.

Am 7. Februar hatten wir die Basstölpel willkommen geheißen, wie es eben Brauch war. Es war ein windiger Tag mit Schneeregen, aber die Basstölpel waren da, und nicht das Wetter war schuld daran, dass dieser Basstölpeltag der am schlechtesten besuchte seit Menschengedenken wurde. Nein, es war der Streit zwischen Hammel-Frej und Wolle, der das Dorf spaltete und es schwermachte, irgendetwas gemeinsam zu unternehmen. Die, die zu Wolle hielten, wollten nicht mit denen zusammen sein, die Frej unterstützten, und die, die Frej unterstützten, wollten nichts mit denen zu tun haben, die zu Wolle hielten. Deshalb blieben sie lieber gleich weg und ihr Fehlen wurde nicht dadurch aufgewogen, dass Elvin, Esben und Eric da waren, vor allem, weil sie eine ganz andere Einstellung mitbrachten, die mit dem Basstölpeltag eigentlich nichts zu tun hatte.

»Hallo, wie lange müssen wir noch hier rumstehen und die blöden Vögel anglotzen?«, fragte Esben nach fünf Minuten draußen auf dem Keilfels, und dann liefen er und seine Brüder mitten in der kleinen Rede, die Lehrer Joensen traditionsgemäß hielt, weg.

Kurz gesagt, es war ein Basstölpeltag, den Kari in Kæret, Ziegen-Gordon und einige andere von den Alten für ein böses Omen hielten, aber Fjeldvig bekam bald anderen Gesprächsstoff, nämlich Kevins gebrochene Knöchel.

Kevin und Johnny waren von der Svaldbardfischerei nach Hause gekommen. Eines Abends nach Ladenschluss wurden sie von heftigem Durst überwältigt und beschlossen, durch den Tunnel nach Lakselv zu gehen und sich im bis 21 Uhr geöffneten Supermarkt Nachschub zu holen. Aber sie kamen nur bis zum Viehrost vor dem Tunneleingang, wo Kevin stolperte, mit den Stiefelspitzen zwischen die runden Gitterstäbe geriet und sich beide Knöchel brach. Man konnte sein Gebrüll bis ins Dorf hören und zwanzig Minuten später sahen wir oben am Fuß des Storfjeld das hektische blaue Blinken des Rettungswagens.

Inzwischen gingen Vinny, Nelly und Elvin zur Konfirmationsvorbereitung, die in Fjeldvig immer im Frühling stattfand, worauf dann im Herbst die Konfirmation folgte. Ich hätte auch hingehen sollen, denn ich war ja wie die drei 14 geworden, aber der Pastor hatte mit uns allen Einzelgespräche geführt, um zu entscheiden, ob wir reif genug für die Konfirmation seien, und er war zu dem Schluss gekommen, dass das bei mir nicht zutraf.

»Weißt du, wer Noah war?«, hatte er im Verlauf des Gesprächs gefragt, und ich hätte natürlich antworten können, das sei der mit der Arche und zwei Tieren von jeder Art gewesen, aber das hätte doch jeder sagen können. Ich wollte es besonders gut machen und deshalb sagte ich:

»Noah zeugte die Söhne Sem, Cham und Japhet. Japhet zeugte die Söhne Gomer, Magog, Madai, Javan, Tubal, Mesech und Tiras. Cham zeugte die Söhne Kusch, Mizraim, Put und Kanaan, Sem zeugte die Söhne Elam, Assur, Arpachschad, Lud und ...«

»Hör auf, hör auf!«, unterbrach mich der Pastor und hob die Hände. Er schwieg ein bisschen und sah mich an, dann sagte er:

»Weißt du was, David, ich glaube, du hast mehr von den Konfirmationsvorbereitungen, wenn du noch ein Jahr wartest.«

Hatte ich Noahs Söhne vielleicht durcheinandergeworfen? Nein, ich war sicher, dass mir das nicht passiert war. Dennoch wusste ich nicht genug, um konfirmiert zu werden, anders offenbar als Elvin, auch wenn der garantiert nicht einmal wusste, wie die drei Söhne Noahs hießen. Ich begriff das nicht und Papa tat es auch nicht, als ich nach Hause kam und erzählte, was der Pastor gesagt hatte.

»Seit wann ist es ein Problem, ein gutes Gedächtnis zu haben?«, fragte er und klang wie ein Echo von etwas, das ich vor langer Zeit einmal von ihm gehört hatte. Als Lehrer Joensen das nächste Mal in den Laden kam, fragte Papa, ob er nicht mit dem Pastor reden und ihn umstimmen könnte. Lehrer Joensen antwortete, er könne sich nicht in die Konfirmationsvorbereitungen einmischen.

»Aber es klingt zweifellos so, als habe der gute Pastor nicht begriffen, was Davids Problem ist«, fügte er hinzu.

Davids Problem ...? Na ja, es gab schon Dinge, die ich nicht so gut konnte wie andere. Die Dinge eben, die mich zu etwas Besonderem machten.

Aber ich begriff noch immer nicht, was der Pastor mit »reif« meinte. Es war jedenfalls nicht so, dass ich nicht wuchs, denn jetzt war ich damit an der Reihe, »in die Höhe zu schießen«, wie Oma das genannt hatte. Ich war natürlich längst nicht so groß wie Peter, der immer weiter wuchs, aber Papa hatte ich fast schon eingeholt.

Es schien meinem Körper schwerzufallen, mit dem ganzen In-die-Höhe-Schießen Schritt zu halten. Er protestierte und ließ Pickel sprießen, und je mehr ich kratzte und rieb, umso dicker und röter wurden sie. In meinem Körper war alles angespannt und straff und wirr, als ob irgendetwas überhaupt nicht stimmte. Nachts, wenn Peter sich im oberen Bett hin und her warf, sickerte seine Unruhe langsam zu mir nach unten. Oder diese kribbelnde Unruhe kam von einer Stelle irgendwo in mir, die ihr eigenes Leben lebte und über die ich nicht bestimmen konnte. Sie spülte in Wellen durch meinen Körper und sammelte sich zwischen meinen Beinen, wo sie an meinem Piepmatz ruckte und riss. Ich schloss die Hand darum, um ihn zur Ruhe zu bringen, aber davon wurde alles nur noch schlimmer, er richtete sich auf und pochte unter meinen Fingern.

»Hör mal, was machst du da eigentlich?«, fragte Peter.

»Nichts Besonderes«, sagte ich. Was hätte ich auch sagen sollen? Ich wünschte nur, diese Unruhe ginge weg und ich könnte so werden wie früher. Es ärgerte mich, dass sich alles so veränderte – es sollte so bleiben, wie es immer gewesen war! Jetzt war *ich* es, der sich änderte, und das wollte ich nun wirklich nicht.

Aber was sollte ich machen? Ich war ich und konnte nicht aus meiner Haut heraus.

Den ganzen März hindurch kam ein Lastwagen nach dem anderen aus dem schwarzen Loch und herunter ins Dorf gefahren, wo sie gleich vor unserem Haus nach links abbogen, auf den neuen Kiesweg. Eines Tages entdeckte Papa einen tiefen Riss zwischen den Steinen im Sockel des Hauses, den hatten sicher die Lastwagen verursacht, aber das ließ sich schwerlich beweisen.

Daggie hatte recht, es dauerte nicht lange, die Fertigbauteile zusammenzusetzen. Als das Dorf am 1. April erwachte, schien da oben zwischen Steinrutsch und Helikopterlandeplatz ein riesiges Aquarium zu liegen und in der Morgendämmerung zu leuchten.

Aber es war kein Aquarium, es waren das »Café am Rande des Abgrundes« und der »Kiosk am Ende der Welt«, und beide waren an »allen sieben Wochentagen für Sie da«, wie in der Broschüre stand, die Eric in allen Häusern im Dorf verteilt hatte.

»Sonntags geöffnet, mit anderen Worten. Organisierte Gotteslästerung«, sagte Papa, als er die knallbunte Broschüre zusammenknüllte und in den Ofen warf. »Jaja, aber wer zuletzt lacht, lacht am besten. ›Am Rande des Abgrundes‹, das ist eine tiefere Wahrheit, als sie selbst ahnen. Ihr Haus ist auf Sand gebaut und der Herr wird es ins Meer stürzen lassen.«

»Sicher, genau, wie der Tunnel eingestürzt ist«, murmelte Peter.

Wir hatten Papa gesagt, dass wir nach der Schule etwas zusammen mit Reidar unternehmen wollten. Das stimmte auch, wir hatten nur nicht gesagt, was.

Alle anderen jungen Leute aus dem Dorf waren schon dort, als wir zum Teufelssturz hochkamen, und auch viele Erwachsene und alte Leute hatten sich eingefunden. Elvin, Eric, Esben und ihr Vater trugen zur Feier des Tages weiße Hemden und Schlipse, sie winkten die Menschen herein und führten sie herum, während ihre Mutter sich ausnahmsweise einmal von ihrem Mann losgerissen hatte und spargelbleich hinter dem blanken Stahltresen des Cafés stand und aus einer stahlblanken Maschine *Softeis* auf Waffeln laufen ließ, die sie an alle verteilte – gratis!

Das, was auf der Website der BygdeByg »Minimarkt« geheißen hatte, war zu einem Kiosk geworden und das klang zwar nicht besonders beeindruckend, aber allein die Tiefkühltruhe war so lang wie das Zimmer, das wir als Laden bezeichneten. Es gab viel mehr Waren als bei uns zu Hause, viele zu billigeren Preisen, nicht zuletzt die Sachen mit Alkohol, die frei zugänglich und verlockend auf dem Ehrenplatz neben der Kasse standen.

Das Café lag am anderen Ende des Gebäudes, ganz am Rand des Felsens. Die beiden großen Glasfenster zum Meer hin waren so blank geputzt worden, dass sie vollkommen unsichtbar waren, es sah aus, als ob man direkt über den Rand des Abgrundes hinwegschreiten könnte, hinaus zwischen Himmel und Meer. Rechts blickte man über die ungleichmäßigen Kanten vom Steinrutsch zum Hafen mit dem Seehundskopf und in der anderen Richtung sah man über den Teufelssturz in die Ferne.

Die beiden anderen Wände waren von oben bis unten mit Spiegeln verkleidet. Ich blieb stehen und starrte, als mich ein Junge mit struppigen Haaren und Pickeln auf der Stirn anglotzte, und dann ging mir auf, dass ich das war. *Ich*, wie ich mich noch nie gesehen hatte, denn ich kannte nur den Spiegel zu Hause auf der Toilette und der war so klein, dass man darin nicht mehr als Kopf und Hals sehen konnte.

»Hallo? Rain Man, aufwachen, du tropfst auf den Teppich!« Esben versetzte mir einen Stoß, ich fuhr zusammen und hätte fast mein Gratissofteis fallen lassen. Das Eis schmolz, lief über die Waffel und meine Finger und malte weiße Möwenkleckse auf den Teppich. Ich versuchte, den Rest in den Mund zu stopfen, aber es war nicht genug Platz und ich ließ einen noch größeren Klecks fallen, einen richtigen Basstölpelklecks.

»Reiß dich doch mal ein bisschen zusammen, du bist hier nicht zu Hause in der Anstalt«, sagte Esben. Mein Kopf fing an, mit den blanken Maschinen hinter dem Tresen um die Wette zu summen, und ich lief ganz schnell zu Peter und Reidar und begann, mir neue Wörter für meine Sammlung zu merken. Es gab hier nämlich viele, »Softeis« hatte ich schon, aber es gab auch »Frappé«, »Cheeseburger«, »Bagels«, »Smoothies«, »Cappuccino« und ...

»Na, Jungs, habt ihr Spaß?«

Marner kam mit einem Bier in der Hand auf uns zu und schlug seinem kleinen Bruder auf die Schulter.

»Geht so ...«, sagte Reidar.

Marner rülpste und grub eine Handvoll Geldscheine aus seiner Hosentasche. »Na gut, ist auch nicht leicht, Spaß zu haben, wenn man den Spaß nicht finanzieren kann. Hier, für dich, Bruderherz.«

»Das brauchst du doch nicht ... das Eis und alles gibt's ja gratis«, sagte Reidar und starrte das Geld an.

»Ja, heute.« Marner hielt die Flasche an den Mund, legte den Kopf in den Nacken und leerte die Flasche mit hüpfendem Adamsapfel. »Aber so bleibt das nicht, das kann ich euch sagen.«

»Ja, dann danke.« Reidar nahm das Geld und versetzte Peter einen Rippenstoß. »He, hast du das gesehen, dahinten in der Ecke ist ein Internetcafé!«

Marner hatte recht, das Softeis und die anderen guten Sachen im Café am Rande des Abgrundes gab es nicht lange gratis und von nun an musste man immer etwas kaufen, denn, wie Daggie sagte: »Das hier ist keine Wärmestube, sondern eine Gaststätte!«

Aber Reidar hatte ja jetzt Geld und der Frauenhasserklub ging auf dem Heimweg von der Schule immer am Café vorbei. Beim ersten Mal warf Reidar Münzen in einen blinkenden Spielautomaten und erklärte, dass viel mehr herausspringen würde, wenn wir nur Glück hätten und in dem Fenster oben im Automaten, wo sich die Räder drehten, drei Zitronen bekämen. Aber die bekamen wir nicht, deshalb gab Reidar von da an seine Münzen und Geldscheine lieber für Cola und das Internetcafé aus.

»Da weiß man wenigstens, was man für sein Geld kriegt«, sagte er.

Das Internetcafé bestand aus drei kleinen Nischen mit je einem Computer und man bezahlte, wenn man einen benutzen wollte. Die Nischen erinnerten an meine eigene in der Schule, und wenn wir uns zu dritt in eine klemmten, war sie total vollgestopft.

»Aber das ist doch nur von Vorteil«, kicherte Reidar. »Wir wollen ja nicht, dass andere zuschauen. Wie ist das, David, du googelst wie ein Weltmeister, oder?«

»Ja«, sagte ich. Googeln konnte ich besser als die meisten anderen, daran hatte ich keine Zweifel.

»Versuch mal, ›sexy babes‹ zu googeln«, sagte Reidar und rammte Peter den Ellbogen zwischen die Rippen.

»Ungefähr 10.940.000 Treffer«, teilte Google mit.

»Nein, such nach Bildern ...«, sagte Reidar heiser und der Schirm füllte sich mit nackten Mädchen, die in den seltsamsten Stellungen die Beine schwenkten.

»Meine Fresse ...!« Peter und Reidar lachten und beugten sich noch weiter zum Bildschirm vor, beide mit rotem Gesicht.

»Klick mal auf die da!«

»Nein, auf die mit dem Haarpuschel!«

»Haarpuschel...?«

»Gib mir die Maus!«

Jetzt waren auf dem Bildschirm nackte Mädchen und nackte Männer. Einige waren total ineinander verwickelt und lagen so komisch da, als ob sie sich rauften, aber das taten sie nicht, denn zwischendurch küssten sie sich ja ...

Zwischen meinen Beinen war alles dick und angespannt, es drängte und bohrte.

»He – sieh mal da ... was zum Teufel!«

Oben auf der rechten Seite des Bildschirms öffnete sich jetzt ein Fenster. »Get laid in Fjeldvig. 27 feuchte und willige Frauen stehen Schlange, um für dich die Beine breitzumachen«, stand dort. »Slutty girls to fuck.«

»Bilder!«, schrie Reidar. »Gibt es denn keine Bilder von denen?«

»Nein, nur wenn man mit Karte bezahlt ...« Peter kniff die Augen zusammen. »Hallo, 27 Frauen in Fjeldvig, wer soll das denn sein?«

»Eine ist bestimmt Malja, diese miese Schlampe«, stöhnte Reidar.

»Aber *siebenundzwanzig* ... Was für ein Blödsinn, halten die uns denn für Volltrottel? Klick das weg ... nein, verdammt, nicht die ganze Seite, jetzt sind wir zurück bei Google. Gib David wieder die Maus!«

»Okay ... David, versuch mal, ›cumshot‹ zu googeln.«

»Wie schreibt man das?«

»C-u-m-s-h-o-t, ist doch klar.«

Neues Mädchen auf dem Bildschirm. Sie hatte offenbar gerade Softeis gegessen und vergessen, sich den Mund abzuwischen.

Reidar schielte zu mir herüber. »Na, David, zuckt es dir nicht ein bisschen im Pimmel, wenn du die hier siehst?«

»Hör doch auf, Reidar«, sagte Peter. »So weit ist er noch nicht.«

Ich sagte nichts. Unten auf dem Bildschirm blinkte ein Münzsymbol auf, unsere halbe Stunde war vorüber.

Zwei Tage danach klebte an der Tür ein Zettel, als wir zum Café nach oben kamen.

PERSONAL GESUCHT

Für Tag- und Nachtdienst

Ab sofort

Reidar zeigte darauf. »Vielleicht sollten wir uns bewerben.«

Peter lachte. »Und was ist mit der Schule?«

»Scheiß auf die Schule«, sagte Reidar. »Außerdem sollte das ein Witz sein. Ich hab doch keinen Bock, rumzurennen und andere zu bedienen.«

Das Aktivitätslevel des Frauenhasserklubs war längere Zeit niedrig gewesen, doch seit wir das Café am Rande des Abgrundes als Treffpunkt hatten, stieg es rasant an. Es kam sozusagen neues Leben in den Klub, wenn wir uns die vielen nackten Mädchen ansahen, auch wenn es ja irgendwie eine seltsame Beschäftigung war, wo wir doch Frauen hassten.

»Die taugen nur für eines«, sagte Reidar und dieses eine, von dem ich nicht wusste, was es war, war wohl der Grund, weshalb wir die ganze Zeit im Internetcafé verbrachten.

»Wenn die fragen, wo wir waren, sagst du nichts«, sagte Peter auf dem Heimweg. »Du überlässt mir das Antworten, okay?«

Peter hatte Angst, Papa könnte herausfinden, dass wir im Café waren. Das passierte zwar nicht, aber eines Tages Ende April fand er etwas anderes heraus. Es war der erste richtig warme Sonnentag und Papa hatte alle Matratzen nach draußen gebracht, um sie auszuklopfen. Als er Peters hochhob, fand er darunter ein Heft mit nackten Mädchen.

»Was ist das denn?« Er stand im Wohnzimmer und wartete bereits auf uns, als wir nach Hause kamen, und hielt uns das Heft vor die Augen.

»Das weiß ich nicht«, sagte ich, denn es war ja nicht mein Heft. Peter sagte nichts.

»Aber ich weiß es!« Papa wurde lauter und sein Gesicht wurde weiß, der Dämon kam angeschlichen. »Diese Dirne hier ist der Teufel selbst, der die Beine breitmacht und zu Unzucht und Hurerei verlockt!«

Ich wollte eigentlich gar nichts sagen. Ich konnte diese Wörter nicht einmal denken, ehe sie auch schon meinen Mund verlassen hatten.

»27 feuchte und willige Mädchen stehen in Fjeldvig Schlange, um für dich die Beine breitzumachen.«

Papa ließ das Heft sinken und starrte mich an. »Woher hast du das? Nein, sieh mich an, David, schau mir in die Augen. *Woher hast du das?*«

Er hielt sein Gesicht ganz dicht vor meines, seine Augen bohrten sich in mich hinein, sie saugten mich aus mir heraus und aus seinem Mund kam ein fieser, fremder Geruch ...

»Ich ... wir ... oben in ...«, fing ich an, ich war doch ein schlechter Lügner.

»Du möchtest wissen, was das ist, ja?« schaltete sich Peter ein. »Das sag ich dir gern! Das ist ein *Porno*heft und ich schau da rein, wenn ich mir einen runterhole!«

Papa drehte sich langsam um.

Einen langen Moment hindurch starrte er Peter nur an, dann sprang er ... nein, der *Dämon* schoss in ihn hinein und sprang los, der Dämon brüllte aus seinem Mund und ballte seine Faust und hämmerte sie Peter ins Gesicht. Ich schrie und während ich schrie, ging mir auf, was das für ein Geruch war, denn so fremd war er auch wieder nicht, ich kannte ihn vom Tunnelfest und von dem Journalisten mit dem Pferdeschwanz, der Geruch von Whisky ...

»Aufhören!« Mama stand in der Tür zum Laden.

Peter presste sich die Hand auf die Nase. Rotes Blut quoll zwischen seinen Fingern hervor und ich schrie wieder.

Der Dämon fuhr aus Papa heraus und Papa sank schluchzend in sich zusammen. »Verzeih mir, Peter, verzeih mir, ich weiß nicht, was ich tue ...«

Peter richtete sich auf und wischte sich das Blut von der Nase. »Erst schlägst du und dann soll man dich auch noch dafür bedauern ... leck mich am Arsch!«

Er ging in unser Zimmer und knallte die Tür zu. Mama stand noch immer in der Tür zum Laden, sie lehnte sich an den Türrahmen, als ob sie jeden Moment umfallen könnte.

Auch am nächsten Morgen schien wieder die Sonne, als wir zur Schule gingen – zwei Sonnentage hintereinander, das war auf Tangø fast schon unerhört.

»Zum Teufel, David«, sagte Peter und griff sich an die Nase. »Kannst du nicht bald mal lernen, die Fresse zu halten?«

»Ich versuch es jedenfalls ...«

Einer der Hubschrauber des Ölterminals, ein AS 332 Super-Puma, tauchte hinter der Lambatinde auf wie ein riesiges glänzendes Insekt. Peter schaute hinterher und seufzte tief, als der Hubschrauber hinter den frühlingsgrünen Hängen des Stejlhammar verschwand. Er sah mich an:

»Ich weiß ja, dass du das nicht gern hörst, aber ich muss einfach weg von hier. Wenn er mich wieder schlägt, schlage ich verdammt noch mal zurück. Ich will nicht in diesem Loch hier vermodern!« Er verstummte einen Moment, dann fügte er hinzu: »Ach, David, so was verstehst du doch nicht ...«

Er hatte kein saurer-Smiley-Gesicht, als er das sagte. Er stellte es nur fest, er kannte mich ja, und er hatte recht, oder genauer gesagt: Ich begriff immerhin, dass er mich verlassen wollte, und meine Angst wurde zu einem Knoten in meinem Magen, und der Knoten wurde zu einer Hand, die an mir riss ...

Aber ich klammerte mich an einen Gedanken, der plötzlich in meinem Kopf aufgetaucht war:

Ich muss meines Bruders Hüter sein, auf ihn aufpassen und dafür sorgen, dass es ihm so gut geht, dass er hier bei mir bleibt, immer und immer und immer ...

»Hallo, ihr!« Reidar wartete unten bei der Wegbiegung um uns. »Habt ihr die Schnitte gesehen, die in das gelbe Haus neben Kapitän Torfinn gezogen ist ... ja, mit ihrer Mutter, meine ich? Angeblich wollen die im Café arbeiten, und diese Ragna, die sieht total punkig aus.«

Er versetzte Peter einen Rippenstoß und grinste:
»Aber egal, die hat sonst alles.«

... Wir schreiben einen Aufsatz. »Erzähle über deine Freunde und was du gern mit ihnen machst«, steht auf der Tafel, das ist unser Thema. Wir haben eine ganze Stunde dafür und wir sollen schreiben, was uns gerade einfällt.

»Peter und Oma und Mama und Papa sind meine Freunde. Wir essen jeden Tag zusammen. Manchmal macht Mama einen Kellerkuchen.«

Mehr fällt mir nicht ein. Also löse ich lieber ein paar Rechenaufgaben.

Am nächsten Tag schickt Lehrer Joensen die anderen in der Pause nach draußen und sagt, dass er mit mir reden will.

»Ich habe deinen Aufsatz gelesen«, sagt er. »Besonders viel hattest du ja nicht zu erzählen.«

»Kann ich nicht ein neues Rechenheft haben?«, frage ich und schlage mein Rechenheft auf, sodass er sehen kann, dass ich alle Aufgaben gelöst habe.

Lehrer Joensen kniet sich vor mich und stützt die Ellbogen auf den Tisch. Er sieht mich an:

»David, wie gefällt es dir eigentlich in der Schule?«

»Ich hätte gern ein neues Rechenheft.« Ob er das beim ersten Mal nicht gehört hat?

»Gehst du gern zur Schule? Hast du denn hier gute Freunde?«

»Das weiß ich nicht.« Ich schaue zu der weißen Decke hoch, um die Lampe zieht sich ein brauner Ring von damals, als das Dach undicht war. Den betrachte ich.

»David, sieh mich an … aber mein Lieber, das ist doch kein Grund, Angst zu haben!«

Er beugt sich noch weiter über den Tisch vor und legt die Arme um mich, ich schreie und werfe mich im Stuhl zurück, sodass er nach hinten umkippt …

VIERZEHN

Einige Dinge kann ich nicht so gut wie andere, das erklärte Lehrer Joensen damals vor langer Zeit, als ich neu in der Schule war und er nach Hause kam, um mit Mama und Papa über *meine Probleme* zu sprechen. Und er meinte, dass es mir schwerer falle als den meisten anderen, herauszufinden, was zwischen anderen Menschen vor sich geht und was in mir selbst passiert.

Lehrer Joensen hatte recht, aber ich fand doch, dass ich die Dinge, die mir schwerfielen, jetzt viel besser schaffte als damals – wir hatten sie ja auch geübt, mit Smileys und allem Möglichen.

Aber jetzt wurden die Dinge plötzlich wieder schwierig, schwieriger als je zuvor, und das hatte zwei Gründe, die zusammenhingen und irgendwie nur einer waren. Die beiden Dinge hießen »verliebt« und »Ragna«, Ragna mit den grünen Augen und den rabenschwarzen Haaren, die eine so weiche und wogende Rundheit hatte, dass es innerlich schmerzte, sie zu sehen.

Ja, Ragna und ihre Mutter (ein Vater war nicht dabei) waren in das gelbe Haus neben Kapitän Torfinn gezogen und kellnerten jetzt beide im Café am Rande des Abgrundes.

Und Ragna war das Größte, was in diesem Frühling in Fjeldvig geschah, auch wenn noch sehr viel anderes passierte.

Der April wurde zum Mai, das Frühjahr zog über Tangø, und die Welt wurde wieder grün mit warmen, gelben Tupfen aus Sumpfdotterblumen. Die Schafe lammten und die Papageientaucher bezogen ihre Nistlöcher – aber es waren noch weniger als im Vorjahr, so wenige, dass die Landesregierung sie unter *Artenschutz* stellte. Der scharfe Ruf der Austernfischer hallte schon lange zwischen den Bergen wider, jetzt hörten wir auch das sanfte Flöten des Brachvogels und die nächtliche Dunkelheit verblasste und musste dem hellvioletten Halblicht des Sommers weichen. Die Setzkartoffeln kamen in die Erde – nur nicht unsere, die lagen in einem Kasten im Schuppen und bekamen lange Keime, die aussahen wie blaubleiche Würmer, denn Papa verschob das Setzen immer wieder. Die Bekassine stieg zum Himmel hoch und die Reisebusse rollten aus dem Loch im Storfjeld und huckelten über den Kiesweg, bis zum »Ende der Welt« und dem »Café am Rande des Abgrundes«, wo die Daggies Tische und Bänke ins Freie gestellt hatten.

Die Touristen stiegen aus dem Bus, steifbeinig nach der Bustour, stellten sich an den Felsrand und fotografierten sich gegenseitig am Ende der Welt. Einige wenige wagten sich hinunter zum Hafen, sie trippelten vorsichtig den Pfad und die Betontreppe hinunter, aber die meisten blieben oben und ließen den Bus nicht aus den Augen. Das war ja gut für Daggies Laden, die Touristen ließen Geld im Kiosk und kamen auch ins Café, wo ich mit einem tropfenden Softeis stand und alles um mich herum vergaß, weil ich für nichts anderes Augen hatte als für Ragna.

»Hallo, du da!« Einer der Touristen, ein dicker, glatzköpfiger Mann in einer weißen Jacke über einem groß geblümten Hemd, versetzte mir einen Stoß und ich fuhr zusammen. »Wo habt ihr denn den Geldautomaten versteckt?«

»Den Geldautomaten?« Ich wusste natürlich, was das war. »Den haben wir nirgendwo versteckt.«

»Aber wo ist er denn dann?«

»Nirgendwo«, sagte ich. »Hier gibt's keinen.«

Der Glatzkopf schüttelte den Kopf. »Das hättest du auch gleich sagen können, Hillbilly.«

»Ich heiße nicht Hillbilly«, sagte ich. »Ich heiße David.«

Der Glatzkopf zwinkerte den anderen Touristen zu. »Wer hatte hier was von Mutanten erzählt?«

Alle lachten und ich lachte auch, obwohl ich nicht wusste, worüber, und obwohl es die Art von Lachen war, die Peter »albern« nannte und die ich lassen sollte.

»Das ist unser lokaler Rain Man!« Esben und Eric kamen angelaufen, um sich unter die Touristen zu mischen. »Gebt ihm eine Rechenaufgabe auf, dann hört ihr es selbst.«

Der Glatzkopf sah mich an. »Wie viel ist 17 mal 17?«

»289«, sagte ich.

»Wow, kann der rechnen!«, rief ein anderer Tourist.

»Versuchen Sie es mit etwas Schwererem, mit einer Quadratwurzel«, sagte Eric, aber jetzt war auch Peter da, er packte mich am Arm und zog mich weg:

»David, zum Teufel, warum lässt du dich hier auslachen?«

»Tu ich doch gar nicht«, sagte ich, ich hatte doch nur eine Rechenaufgabe gelöst. Das gehörte zu den Dingen, die ich besser konnte als die meisten anderen.

Während Daggie Geld scheffelte, war in unserem Laden wenig los. Die Touristen bemerkten wir nur durch das Beben des Hauses, wenn die Busse vorüberfuhren. Sie blieben oben am »Ende der Welt«, denn das Ende der Welt war ja, was sie sehen wollten.

»Die armen Teufel, die begreifen nicht, in welche tödliche Gefahr sie sich da oben begeben«, seufzte Papa. Er war noch immer davon überzeugt, dass Café und Kiosk bald ins Meer stürzen würden, weil Daggie gegen das Verbot verstieß, nach dem man den Sonntag heiligen sollte. Diese Überzeugung behielt Papa nicht für sich und einige im Dorf machten sich jetzt über ihn lustig und stichelten herum.

»Na, kleiner Post«, konnten Leute wie Wolle und Danny sagen, wenn sie den Kopf hereinsteckten, »ich habe ja den Eindruck, dass Daggies Laden noch steht, aber das ist vielleicht ein Trugbild?«

Und dann gingen sie wieder, ohne etwas zu kaufen. Eine halbe Stunde später kamen sie aus der anderen Richtung vorbei und hatten die Tüten vollgestopft mit Waren aus dem Kiosk. Sie machten sich nicht einmal die Mühe, hinter dem Haus vorbeizugehen, damit wir das nicht zu sehen brauchten.

Kurz gesagt, der Umsatz sackte in den Keller. Der einzige Trost war, dass Kevin jetzt alles bei uns einkaufte, weil er nach dem Unfall auf dem Viehrost noch immer nicht richtig laufen konnte. Aber so viel brauchte er nun auch wieder nicht, es war bei Weitem nicht genug, um den allgemeinen Niedergang aufzuhalten.

Mama schüttelte seufzend den Kopf, wenn wir Kassensturz machten und das Lager durchgingen und immer mehr Waren wegwerfen mussten, weil das Verfallsdatum überschritten war. Die 4.500 Kronen an den Anwalt waren bezahlt worden, aber erst nach mehreren Mahnungen, und nur, weil die Tante, Mamas Schwester, uns Geld geliehen und gesagt hatte, »das mit der Rückzahlung klären wir schon irgendwie«.

Das war nett von der Tante und für uns ein Glück, aber trotzdem wurde Papa saurer Smiley im Gesicht, wenn die Tante erwähnt wurde. Sie hatte nämlich wieder geschrieben und uns aufgefordert, zu ihnen zu ziehen, denn bestimmt könnten sie Mama und Papa da unten Arbeit besorgen. In der Nacht, nachdem der Brief gekommen war, fuhr der Dämon in Papa, und Peter und ich wurden davon geweckt, dass unsere Eltern sich im Schlafzimmer stritten.

»Komm mir nicht immer mit deiner Schwester«, rief Papa. »Du redest ja schon wie deine eigene kranke Verwandtschaft!«

Mama sagte irgendetwas, das wir nicht verstehen konnten, und dann rief er noch lauter, mit donnernder Dämonenstimme:

»Beschuldigst du mich etwa, aus meinem eigenen Laden zu stehlen?«

Jetzt hob auch Mama ihre Stimme ein wenig, wir hörten sie sagen:

»Aus *unserem* Laden, wenn ich bitten darf.«

»Worüber reden die?«, fragte ich zum oberen Bett hoch.

»Ja, was glaubst du wohl?« Peter klang müde.

»Das weiß ich nicht.«

»Er trinkt, das musst du doch kapiert haben?«

»Das tun alle Menschen, das muss man doch. Wenn man nicht trinkt, kann man schon nach drei oder vier Tagen verdursten und sterben.«

»Er trinkt *Alkohol*«, sagte Peter und hörte sich noch müder an. »Bier, Whisky, Schnaps. Da hast du den Schwund, über den sie sich so aufgeregt haben.«

Doch, in diesem Frühling brachen in Fjeldvig wirklich *neue Zeiten* an. Wir waren an den Zug angekoppelt worden, von dem Regierungsvertreter Næss gesprochen hatte, und der Zug schien auf seinem Weg in die Zukunft immer schneller zu werden und einfach nie wieder anhalten zu wollen.

Die Gerüchte schwirrten und es wurden große Pläne gemacht. Herfinn Hinkefuß hatte von jemandem gehört, der jemanden kannte, der *Bescheid wusste,* dass die Landesregierung unsere Schule schließen und uns alle mit dem Schulbus nach Lakselv holen wollte.

»Wenn die das tun, dann nehm ich David aus der Schule und unterrichte ihn selbst«, sagte Papa.

»Lass uns erst mal abwarten«, sagte Mama.

»Da gibt's nichts abzuwarten!«, fauchte Papa und ich hielt den Atem an, während der Dämon durch das Wohnzimmer schlich.

Andere Gerüchte behaupteten, die Landesregierung wolle

auf der Dornenhalde einen Windpark aufstellen. Noch andere Gerüchte wollten wissen, dass gefährlicher chemischer Abfall im Arnafjeld entsorgt werden sollte. Jetzt waren Gerüchte natürlich nur Gerüchte, aber es war eine Tatsache, dass der kleine Hubschrauber der Baufirma vom Typ EC 120 zweimal über dem Dorf sein hysterisches Wespenbrummen hören ließ, um dann irgendwo zwischen Skråhammar und Arnafjeld zu landen und bald darauf wieder abzuheben. Was immer die da oben gemacht hatten.

»Irgendeinen Schurkenstreich hecken die aus, das steht fest«, meinte Herfinn. »Die haben doch das ganze Geld nicht wegen unserer schönen blauen Augen in den Tunnel gepumpt, das hätten wir uns ja denken können.«

»Du hast doch graue Augen, so wie ich«, sagte ich.

Und wenn Wolle und Marner und Arnfinn ihre freie Woche hatten, saßen sie oben im Café am Rande des Abgrundes und tranken Bier und redeten davon, im Ölterminal zu kündigen und sich mit Daggie zusammenzutun und stattdessen auf Erlebnistourismus zu setzen.

»Abseilen«, sagte Marner. »Das ist im Ausland der total große Hit. Die brauchen Millionen für Kletterwände, aber verdammt, wir haben doch gleich vor der Tür die beste Kletterwand der Welt und sie kostet uns nicht einen Öre.«

»Bootsausflüge zu den Grotten«, sagte Arnfinn. »Wir heuern Leute an, die da draußen stehen und spielen, *Grottenrock,* klar? Oder was ist mit Mitternachtsdisko im Tunnel? Nachts kommen da sowieso keine Autos.«

»Survival-Wochenende und Teambuilding«, sagte Wolle.

»Damit ziehen wir die Wirtschaft her. Da sitzt doch das große Geld. Raus in die Wildnis mit den Schlipsknaben, dann können sie scheiß Eissturmvögel fangen und über dem Feuer braten.«

»Oder ein fucking Schaf schlachten«, warf Marner dazwischen und Wolle schlug sich vor Lachen auf die Schenkel. »Geile Idee! Wir lassen sie eines von diesem Schwein Frej klauen!«

»Und die holde Maid hier verkleiden wir als Seejungfrau«, grölte Arnfinn und griff nach der jungen Kellnerin. »Nicht wahr, Schöne?«

Ragna lächelte und lachte und wand sich.

»Es wäre doch eine Schande, diese Oberschenkel in einen Fischschwanz zu zwängen, die müssen doch eher gespreizt werden!«, sagte Marner und Reidar brach am Nachbartisch, wo wir saßen, vor Lachen fast ab. Aber Peter starrte den Tisch an und wurde abwechselnd weiß und rot im Gesicht.

Reidar sah ihn an:

»Verdammt, Mann, du bist ja scharf auf die Schnitte!«

»Bin ich gar nicht!«

»Bist du doch!«

Es war nicht länger das Internetcafé, das den Frauenhasserklub an den Rand des Abgrundes lockte, sondern Ragna. Und wir waren nicht die Einzigen, die kamen, um sie anzusehen.

»Sie ist ein schräger Vogel«, sagte der alte Jakob, der jetzt jede Woche ein paar Stunden im Kiosk aushalf und auf dem Grund und Boden, der vor weniger als einem halben Jahr noch ihm gehört hatte, Flaschen sortierte.

»Sie ist ein Punk!«, sagte Reidar. »Das sieht man doch sofort.«

Ich sah das nicht, aber ich sah, dass Ragnas Haare so schwarz waren wie das Gefieder des Raben, nach dem sie ihren Namen hatte – abgesehen von einer breiten und besonders langen Strähne, die in grellem Kontrast zu ihren großen, leuchtenden grünen Augen schreiend orange gefärbt war. Ich konnte auch sehen, dass sie einen Silberring in ihrer feuchten Unterlippe hatte und dass ihre Haut weiß wie Ziegenmilch war. Die Haut in ihrem Gesicht mit den runden Wangen, an den Oberschenkeln unter dem kurzen Jeansrock, auf dem Bauch, wenn sie ihre enge schwarze Hose zusammen mit der Bluse trug, die die ganze Zeit nach oben kroch, und an den Brüsten, die sozusagen immer versuchten, aus der Bluse zu entfliehen. Sie war kleiner als ich, dabei war sie schon 16. Klein und stämmig, nicht gerade dick, aber rund und weich auf eine Weise, bei der ich mich noch steifer und ungeschickter fühlte, denn sie war trotzdem schnell und geschmeidig wie eine Katze, ihre schmalen Hände und die kleinen neugierigen Finger hielten niemals still.

Und ich konnte sehen, dass die enge, schwarze Hose zwei große weiße Augen hatte, auf jeder Hinterbacke eines. Es sah aus, als ob diese Augen zwinkerten, wenn Ragna hin und her lief. Sie zwinkerten und sahen einen so an, dass es total unmöglich war, nicht zurückzustarren. Diese Hosenaugen waren schrecklich verwirrend, irritierend irgendwie, aber auch etwas anderes als irritierend, wofür mir das Wort fehlte.

Ragna arbeitete nachmittags im Café. Abends wurde sie von ihrer Mutter abgelöst, die ebenso klein und stämmig war, aber mit einem Gesicht, das aussah wie runzliges Leder. Wenn sie und Ragna miteinander sprachen, redeten sie blitzschnell und in einer Sprache, von der wir anderen kein Wort verstanden.

»Wo kommst du her?«, fragte Reidar, als die beiden seit einigen Tagen da waren.

»Aus der Stadt«, sagte Ragna lächelnd.

»Ach, hör doch auf, so reden die da oben überhaupt nicht. Was sprecht ihr da für eine seltsame Sprache?«

»Ach, das! Das ist Samisch. Meine Mutter kommt aus Finnland. Oben aus Lappland.«

»Lappland, Shit, dann wohnst du sicher sonst in Fellzelten und reitest auf Rentieren?«, fragte Kenny, aber Ragna lachte und lächelte nur. »Nein, nein, ich bin hier geboren.«

Das machte sie immer, Ragna lächelte und lachte, egal, was los war. Sie legte den Kopf ein bisschen in den Nacken und lachte mit offenem Mund, sodass man alle ihre kleinen, weißen Zähne sehen konnte, aber nicht die grünen Augen, denn die orange Strähne fiel davor und versteckte sie.

Ragna lachte und lächelte auch, als Brenda und Malja im Café saßen und Gemeinheiten über sie sagten, so laut, dass Ragna es nicht überhören konnte.

»Was für eine billige Schlampe«, sagte Brenda.

»Was für eine Kuh!«, sagte Malja. »Ich hab schon zu Høgni gesagt, er darf sich hier ja nicht blicken lassen, solange die hier steht und ihre Titten baumeln lässt.«

Ragna lächelte und lachte, bis sie kleine Grübchen in den Wangen bekam, als Marner und Arnfinn ihren Cappuccino zurückgehen ließen.

»Verdammt, wir wollten doch einen Caffè latte.«

Als Esben seine Serviette auf den Boden warf und rief: »Ha, du, Kellnerin, dir ist was hingefallen! Heb das auf!«, bückte sie sich, reckte die Hosenaugen in die Luft und hob lachend die Serviette auf, denn Esben war ja der Sohn des Besitzers, oder des Pächters, oder was immer Daggie nun sein mochte.

Ragna lachte und lächelte, sogar an dem Tag, an dem sie sich über unseren Tisch beugte, um die Tassen abzuräumen und ihre Brüste vor meinen Augen hingen wie zwei runde, weiße Früchte und meine Hände schon fuchteln wollten, aber stattdessen nach oben schossen und sie betasteten.

Sie waren weich und fest zugleich, ich wurde innerlich ganz glatt und blank.

»Verdammt, David, ich hätte nicht gedacht, dass du das bringst!«, sagte Reidar, aber Peter rief: »Nimm dich zusammen!«, und wurde sehr böser Smiley, *tobender* Smiley!

Aber Ragna lächelte und lachte nur, das tat sie immer, bis zu dem Tag, als Kenny die Hand unter ihren kurzen Jeansrock schob und sie die Hand lachend und lächelnd wegstieß – und er ihr ins Gesicht spuckte.

»Warum tust du das?«, fragte sie und jetzt lächelte und lachte sie nicht mehr, ihr weißes Gesicht war plötzlich knallrot.

»Weil du aussiehst wie eine Nutte und Nutten werden angespuckt«, sagte Kenny.

Ragna saugte an ihrer Unterlippe mit dem Ring und biss hinein. Ihre grünen Augen wurden feucht, das Licht darin erlosch.

»Blödes Schwein!« Peter sprang auf, sodass sein Stuhl umkippte, und war mit einem großen Satz bei Kenny, er verlor das Gleichgewicht und stürzte, aber nicht ohne Kenny mitzureißen. Gleich darauf schlugen sie aufeinander ein, während sie sich über den Boden wälzten.

»Ich sag Bescheid!« Elvin verschwand im Hinterzimmer. Gleich darauf kam Daggie angestürzt und riss Peter am Ohr hoch.

»Raus hier und lass dich hier so schnell nicht wieder blicken, mein Bester!«, rief er und klang überhaupt nicht freundlich, obwohl er Peter »mein Bester« genannt hatte.

Peter griff sich ans Ohr und taumelte nach draußen. Ich lief hinterher.

»Au, verdammt!« Er ließ sich auf eine Bank sinken und stützte die Ellbogen auf den Tisch. Sein Auge, das linke, wurde jetzt dick und dunkel.

»Tut es weh?«

»Ja, was glaubst du denn ... aber mir ist das egal, wenn nur dieses Arschloch Kenny genauso Schmerzen hat! Warum sind sie alle so gemein zu Ragna, sie hat doch keinem was getan!«

»Da kommt sie«, teilte ich mit, denn Peter hatte die Hände vors Gesicht geschlagen und sah nicht, wie Ragna mit einer Strickjacke über der engen Bluse aus der Hintertür kam.

Mein großer Bruder schaute auf und versuchte offenbar, sie anzulächeln, obwohl es aussah wie eine Grimasse.

Ragna setzte sich uns gegenüber auf die Bank.

»Ich wollte nur Danke sagen, weil du ... weil du ...« Sie geriet ins Stocken, aber ihre Hände redeten auf dem Tisch auf ihre eigene Weise weiter, die Finger tippten einander an, streichelten sich gegenseitig, verschränkten sich und öffneten sich wieder, rot und aufgedunsen vom warmen Spülwasser. Ich konnte den Blick nicht von ihren Händen losreißen. Auch Peter konnte das offenbar nicht, denn Ragna zog die Ärmel der Strickjacke darüber und sah ihn an, und schon lächelte und lachte sie wieder:

»Schau meine Hände nicht an, die sind hässlich.«

»Sind sie nicht, sie sind wunderschön«, sagte Peter und versuchte wieder zu lächeln.

»Aber was ist denn mit deinem Auge?« Ragnas Finger krochen aus dem Ärmel, sie beugte sich über den Tisch vor, hob die Hand und ließ die Fingerspitzen über sein geschwollenes Auge gleiten. Peter hob nun auch die Hand, nahm ihre Hand in seine, zog sie an seinen Mund und küsste sie. Ragna ließ ihn ihre Hand festhalten, gegen seinen Mund gedrückt, und jetzt hob sie die linke Hand zu seinem Kopf und fuhr mit den Fingern durch seine Haare.

»Ich bin einfach total verrückt nach deinen Locken«, sagte sie lächelnd.

»Die hat er von Opa«, sagte ich und da lachten sie beide und Ragna zog ihre Hände zurück.

»Ich muss wieder rein.«

Peter sah zu ihr hoch, senkte den Blick wieder und dann sagte er ganz schnell, als ob die Wörter plötzlich aus ihm heraussprudelten:

»Machst du heute Abend mit mir einen Spaziergang?«

Ragna lächelte und lachte und nickte, ihre Augen leuchteten so grün wie ein Berghang in der Frühlingssonne.

Am Abend, als wir im Bett lagen, fragte Peter plötzlich oben aus seinem Bett:

»Ragnas Augen ... was haben die für eine Farbe?«

»Die sind doch grün«, sagte ich.

»Grün, ja, natürlich sind sie grün. Ich konnte mich nur nicht erinnern, ich konnte mich nicht erinnern, sie sind irgendwie so voll Licht ...« Er lachte. »Stell dir vor, wenn ich nach ihr fahnden lassen müsste, was für eine Beschreibung: ›Sie ist sehr hübsch und reizend und ihre Augen leuchten!‹«

Er schob den Kopf über den Bettrand und schaute auf mich herunter, und ich sah, dass er Tränen in den Augen hatte, obwohl er lächelte.

»Du verstehst das sicher nicht, David, aber ich war noch nie in meinem Leben so glücklich. Ich glaube ... ich bin verliebt.«

»Verliebt, wie merkt man das?«

»Das ist wie ein Fieber im ganzen Körper«, sagte Peter und zog den Kopf wieder zurück.

»Dann will ich nie verliebt sein, Fieber find ich nämlich doof«, sagte ich, aber das hatte er offenbar nicht gehört, denn gleich darauf sagte er:

»Das ist schwer zu erklären ... ich weiß nur, dass ich mir nur eines wünsche, nämlich, da zu sein, wo sie ist.«

Sie, das musste doch Ragna sein, und ich spürte einen Stich und dachte: *Sie nimmt mir meinen großen Bruder weg!*

Aber als ich genauer darüber nachdachte, ging mir auf, dass es genau umgekehrt war: Ragna war meine Garantie dafür, dass er nicht wegging, denn sie war ja hier und also musste er auch hierbleiben, wenn er bei ihr sein wollte.

Hier, wo ich war.

Und während ich das dachte, bemerkte ich plötzlich tief in mir etwas, dort, wo sonst das Loch war. Es fühlte sich warm und gut an und ich dachte, das sei vielleicht das, was eher normale Menschen als »Freude« bezeichneten.

Ich seufzte und ließ mich tiefer ins Bett sinken. Dann starrte ich in das blaue Sommerhalbdunkel und dachte an Ragna und sah sie vor mir – die schwarzen Haare mit der orange gefärbten Strähne, die Lippe mit dem Ring, die grünen Augen, die viele weiße Haut und die wogende, weiche Rundheit überall. Immer deutlicher sah ich sie vor mir. Irgendwann wurde es fast zu viel und ich wollte sie aus meinem Kopf schieben, merkte aber, dass ich das nicht konnte, Ragna hatte sich in meinem Kopf festgesetzt. Was machte sie da, wie sollte ich sie wieder loswerden?

Als ich endlich eingeschlafen war, träumte ich von ihr und fuhr mit einem Ruck aus dem Schlaf hoch. Etwas Heißes und Nasses sickerte zwischen meine Oberschenkel. Ich dachte zuerst, ich hätte ins Bett gepisst, aber das hatte ich nicht, es war nur ganz wenig und es war klebrig, anders als Pipi.

... »Ein kluger Junge und ein ganz besonderer.« Ich höre das nicht zum ersten Mal, aber diesmal kommen die Worte von Lehrer Joensen. Er ist bei uns und will mit meinen Eltern über mich reden.

»Unser kleiner Professor ...« Mama lächelt, ihre Stimme zittert. »Ich habe noch nie ein Kind gekannt, dem Zahlen und Buchstaben so leichtfallen wie ihm.«

»Und so war er immer schon, in der Hinsicht ist er ungewöhnlich begabt, das ist es nicht«, sagt Lehrer Joensen. Sein Blick wandert von Mama zu mir und wieder zurück zu Mama.

»David, kannst du kurz in dein Zimmer gehen, während Papa und ich mit Lehrer Joensen sprechen«, sagt Mama.

Ich bin allein im Zimmer. Ich höre, wie Oma sich im anderen Zimmer bewegt, und wenn ich das Ohr an die Wand gegenüber presse, kann ich verstehen, was Lehrer Joensen im Wohnzimmer sagt.

»David schafft es einfach nicht, mit den anderen in seinem Alter zu spielen«, sagt er. Da will ich nicht länger zuhören, denn es ist doch seltsam, so etwas zu sagen, als ob man zum Spielen in der Schule wäre. Ich setze mich mit meiner Steinsammlung auf den Boden, aber einige Wörter dringen doch zu mir durch.

»Soziale Interaktion ...«, höre ich Lehrer Joensen sagen.

»Einfühlungsvermögen ... weiß eine Menge Wörter, begreift aber nicht so recht, wie er damit kommunizieren soll ... wortwörtliche und mechanische Auffassung ... Psychologe ...«

»Nein!«, ruft Papa und es klingt, als ob da drinnen ein Stuhl oder etwas anderes umkippt. »Nur über meine Leiche, mein Kind kommt nicht zur Gehirnwäsche zu so einem modernen Quacksalber!«

Mama sagt etwas, das ich nicht verstehen kann, und dann spricht wieder Papa. Er ruft nicht mehr, redet aber sehr laut:

»Seit wann ist es eine Krankheit, ein gutes Gedächtnis zu haben und gut im Lesen und Rechnen zu sein?«

»... Ihre eigene Entscheidung, nur ein Vorschlag ...«, sagt Lehrer Joensen und redet weiter. Ich lege die Steine nebeneinander, schwarz-weiß-schwarz-weiß-schwarz-weiß, und sage in Gedanken die Seevogelnamen auf.

Die Tür ist aufgegangen, Mama sagt, ich solle wieder reinkommen.

»Also, jetzt hör zu, David«, sagt Lehrer Joensen. »Es gibt in der Schule vieles, was du richtig, richtig gut machst – viel besser als die meisten anderen. Aber es gibt einige andere Dinge, die du nicht so gut machst, und deine Eltern und ich haben beschlossen, dass ich versuchen soll, dir zu helfen.«

Mama und Papa nicken und lächeln beide, sie wollen das auch.

Oder vielleicht wollen sie das doch nicht, denn in der Nacht werde ich von ihren Stimmen geweckt:

»... die ganze Zeit gewusst, dass mit ihm etwas nicht stimmt, aber du wolltest ja nicht hören«, sagt Mama und scheint zu weinen. Die Schlafzimmertür wird geschlossen, jetzt kann ich nur noch Papa hören und er hört sich böse an. Auf wen ist er böse und warum? ...

FÜNFZEHN

Am Montag vor Johannis machte die Schule in Fjeldvig zu und unsere Sommerferien fingen eine Woche zu früh an. Lehrer Joensen selbst schloss die Schule und es hatte nichts mit den Gerüchten darüber zu tun, dass die Schule stillgelegt werden sollte.

Elvin, Eric und Esben störten in den Stunden immer mehr. Sie waren laut, machten keine Aufgaben und wollten nicht tun, was Lehrer Joensen ihnen sagte. Und sie *mobbten* – und wer am meisten gemobbt wurde, war ich. Ich dachte, sie machten das sicher, weil ich so leicht aufzuziehen war, aber Peter sagte, die glaubten, auch Lehrer Joensen zu treffen, wenn sie mich schikanierten. Sie hielten mich nämlich für seinen Lieblingsschüler und sie schimpften immer wieder über die Ungerechtigkeit, dass ich einen Computer ganz für mich allein hatte.

Peter gab sich alle Mühe, mir zu helfen. Aber leicht war das nicht, sie waren ja zu dritt und die anderen in der Klasse waren von ihnen beeindruckt, weil sie es wagten, zu widersprechen, wenn Lehrer Joensen etwas zu ihnen sagte. Und dann waren sie Daggies Söhne und hatten mehr als wir mit Café und Kiosk und alldem zu tun, was in Fjeldvig Geld und Zukunft hieß.

Einmal hatten sie in meinem Pult gewühlt, obwohl das *privat* war. Danach stritten sie es ab und logen Lehrer Joensen voll ins Gesicht, obwohl ich sie gesehen hatte und meine Sachen jetzt durcheinander waren. Nichts lag noch da, wo es hingehörte. Ich konnte das nicht ertragen und deshalb gab es auch in meinem Kopf Unordnung, alles geriet durcheinander und ich wurde innerlich ganz schwarz.

Am nächsten Tag in der großen Pause fing Elvin mit der Konfirmation an.

»Sag mal, David, wie alt bist du eigentlich?«

»Vierzehn«, sagte ich, denn das war ich ja, ebenso wie er.

»Wirst du dann nicht bald konfirmiert?«

Er wusste doch, dass das nicht der Fall war, aber jetzt fragte er also, und ich antwortete dasselbe, was der Pastor gesagt hatte:

»Nein, ich soll ein Jahr warten und sehen, ob ich dann reifer bin.«

»Du und reif?«, fragte Elvin. »Forget it, Rain Man!« Seine beiden großen Brüder lachten schallend und schauten sich im Schulzimmer um, und alle, die zusahen, lachten mit, bis auf Peter.

Aber an diesem Montag vor Johannis sagte Elvin kein Wort, er kam nur in der Pause auf mich zu und gab mir einen Stoß.

Einen harten. So hart – denn Elvin war schwerer und stärker als ich, obwohl wir gleich alt waren –, dass ich rückwärts umkippte und auf den Boden knallte.

Peter wollte mir zu Hilfe kommen, aber Eric und Esben rissen ihm die Arme auf den Rücken und hielten ihn fest.

»Was machst du da unten, Psycho?« Elvin glotzte mich an. »Gibt's zwischen den Bodenbrettern etwas Interessantes zu sehen?«

Ich kam halbwegs auf die Beine, aber dann kam ein neuer harter Stoß und ich kippte wieder um, knallte mit dem Kopf gegen ein Stuhlbein und schrie los.

»Weichei!«

Lehrer Joensen kam hereingestürzt. »Was ist denn hier los? Elvin! Eric und Esben!«

Er half mir beim Aufstehen. »Ganz ruhig, David, dir ist nichts passiert, jetzt setzt du dich einfach.«

Dann packte er Elvin am Arm.

»Darf ich um eine Erklärung bitten?!«

»Ich hab nur *gepustet* und schon lag er da«, sagte Elvin. »Das sollte doch bloß ein Jux sein. Um zu sehen, wie er reagiert.«

Eric und Esben gackerten.

»Ein *Jux*?« Lehrer Joensen schüttelte Elvins Arm. »Meinst du, David hat das auch für einen Jux gehalten?«

»Lassen Sie mich los!«, schrie Elvin. »Lassen Sie mich los, sonst zeige ich Sie an, Sie ... *pädophile Pfeifenfresse!*«

»Pädophile Pfeifenfresse!«, echoten seine Brüder im Chor.

Lehrer Joensen zog seine Hand zurück, als ob er sich verbrannt hätte. Einen langen Augenblick stand er nur da und starrte Elvin an. Dann ging er langsam zum Pult und setzte sich auf die Kante.

»Elvin, Eric und Esben, bitte, verlasst das Schulzimmer. Sofort. Packt eure Taschen und geht, und lasst euch erst wieder blicken, wenn ihr euch bei David und mir entschuldigen wollt.«

Die drei rothaarigen Brüder sahen einander an und rührten sich nicht.

»Tun wir nicht«, sagte Esben.

»Pfeifenfresse!«, fügte Eric hinzu.

Lehrer Joensen stand auf, nahm seine Tasche und schloss sie mit einem leisen Knall.

»Die Schule ist für dieses Jahr zu Ende«, sagte er. »Ihr könnt nach Hause gehen und Sommerferien machen.«

Dann ging er.

Alle blieben bewegungslos sitzen. Einige wechselten verstohlene Blicke, andere starrten die Tischplatte an.

»Sommerferien, spitze«, rief Esben heiser, aber sonst sagte niemand ein Wort.

Am Dienstagabend bat der Pastor zu einem außerplanmäßigen Elternabend, um »die Fäden zu entwirren«, aber dabei kam nichts heraus und es wurde eine kurze Versammlung.

Lehrer Joensen sagte, solange keine vorbehaltlose Entschuldigung von Esben, Eric und Elvin vorliege, sehe er sich nicht in der Lage, die Klasse zu unterrichten, wenn die drei dabei wären. Daggie sagte, seine Söhne hätten denselben Anspruch auf Unterricht wie alle anderen und Lehrer Joensen habe die ganze Zeit schon auf ihnen herumgehackt, während er gewisse andere Schüler bevorzugt behandle. Daggie las zudem einen Beschwerdebrief an die Landesregierung vor. Der war unterschrieben mit »ein Kreis von Eltern« und es ging darin um Lehrer Joensens »wiederholte körperliche Gewaltanwendung« Daggies Söhnen gegenüber.

»Was der so unter Kreis versteht«, sagte Mama, als sie vom Elternabend nach Hause kam. »Der Kreis besteht doch wohl nur aus Daggie und aus Wolle. Lehrer Joensen schien das mit der Beschwerde auch ganz gelassen zu sehen. Aber es ist eine Schande, dass einem so guten und tüchtigen Mann so etwas passieren kann. Was ist bloß mit den Leuten hier im Dorf los?«

Mama sagte auch, dass Lehrer Joensen ihr leidtat, aber am nächsten Tag hatte sie andere Sorgen, denn nun tauchte Fjeldvigs erste Ratte auf.

Es war zwei Uhr, Mama hatte eben nach der Mittagspause den Laden geöffnet und Kevin kam mit seinen beiden Gipsbeinen angehumpelt, um einzukaufen, wie das jetzt seine Gewohnheit war. Er hatte schon einen schönen Stapel Waren auf dem Tresen liegen, als die Tür aufging und Arnfinn eintrat.

»Guten Tag, Arnfinn.« Mama nickte ihm so höflich und freundlich zu wie allen anderen Kunden, auch wenn es das erste Mal war, dass er sich sehen ließ, seit er damals im Suff den ganzen Laden hatte kaufen wollen.

Arnfinn starrte sie bloß sauer an und lief dann im Laden herum und betrachtete die Regale, als ob er etwas suchte, während Mama weiter Kevin bediente.

»Und dann noch zwanzig von den üblichen«, sagte Kevin. Arnfinn bückte sich und wühlte in einer Obstkiste.

»Zwanzig Kings, bitte sehr«, sagte Mama lächelnd.

»Oh verdammt«, rief Arnfinn plötzlich. »Hier in diesem Drecksladen gibt es ja Ratten!«

Er richtete sich auf und streckte die Hand aus. Er hielt eine tote Ratte am Schwanz hoch.

»Du bist ja wirklich nicht ängstlich, Kevin.« Arnfinn schwenkte die Hand, die Ratte baumelte hin und her. »*Ich* würde ja nichts aus so einem vergammelten Laden in den Mund nehmen. Teufel auch, Mann, Ratten! Die pfuschen hier bestimmt auch mit dem Verfallsdatum! Aber hör mal, ich fahre gleich mit Danny nach Lakselv, komm doch einfach mit!«

Kevin ließ seinen Blick von Arnfinn zu Mama und von der baumelnden Ratte zu den Waren auf dem Tresen wandern. Er murmelte irgendetwas Unverständliches, Arnfinn ließ den Rattenschwanz los und dann gingen sie. Mama sah aus, als ob sie gleich hinfallen würde, sie hielt sich mit beiden Händen am Ladentisch fest und sah die Ratte an, die aus toten Augen zurückstarrte und mit braungelben Nagezähnen grinste.

»Da hat Hammel-Frej recht behalten«, sagte Papa, als er abends nach Hause kam. Er hatte bei den Kartoffeln Unkraut gejätet, behauptete er, was seltsam war, denn unsere Setzkartoffeln lagen im Keller und waren inzwischen so gut wie verfault. »Auch Ratten kommen durch den verdammten Tunnel.«

»Die Ratte hat Arnfinn selbst mitgebracht.« Mama saß mit dem Kassenbuch am Küchentisch. »Das soll wohl sein Dank für unsere letzte Begegnung sein.«

Sie schaute auf die Zahlenreihen hinunter. »Wenn das noch lange so weitergeht, müssen wir dichtmachen.«

»Dichtmachen?!«, rief Papa. »Kommt nicht infrage. Den Sieg lass ich denen nicht!«

Mama schüttelte den Kopf. »Den haben sie doch schon. Wir können den Großhandel nicht bezahlen und woher sollen wir dann Waren nehmen?«

Die Fensterscheiben klirrten, ein riesiger Reisebus bog draußen auf den Kiesweg ab und fuhr im kleinsten Gang zum Teufelssturz hoch. Bei Daggies lief das Geschäft glänzend, nicht zuletzt jetzt, wo sie bis Mitternacht geöffnet hatten.

»Ich leg mich ein bisschen hin«, sagte Papa. Mein Geruchssinn war offenbar genauso scharf wie mein Gehör, denn ich hatte den Eindruck, dass er einen leichten Whiskygeruch hinterließ.

Die Touristen strömten zum Rand des Abgrundes, um mit einem Glas in der Hand die »Mittsommermagie aufzusaugen«, konnte Ragna erzählen. Ihre Mutter kam erst am frühen Morgen nach Hause und konnte sich vor Müdigkeit kaum auf den Beinen halten.

Peter hatte seit dem Johannistag aufgrund »gewalttätigen Auftretens« *Lokalverbot* im Café. Das bedeutete, dass er sich dort oben nicht sehen lassen durfte und deshalb blieb ich auch weg. Wieso hätte ich auch hingehen sollen, wo ich doch bloß verspottet und gemobbt wurde?

Ragna musste hingehen und sie wurde ebenfalls gemobbt und verspottet. Kenny belästigte sie wohl nicht mehr – Peter hatte ihm schließlich mit seinem »gewalttätigen Auftreten« zwei Vorderzähne lose geschlagen und das hatte ihn offenbar auf andere Gedanken gebracht – aber Marner und Arnfinn hatten es die ganze Zeit auf sie abgesehen, sagte Ragna, und Marner war der Schlimmere.

»Was machen sie?«, fragte Peter.

»Ach, alles Mögliche, du weißt schon ...« Ragna lächelte

und lachte. Peter ballte die Fäuste und wurde abwechselnd rot und weiß im Gesicht.

»Ich werde versuchen, mit Reidar darüber zu reden«, sagte er. Und das tat er dann auch, obwohl er und Reidar nicht mehr so viel zusammen waren, seit Peter im Café Lokalverbot hatte und sich oft mit Ragna traf. Reidar verbrachte viel Zeit mit dem *Hot* und es fanden keine Treffen des Frauenhasserklubs mehr statt.

Der »Hot« hieß eigentlich »PGO Hot 50« und war ein Scooter, den Wolle seinem jüngsten Sohn für etwas von seinem vielen Geld aus dem Ölterminal gekauft hatte. Der Scooter war blau-weiß-rot, und nachdem Marner ihn ein bisschen frisiert hatte, brachte er es auf 60 Stundenkilometer. Und das tat Reidar nun den ganzen Tag, fuhr mit 60 Stundenkilometern zwischen der Kirche und der geschlossenen Schule hin und her.

»Kannst du nicht versuchen, Marner dazu zu bringen, dass er Ragna in Ruhe lässt?«, fragte Peter ihn in einem der seltenen Augenblicke, als der Hot gerade stillstand.

Reidar schob das Visier seines Helms hoch und kratzte sich die Stirn.

»Ich kann ihm doch nicht sagen, was er zu tun hat, oder?«

»Nein, aber er ist doch dein großer Bruder, zum Teufel! Wenn du mal mit ihm redest ...«

»Was krieg ich dafür?«, fragte Reidar und ließ mehrmals den Motor aufheulen.

»Was du kriegst ...? Wie meinst du das?«

»Umsonst ist nur der Tod, sagt man das nicht so?«, fragte Reidar. »Aber vergiss es, ich werd mir meine Belohnung schon holen.« Dann ließ er das Visier herunterknallen, gab Gas und donnerte auf seinem gepimpten Hot davon, während Peter und ich zum gelben Haus hinuntergingen, um auf Ragna zu warten.

Ragna hatte auch erzählt, dass die Gäste im Café immer häufiger nach traditionellen Gerichten und nach lokalen Spezialitäten fragen.

»Wir sind doch nicht ans Ende der Welt gekommen, um Cheeseburger zu essen und Cola zu trinken«, wie sie sagten.

Daggie hatte Marner um Rat und Hilfe gebeten und am nächsten Tag gingen Marner und Wolle hinaus auf die Grashänge, wo die Papageientaucher sich aufhielten, zogen die brütenden Vögel aus ihren Nistlöchern und drehten ihnen den Hals um. Aber als sie sich, jeder mit einem Bund toter Vögel am Gürtel, auf den Heimweg machten, hatten sie das Pech, Lehrer Joensen zu begegnen, der oben bei seiner Vogelkoje gewesen war.

Herfinn Hinkefuß, der immer in der Nähe war, wenn etwas passierte, konnte berichten, dass Lehrer Joensen die beiden gewaltig zusammengestaucht hatte. Die Papageientaucher standen doch unter uneingeschränktem Artenschutz, es war verboten, sie zu fangen. Lehrer Joensen hatte gedroht, sie anzuzeigen, und das machte das gespannte Verhältnis zwischen ihm und Wolle nicht besser.

»Mein Vater und Marner sagen, dass er das noch bereuen wird«, sagte Reidar.

Am Abend servierte die spargelbleiche Frau Daggie den

erlebnishungrigen Touristen oben im Café am Rande des Abgrundes gefüllte Papageientaucher.

Peter und Ragna trafen sich jeden Abend. Peter wartete bei dem gelben Haus auf sie, und wenn sie nach Hause kam, machten sie einen Spaziergang.

Ich durfte sie immer ein Stück weit begleiten, aber unten beim Zaun blieb Peter dann stehen und legte mir die Hand auf die Schulter.

»Also, David, jetzt gehst du mal lieber«, sagte er. Dann trottete ich zurück, aber nach kurzer Zeit drehte ich mich um und da standen sie noch immer. Vielleicht hielten sie einander jetzt an den Händen, vielleicht bückte sich Peter und strich Ragnas schwarze Haare zur Seite und flüsterte ihr etwas ins Ohr. Einmal sah ich, wie er den Kopf in den Nacken legte und zum Himmel hochzeigte, wo eine silberblanke Nadelspitze einen dünnen, weißen Strich durch das Blaue zog.

Es war ein Flugzeug, auf dem Weg zu einem fernen Ziel. Peter blickte einen Moment lang hinterher, aber dann legte er den Arm um Ragna und schmiegte seinen Kopf an ihren. Der Wind vermischte seine blonden Locken und ihre dunklen Haare und ich dachte:

Er bleibt hier, und dann ging ich nach Hause und war innerlich ganz blank und glatt.

»Was macht ihr, wenn ich nicht dabei bin, du und Ragna?«, fragte ich eines Abends, als wir schon im Bett lagen, aber noch nicht schlafen konnten, weil es draußen so hell war.

»Was wir machen? Na ja, wir reden und halten Händchen

und so. Und küssen uns. Wir sind doch zusammen, klar? Wir sind ein Paar, aber das weißt du ja.«

Ich hatte zweimal gesehen, wie sie sich küssten, Mund auf Mund, als ob sie versuchten, sich gegenseitig aufzuessen.

»Habt ihr keine Angst, gebissen zu werden?«

»Gebissen, wovon redest du da?« Er lachte. »Man küsst doch nicht mit den Zähnen, du Dussel. Küssen ist schön. Einfach fantastisch.«

»Wie lange wollt ihr zusammenbleiben?«, fragte ich.

»Immer«, kam es ohne Zögern aus dem oberen Bett. »Bis wir heiraten, meine ich.«

Er schwieg einen Moment und ich lauschte dem Wind. Dann fügte er hinzu: »Und wenn wir verheiratet sind, haben wir ein eigenes Haus. Ein so großes, dass du bei uns wohnen kannst, wenn du willst.«

Langsam durchfloss mich eine warme Welle, war das wohl *Freude?* So musste es sein.

»Und dann wollen wir Kinder haben«, sagte Peter.

»Kinder?«, fragte ich. »Wo wollt ihr die denn hernehmen?«

Er lachte wieder. »David, zum Teufel, Kinder *macht* man, das weißt du doch.« Er wurde leise. »Wir haben darüber gesprochen, dass wir es bald probieren wollen. Also nicht Kinder machen, sondern ficken.«

»Ficken ... was ist das denn?«, fragte ich, weil ich mir nicht ganz sicher war.

»Das weißt du auch, das ist, wenn der Junge seinen Pimmel in den Spalt steckt, den das Mädchen zwischen den Beinen hat. In die *Möse,* meine Güte.«

Ich krümmte mich unwillkürlich zusammen.

»Igitt!«

»Warum sagst du igitt? Das ist doch nicht igitt!«

»Doch, denn was, wenn du den nicht wieder rauskriegst? Wenn er da stecken bleibt?«

»David, du hast keine Ahnung …«

»Nee …«

»Und jetzt will ich schlafen. Gute Nacht.«

»Gute Nacht …« Ich zog mir die Decke über den Kopf, saugte die Lippen ein und versuchte, mich selbst zu küssen. Aber das klappte nicht. Zum Küssen gehörten zwei, das wusste ich ja auch, aber ich konnte mir nicht vorstellen, wie ich es jemals ertragen könnte, jemand anderen, *einen fremden Menschen,* so dicht an mich heranzulassen, dass ein Kuss möglich wäre.

Dann musste ich wieder an Ragna denken, ich konnte sie noch immer nicht aus dem Kopf bekommen. Ich sah ihre Unterlippe und den Ring vor mir und dachte daran, dass sie den im Mund mit der Zungenspitze berühren könnte. Unten in meinem Körper spannte sich jetzt alles an und pochte, aber es war nicht so schlimm, dass ich nicht doch bald danach einschlief …

Aber schon nach einer halben Stunde wurde ich wieder wach. Das Mittsommerlicht sickerte durch die Vorhänge herein. Es war der 21. Juni, der längste Tag des Jahres, er hatte schon 19 Stunden und 22 Minuten gedauert. Also waren noch an die viereinhalb Stunden übrig von dieser hellen, blassvioletten Nacht, die gar nicht nach Nacht aussah.

War ich vom Licht geweckt worden? Vielleicht. Manche Menschen konnten in den hellen Nächten kaum schlafen und wurden wahnsinnig davon, die ganze Zeit wach zu liegen. Oder war es diese Unruhe, die noch immer in meinem Körper pochte und spannte?

Vielleicht. Aber als ich ganz leise aufstand und mich anzog, glaubte ich zu hören, wie mich etwas – oder jemand? – draußen in der Mittsommernacht rief. Ich hörte das nicht mit den Ohren, sondern gewissermaßen in mir.

Peter schlief tief. Papa schnarchte im Schlafzimmer nebenan. Die Wohnzimmeruhr zeigte 20 Minuten vor 12 Uhr.

Ich zog Stiefel und Sommerjacke an und ging hinaus.

Es war Mitternacht, aber es war so hell wie mitten an einem Wintertag. Der Lichtkegel des Leuchtturms war zu schwach, um Schatten zu werfen. Der Wind war zu einer schwachen Brise von Westen abgeflaut, er brachte leichten Seenebel mit. Der Nebel wogte, er sah in dem bläulichen Meereslicht aus wie dünne Silbergardinen.

Das Café schloss erst um 1 Uhr, von dort oben her war Musik zu hören und im Nebel schien das leuchtende Glashaus frei zwischen Himmel und Erde in der Luft zu schweben.

Das Dorf lag wie ausgestorben da, dunkel und stumm. Ich ging langsam die Straße hinunter, vorbei am Haus von Aslaug und Rolf, vorbei an den Häusern von Tora und Oddmar und Ziegen-Gordon, und den beiden auf der rechten Seite, die noch immer leer standen. Vorbei am großen Haus von Kapitän Torfinn und dem kleinen gelben, in das Ragna und ihre Mutter gezogen waren, als ob irgendwer mich in die Nacht hinausrief …

Dann blieb ich ganz plötzlich stehen.

Vor dem gelben Haus stand ein blau-weiß-roter Scooter PGO Hot.

Reidars Scooter, aber was hatte Reidar da drinnen zu suchen?

Die Fenster zur Straße waren dunkel. Ich ging am Scooter vorbei und lugte um die Ecke. Auch dort war alles dunkel.

Aber im einzigen Fenster auf der Rückseite des Hauses brannte Licht. Die Vorhänge waren geschlossen, doch nicht ganz.

Ich schlich mich ans Fenster, presste die Nase gegen die Fensterscheibe und spähte durch den schmalen Spalt zwischen den Vorhängen.

Das Licht kam von einer Nachttischlampe und fiel auf Reidar und Ragna. Sie lagen auf dem Bett, auf der Decke, und sie waren nackt und total ineinander verwickelt. Einen Moment lang glaubte ich, sie rauften sich, aber dann sah ich, wie er ihre milchweiße Brust küsste und Ragna lächelte und lachte. Und nun wusste ich, was sie machten, denn ich hatte das schon gesehen, im Internet.

Ich hatte jetzt auch ein Wort dafür, sie *fickten*, und als ich dieses Wort dachte, wich ich vom Fenster zurück und lief ganz schnell um das Haus herum, weg vom Licht des Fensters ...

Und dann sah ich ihn.

Er kam lautlos auf mich zu, und sowie ich ihn sah, wusste ich, dass er es war, dessen Ruf ich in der Nacht gehört hatte.

Der weiße Widder.

Er kam durch die Nebelschleier und blieb dicht vor mir stehen. Er war doppelt so groß wie alle anderen Widder, die ich je gesehen hatte, und auf eine ganz andere Weise weiß. Sogar die gewaltigen krummen Hörner waren weiß.

Er war weißer als ausgebleichte Schafsknochen im Heidekraut, weißer als frisch gefallener Schnee, so weiß wie der Tod selbst.

Eiskalte Finger aus Furcht bohrten sich in mich und tasteten nach meinem hämmernden Herzen ...

Ich hielt die Luft an und kniff die Augen zusammen.

Als ich sie wieder aufmachte, war der Widder verschwunden.

Ich stolperte über Peters Schuhe, als ich mich ins Zimmer schlich, und sofort fuhr er hoch.

»Wo warst du denn?«

»Draußen. Ich konnte nicht schlafen, also habe ich einen kleinen Spaziergang gemacht und da habe ich gesehen ...«

»Was hast du gesehen?«

»Den weißen Widder! Den Oma kurz vor ihrem Tod gesehen hat. Der stand ganz dicht vor mir.«

»Das war bestimmt nur ein Schaf. Nachts sieht alles größer aus als in Wirklichkeit.«

»Nein, es war der weiße Widder!« Ich kroch unter die Decke. »Er kündigt den Tod an, hat Oma gesagt. Ich will nicht sterben und in die Erde müssen wie sie!«

»David, zum Henker, das ist doch bloß ein alter Aberglaube. Und wenn es doch stimmt, wer sagt denn, dass er *deinen* Tod ankündigt? Dann ist doch wohl eher einer von den Alten gemeint, Oddmar oder Tora. Verdammt, die sind doch über neunzig.«

Ich überlegte und musste ihm recht geben. Oma hatte nur gesagt, der weiße Widder kündige den Tod an, aber nicht, wessen Tod.

Das beruhigte mich sehr, und ich war schon fast eingenickt, als Peter fragte:

»David, würdest du mir bei einer Sache helfen?«

»Ja«, sagte ich sofort. Natürlich wollte ich ihm helfen.

»Willst du nicht wissen, wobei?«

»Doch ...«

»Ich will ein paar Trottellummeneier für das Café besorgen. Die Gäste fragen danach, sie haben gehört, dass die früher hier auf der Insel gegessen wurden. Wenn Ragna jetzt welche besorgen kann – mit unserer Hilfe, natürlich –, dann hat sie bei Daggie und den anderen bessere Karten. Und die kann sie brauchen.«

»Trottellummen«, sagte ich. »*Uria aalge.* Stehen die nicht unter Artenschutz wie die Papageientaucher?«

»Die Eier doch nicht. Die legen einfach neue. Wir gehen zur Kahlkuppe hoch, wo wir vorigen Sommer mit Lehrer Joensen waren, und machen unseren eigenen Vogelaufzug. Ich war schon auf dem Dachboden, da ist alles, was wir brauchen – Stöcke, die wir in den Boden schlagen können und eine Keule zum Hämmern. Vogelfängerseile haben wir ja schon. Reidar hat versprochen, mitzukommen, dann sind wir zwei zum Hochhieven, wenn es sein muss.«

Ich dachte an Lehrer Joensen und daran, wie begeistert er

voriges Jahr gewesen war, weil die Trottellummen nach fast zehn Jahren endlich wieder hier auf der Insel brüteten. Er würde es sicher nicht gut finden, dass wir uns die Eier holten.

Aber dann dachte ich an Ragna und daran, dass die Trottellummeneier vielleicht dafür sorgen würden, dass Daggie und die anderen nicht mehr so gemein zu ihr wären, und ich dachte, dass ich der Hüter meines Bruders war und Peter helfen musste, so gut ich das konnte.

»Okay«, sagte ich.

... Lehrer Joensen und ich üben die Dinge, in denen ich nicht so gut bin.

Ein neues Buch wird für mich bestellt, aber es ist kein neues Rechenbuch. Es ist ein Buch mit Zeichnungen von kleinen Menschenköpfen – Smileys, werden sie genannt. Einige ziehen die Mundwinkel nach unten, andere nach oben. Einige haben die Stirn gerunzelt, andere haben Tränen in den Augen. »Froh/sauer/traurig/wütend« steht daneben und ich soll das Richtige ankreuzen. Das ist schwer, und es wird schwerer, je weiter wir im Buch kommen, denn es gibt immer mehr unterschiedliche Smileys und immer mehr unterschiedliche Wörter, die mit den Smileys zusammengebracht werden sollen.

Jeden Dienstag und Donnerstag, wenn die anderen gegangen sind, bekomme ich Extraunterricht bei Lehrer Joensen. Dann üben wir die Regeln für soziales Verhalten. Dabei geht es darum, die Hand zu heben und zu warten, bis ich gefragt werde, auch andere etwas sagen zu lassen und die Person, mit der ich rede, anzusehen, aber nicht zu starren. Und andere nicht zu unterbrechen, mich selbst aber wohl, wenn ich lange geredet habe. Das ist nicht so schwer, wenn nur

Lehrer Joensen dabei ist, aber viel schwerer, wenn auch die anderen da sind.

Lehrer Joensen verschiebt die Möbel im Schulzimmer, damit ich an der hinteren Wand zwischen zwei Schränken eine Nische für mich bekomme, wo ich mit dem Rücken zu den anderen sitzen kann. Er macht mir ein kleines Schild, »PAUSE« steht darauf. Wenn ich es hochhalte, wenn mein Kopf anfängt zu summen, aber ehe meine Arme losfuchteln, darf ich mich in meine Nische setzen. Aber wenn Lehrer Joensen die linke Hand hebt und meinen Namen sagt, bedeutet das, dass ich irgendetwas tue, womit ich aufhören soll.

Und eines Tages bringt die Havlitt einen großen Karton für die Schule. »VORSICHT«, steht darauf. »ZERBRECHLICH!« Darin ist ein ganz neuer Computer.

»Der ist für David«, sagt Lehrer Joensen zur Klasse. »Wir anderen müssen uns mit dem alten begnügen.« Und zu mir sagt er: »Der ist für dich, aber du musst den Computer und deine Fähigkeiten auf eine Weise benutzen, von der auch wir anderen etwas haben. Du bist von jetzt an Lexikon der Klasse.«

Und dann bringt er mir ein neues Wort bei. »Googeln«, heißt es und es ist ein gutes Wort, das beste in meiner ganzen Wörtersammlung.

Ich richte die Augen auf den Bildschirm und lege die Finger auf die Tastatur. Google ist die beste Erfindung der Welt: Je mehr ich googele, desto glatter und blanker werde ich innerlich, wie die allerschönste Napfschneckenschale …

SECHZEHN

Ich hatte Angst gehabt, dass wir auf der Suche nach den Trottellummeneiern Lehrer Joensen begegnen würden, aber diese Sorge hätte ich mir sparen können, denn am Tag davor verließ er Fjeldvig für unbestimmte Zeit.

Wie üblich wurde diese Nachricht von Herfinn Hinkefuß überbracht.

Lehrer Joensens Beringungshütte und seine Vogelkoje waren verwüstet worden. In der Hütte waren die Fensterscheiben eingeschlagen worden, das Logbuch und alle Ringe waren verschwunden. Die Vogelkoje war umgestürzt worden, das Dach aus Maschendraht lag auf dem Boden.

Daggies Beschwerden über die »wiederholte Gewaltanwendung« hatte Lehrer Joensen gelassen hingenommen, aber jetzt gelang ihm das nicht. Er hatte keinen Zweifel daran, dass Wolle und Marner dahintersteckten, als eine Art Rache, weil er gedroht hatte, ihren illegalen Papageientaucherfang bei der Polizei anzuzeigen.

Herfinn hatte gefragt, ob er das beweisen könne.

Nein, Lehrer Joensen hatte keine konkreten Beweise. »Aber zum Ausgleich kann ich etwas anderes beweisen«, sagte er dann. »Ich weiß, wer Frejs Schafe verstümmelt hat. Das war Wolle, und ich werde es nicht länger für mich behalten.«

»Du willst jetzt also zur Polizei gehen?«, fragte Herfinn.

»Nein, ich will zu Hammel-Frej gehen«, antwortete Lehrer Joensen. »Ich komme übrigens gerade von ihm. Jetzt bin ich von Rachedurst erfüllt, wie man so sagt. Es ist ein hässliches Gefühl und ich finde es schrecklich, es in mir wahrzunehmen. Aber jetzt gehe ich nach Hause und packe meinen Koffer. Mein Taxi kommt in einer Stunde.«

»Willst du Urlaub machen?«, fragte Herfinn.

»So kann man das auch sagen. Einen langen Urlaub. Vielleicht komme ich zurück, vielleicht lasse ich das Haus von einer Umzugsfirma ausräumen und mir meine Sachen bringen.«

Und dann gab Lehrer Joensen Herfinn die Hand und nahm Abschied, so richtig feierlich und ernst.

»Er kann uns doch nicht einfach verlassen!«, rief Mama.

»Offenbar doch.« Herfinn schüttelte den Kopf. »Ich wage ja gar nicht, daran zu denken, was er mit seinem Besuch bei Hammel-Frej vielleicht losgetreten hat, aber es wird ganz sicher ein böses Ende nehmen.« Er seufzte. »Wenn ich nur wüsste, auf wessen Seite ich mich schlagen soll.«

Als Herfinn gegangen war, fragte ich Mama, ob Herfinn sich jetzt etwa auch prügeln wolle. Aber Mama sagte, das sei Bildsprache, und es bedeute, dass Herfinn sich nicht entscheiden könne, zu wem er halten sollte, zu Wolle oder zu Hammel-Frej.

»Typisch Herfinn«, sagte Mama. »Hat immer Angst, sich irgendwo die Finger zu verbrennen.«

Die Welt war voll von Bildsprache.

Als wir am nächsten Morgen zur Kahlkuppe hochgingen, um Trottellummeneier zu suchen, war wunderschönes Sommerwetter. Peter hatte Opas Vogelfängerausrüstung im Rucksack und das Seil um den Bauch gerollt. Reidar hatte seinen Hot widerstrebend sich selbst überlassen. Und auch Ragna war dabei, sie musste ja erst nachmittags arbeiten.

Die Sonne schien, es war fast kein Wind, aber draußen beim Zaun lehnte der alte Oddmar auf seinem Stock und schaute missmutig zum wolkenlosen Himmel auf.

»Du wirst noch nass bis auf die Haut, Kleine«, sagte er, während die Pfeife in seinem zahnlosen Mund wippte, und sah Ragna an, die über ihrer engen Hose mit den Augen hinten nur eine dünne Bluse trug. Er nahm die Pfeife aus dem Mund und schnupperte.

»Da liegt Regen in der Luft, eine Menge Regen. Sommersturm im Anmarsch, da geh ich jede Wette ein.«

Wir gingen weiter, hinaus auf den Leuchtturmweg.

»Alter Trottel«, kicherte Reidar. »Regen, wie kommt der denn bloß auf die Idee?«

»Hier, nimm den.« Peter streifte sich einen Träger von der Schulter, zog zwei Stöcke aus dem Rucksack und reichte Reidar den einen. »Gleich sind wir bei den Raubmöwen.«

Ganz richtig kamen sie angesaust, sobald wir vom Weg auf den schmalen Schafspfad durch Gerölde abbogen. Peter und Reidar schwenkten die meterlangen Stöcke über ihren Köpfen und hielten die im Sturzflug auf uns zukommenden Möwen auf Distanz. Aber Ragna zog trotzdem nervös den Kopf ein, wann immer sie dicht über sich die rauschenden Federn hörte.

»Ist es noch weit?« An Bergwanderungen war sie offenbar nicht gewöhnt.

»Nicht besonders.«

Wir ließen die Felsblöcke von Gerölde hinter uns, die Raubmöwen zogen sich zurück und wir stiegen weiter den Grashang hoch, auf den Rand des Steilhangs zu.

»Was, wenn gar keine da sind?«, keuchte Reidar.

»Voriges Jahr haben wir sie doch mit eigenen Augen gesehen«, sagte Peter.

»Voriges Jahr ist nicht dieses Jahr. Das wäre typisch, wir schleppen uns hier rauf, und dann sind gar keine da.«

Aber es waren welche da, das sahen wir, als wir die mit Gras bewachsene Felskuppe erreichten, die über die Vogelfelsen hinausragte. Sie saßen auf einem Sims ein gutes Stück unter uns, unter Tausenden von kreischenden Eissturmvögeln. 58 hochaufgerichtete schwarze Trottellummen konnte ich auf der nackten Felskante zählen, als ich an den Rand kroch und nach unten schaute. Auf den ersten drei, vier Metern fiel der Hang steil ab, aber dann wurde er unebener und hatte Vorsprünge und Simse, auf denen man mit den Füßen Halt finden konnte.

»Uähh! Ihr wollt doch wohl nicht da runter?« Ragna zog ganz schnell den Kopf zurück. Ich musste an den weißen Widder denken und wich ebenfalls vom Abgrund zurück. Peter hatte sicher recht, der Widder hatte den Tod eines alten Menschen angekündigt – Oddmar, vielleicht, der doch jetzt so alt war, dass er nicht einmal mehr den Unterschied zwischen Sonnenschein und Regenwetter sehen konnte –, aber ich zog es doch vor, respektvoll Abstand zum Abgrund zu halten.

»Wenn nur das Seil lang genug ist.« Reidar sah Peter an, der den Rucksack auf den Boden geworfen hatte und sich jetzt das Seil vom Bauch wickelte.

»Das werden wir dann schon sehen. Wir bringen jetzt erst mal die Stöcke an.«

Das war leichter gesagt als getan, wie sich herausstellte. Entweder war der Boden zu locker oder die Erdschicht nicht dick genug und sie stießen nach wenigen Schlägen mit der schweren Keule auf Felsgrund. Reidar und Peter schlugen abwechselnd. Der Schweiß stand ihnen im Gesicht, als sie nach sechs Versuchen einen Felsspalt fanden und die Stöcke so fest einschlagen konnten, dass die sich nicht mehr bewegen ließen.

»Seht mal, ich habe auch Opas Vogelfängergeschirr auf dem Dachboden gefunden.« Peter zog einige breite, verschlungene Lederriemen aus dem Rucksack und schüttelte sie auseinander. »Es ist bestimmt viel leichter, daran zu hängen. Das Seil schneidet so verdammt tief ins Fleisch.«

Er sah Reidar an. »Wer von uns geht runter?«

»Wir können ja eine Münze werfen.« Reidar zog ein Zehnkronenstück aus der Tasche. »Du bei Kopf. Ich bei Zahl.«

Er warf die Münze in die Luft und fing sie mit der anderen Hand auf.

»Yes! Zahl!«

»Okay.« Peter half ihm, das Geschirr anzulegen, und band einen Leinenbeutel an den untersten Riemen. »Für die Eier. Aber sei vorsichtig, sie zerbrechen sehr leicht.«

Reidar grinste. »Jaja. Für wie blöd hältst du mich eigentlich?«

Peter legte die Leine wie eine Acht um die Stöcke, band ihr Ende am Geschirr fest, rollte den Rest auf und setzte sich mit der Seilrolle in der Hand hinter die Stöcke. Er sah mich an:

»David, komm her und hilf mir, Reidar abzuseilen.«

Ragna setzte sich neben uns ins Gras. »Soll ich auch mitmachen?«

»Ich glaube nicht, dass das nötig sein wird. Ich sag Bescheid, wenn doch. – Reidar, bist du so weit?«

»Ready«, sagte Reidar lachend und dann verschwand er rückwärts über der Felskante, zwischen den hysterisch kreischenden Eissturmvögeln.

Peter sah mich an. »Nicht zu schnell Seil geben, David. Ganz vorsichtig und immer nur ein kleines Stück.«

»Ich habe jetzt Halt unter den Füßen«, erklang Reidars Stimme von unten. Meter um Meter verschwand das Seil über dem Felsrand. Unsere vier Hände umklammerten es, aber es war nicht schwer, ihn abzuseilen, denn das Gewicht hing an den in den Boden gerammten Stöcken.

Ragna lächelte und lachte und ließ sich rückwärts ins Gras sinken und schloss im Sonnenschein die Augen.

»Jetzt müsste er bald da sein«, murmelte Peter, den Blick auf das Seil gerichtet, und rief: »Reidar, bist du unten?«

»Noch nicht ganz ... jetzt heben sie ab und fliegen weg, ich brauch noch zwei Meter!«, hörten wir Reidars Stimme, dünn und weit weg.

Ragna drehte sich auf den Bauch, zupfte einen Grashalm aus dem Boden und steckte ihn zwischen ihre Zähne. Ihr runder Hintern sah mich mit zwei großen, weißen Augen an.

»Da bin ich! Halt!«, rief Reidar und sofort hörten wir auf, Seil zu geben. Wir hatten noch immer fünf oder sechs Meter übrig.

»Kannst du Eier sehen?«, rief Peter.

»Jaja. Die sind riesig!«

Ein kalter Windstoß fuhr pfeifend durch das hohe Gras. Ich schaute zum Horizont, wo sich eine dunkle Wolkenbank zusammengeschoben hatte.

»Ich habe sie!«, hörten wir es aus der Tiefe. »Ich komm jetzt rauf.«

Peter sah mich an. »Dann holen wir ein. Aber wieder ganz langsam, das Seil muss die ganze Zeit straff gespannt sein.«

Wir holten ein. Bei den ersten Metern war das nicht anstrengend, denn Reidar konnte sich mit Händen und Füßen abstemmen und klettern, wobei das Seil nur eine Hilfe war, aber bei dem letzten, senkrechten Stück mussten wir unsere ganze Kraft aufwenden.

»Halt!« Eine winkende Hand tauchte über der Felskante auf. »Nehmt jetzt erst mal die Eier!«

Peter sah mich an. »David, du hältst das Seil. Halt es einfach dicht an die Stöcke, dann tragen die das Gewicht. Und nicht loslassen, klar?«

»Klar.«

Peter robbte an die Kante und nahm den vollen Leinenbeutel entgegen.

»Ich habe auch noch welche in der Tasche. Hier!« Reidars Hand reichte ein Ei nach dem anderen herauf. Die Eier waren riesig, am einen Ende spitz, und sie hatten fantastische Farben in allerlei Mustern, fast wie meine Napfschneckenschalen. Peter nahm sie und legte sie vorsichtig ins Gras.

»Das gibt Riesenspiegeleier und Omelettes«, johlte Reidar.

Ragna drehte sich auf den Rücken, streckte sich im Gras aus, lächelte und lachte. Der Grashalm wippte über dem Ring in ihrer feuchten Unterlippe. Ich konnte ihre Brustwarzen wie harte Knöpfe unter der engen Bluse sehen. Sie zog die Knie an den Bauch an und ich musste einfach ihre Oberschenkel anstarren. Ich kniff die Augen zu, weil es plötzlich zu viel wurde.

Das hätte ich nicht tun dürfen, denn auch mit geschlossenen Augen sah ich noch immer ihre Oberschenkel und sie waren nackt und weiß wie Ziegenmilch, und Reidar lag dazwischen und bewegte sich auf und ab. Ich begriff nichts, das war ich ja gewöhnt, aber jetzt begriff ich *überhaupt nichts mehr.*

»Peter?« Ich öffnete die Augen und sah ihn an, während er gerade noch ein Ei ins Gras legte.

»Ja, was ist los?«

»Du hast doch einmal gesagt, dass man vieles teilen kann, aber dass zwei Jungen nicht mit demselben Mädchen zusammen sein können?«

Er lachte. »Hab ich das gesagt? Du vergisst ja wirklich nichts. Aber es stimmt schon, natürlich kann man das nicht.«

»Wie kann Reidar dann mit Ragna zusammen sein, wenn du doch auch mit ihr zusammen bist?«

»Das war das letzte.« Reidars Kopf tauchte über der Felskante auf und verschwand dann wieder.

Peter starrte mich an. »Warum redest du solchen Müll? Reidar ist doch nicht mit Ragna zusammen!«

Ragna setzte sich auf. Sie lächelte und lachte nicht mehr.

»Hallo, was macht ihr eigentlich? Kann ich bald hoch?«, erklang Reidars Stimme.

»Moment noch ...« Peter war plötzlich wütender Smiley im Gesicht, *tobender* Smiley. »Warum redest du solche Scheiße, David? Du darfst mich nicht anlügen!«

»Ich lüge nicht«, sagte ich und dachte: Ich kann doch gar nicht lügen und das weiß er genau! Ich fügte hinzu: »Reidar hat Ragna geküsst, das habe ich selbst gesehen. Und wenn man sich küsst, ist man ein Paar! Er hat sie geküsst und sie hatten nichts an. Sie lagen auf dem Bett und haben ... ja, *gefickt.*«

Peter ließ sich langsam neben den Trottellummeneiern auf den Boden sinken.

»Ragna, stimmt das? ... Sieh mich an! Antworte gefälligst!«

Ragna sah ihn nicht an, sie presste den Kopf zwischen die Knie und versteckte ihr Gesicht. »Er hat versprochen, dass Marner mich in Ruhe lässt, wenn er ... wenn ich ...«

Peters Gesicht veränderte sich, es wurde grau und sah irgendwie tot aus, und mir wurde klar, dass mein Mund Wörter hinausgelassen hatte, die er besser verschluckt hätte. Aber es war zu spät, viel zu spät!

»Zieht mich endlich hoch!« Reidar hob beide Arme über den Rand, packte ein Grasbüschel und versuchte, sich hochzuhieven. Das Grasbüschel lockerte sich und er fiel wieder nach unten, zusammen mit einem Haufen kleiner Steine.

»Au, zum Teufel!«

Peter beugte sich über den Rand. »Was läuft da bei dir und Ragna?«

»Umsonst ist nur der Tod, hast du das vergessen? Aber hör jetzt auf mit dem Scheiß und zieh mich hoch!«, sagt Reidar da unten. »Sie wollte ja auch und weißt du was? Das war nicht das erste Mal!« Er grinste. »Weißt du nicht mehr, ›slutty girls in Fjeldvig‹?«

Peter sprang auf. »Mieses Schwein! Mit dir bin ich fertig! Ich bin mit euch beiden fertig! Ich geh weg von hier, mich seht ihr nie wieder!«

Unter mir verschwand der Boden, ich fiel und fiel, wirbelte durch den leeren Raum. Ich sollte der Hüter meines Bruders sein und auf Peter aufpassen, aber ich kriegte es nicht hin, ich war der mieseste Bruderhüter aller Zeiten, und jetzt würde er mich verlassen ...

Peter würde mich verlassen. *Nein, das durfte nicht passieren.*

»Reg dich doch ab!« Reidars Gesicht tauchte wieder über dem Rand auf, es war jetzt seltsam verzerrt. Seine Stimme war heiser: »Du kannst sie ja haben, wenn dir das so viel bedeutet, so toll war sie auch wieder nicht. Aber zieh mich endlich hoch, zum Teufel! Wie lange soll ich noch hier rumhängen?«

Ein eiskalter Tropfen fiel mir ins Gesicht. Die dunklen Wolken trieben herüber.

Reidar versuchte noch einmal, sich selbst hochzuziehen, und noch einmal gab der Boden nach und ein großes Stück Grassode mit hängenden Wurzeln verschwand in der Tiefe.

»Hol mich rauf, zum Henker!«

Peter beugte sich über den Rand und schaute auf ihn hinunter. »Du mieses Schwein, ich wünschte, du wärst tot! Ja, verdammt, hoffentlich stürzt du ab und bist tot!«

Er ballte die Fäuste und hämmerte sich damit ins Gesicht.

Ich sah meine eigenen Hände an, die das Seil umklammerten. Meine Fingerknöchel waren weiß. Reidar wurde von den Stöcken gehalten, aber nur so lange, wie meine Hände das Seil festhielten und wenn ich es losließe ...

Ragna sprang auf und rannte den Grashang hinunter. Sie weinte.

Ich halte sein Leben in meinen Händen. Wie ein Blitzstrahl war dieser Gedanke da.

Ich wünschte, du wärst tot!

Ich ließ los.

Nein, das tat ich nicht.

Doch, das tat ich.

Nein!

Ich ließ nicht los, es waren meine Arme, die plötzlich anfingen zu fuchteln. Im einen Augenblick lag das Seil wie eine Acht um die Stöcke. Im nächsten war es nicht mehr da.

Schrie Reidar? Ich hörte nichts, meine Füße trampelten auf den harten Felsboden, in mir tat sich ein Loch auf, ein großes, schwarzes Loch, und ich kippte vornüber, prallte auf, stocksteif, bekam Gras in den Mund und knallte mit dem Kopf auf einen Stein. Ich war doch kein kleines Kind mehr, ich hatte keinen Lammfellhelm zum Schutz für meinen Kopf und das Loch in mir wurde immer größer. Ich verschwand darin, war nicht mehr da ...

... Zuerst ist da nichts, dann wird das *Nichts* hart wie eine Stahlplatte und die Stahlplatte wackelt und ruckelt. Der Regen prasselt, er trommelt auf den Stahl, die Luft ist kalt und riecht nach Diesel, ich liege auf dem Deck der *Havlitt*, ich muss in die Stadt, zu einem Arzt, damit mein Kopf …

Nein.

Mein Kopf tut weh und vom Dieselgeruch ist mir schlecht, aber ich bin nicht an Bord der *Havlitt*, ich liege auf der Ladefläche eines wackelnden Anhängers, der hinter Frejs blauen Traktor gespannt ist. Peter sitzt neben mir und hat die Hände vors Gesicht geschlagen, aber wo sind Ragna und Reidar, die waren doch auch da, wo sind sie jetzt? Der Regen peitscht, das Wasser läuft in Bächen über die Ladefläche, aber ich bin in eine Plane gewickelt. Der Himmel ist schwarz, unter dem Schwarzen fliegt ein roter Hubschrauber, er schlingert in dem heftigen Wind, es ist ein Sikorsky S 76, es ist der Rettungshubschrauber, und jetzt weiß ich wieder …

Das Seil, ich hatte es in den Händen, aber dann … und Reidar …

Ich habe Blutgeschmack im Mund, meine Hand wird rot, als ich mir damit über den Mund wische. Habe ich mir auf die Zunge gebissen?

… Kaskaden aus Regenwasser schäumen vom Dach und über die Fenster, die Straße ist zu einem Fluss geworden. Im Fluss steht ein Streifenwagen, im Regen sieht er aus wie ein weißer, wässriger Klecks. Die beiden Polizisten sind triefnass.

»Erzähl, was da oben passiert ist«, sagt der eine und versucht, meinen Blick zu fangen. Ich starre den Boden an, mein Blick soll nicht gefangen werden.

»Die größte Niederschlagsmenge an einem Tag wurde am 16. September 1997 auf Lyngø gemessen, wo 213 Millimeter fielen«, sagt eine tonlose Metallstimme.

»Das Seil ist ja offenbar nicht gerissen«, sagt der andere Polizist. »Hast du es losgelassen?«

Er legt mir eine schwere Hand auf die Schulter. Ich kann diese Berührung nicht ertragen, die Gedanken in meinem Kopf geraten durcheinander, werden schwarz, bleiben stecken.

»Teiste, Alk, Dreizehenmöwe«, sage ich. »Raubmöwe, Atlantiksturmtaucher, Eissturmvogel.«

»Er hatte einen Anfall«, sagt Peter. »Hat das Bewusstsein verloren und Krämpfe bekommen. Er hat sich auch in die Zunge gebissen.«

Die beiden Polizisten sehen mich an und ich kann es nicht verhindern: Ich fange an, albern zu gackern. Aber das hört von selbst wieder auf, als ich merke, wie seltsam ihre Gesichter aussehen. Peter braucht mich nicht anzustoßen oder so, darauf bin ich ganz schön stolz.

»Epilepsie«, sagt Mama. »Als Kind hatte er das häufiger.«

»Ist er deshalb jemals untersucht worden?«, fragt der erste Polizist.

»Ja«, sagt Mama. »Mit vier Jahren, in der Stadt bei einem Neurologen. Ich habe den Namen irgendwo notiert.«

»Ist Reidar gefunden worden?«, fragt Peter.

»Noch nicht«, sagt der andere Polizist. »Es ist sofort ein Hubschrauber losgeschickt worden, aber wegen des Unwetters mussten sie die Suche einstellen ...«

... Es ist Nacht, ich liege im unteren Bett und soll schlafen, aber das kann ich nicht. Der Regen schlägt gegen die Fensterscheiben, er strömt über das Dach und prasselt auf die Erde. Er fällt überall auf Tangø, vielleicht keine 213 Millimeter, aber genug, um die kleinsten Spalten und Risse in der weichen Schicht der Schichtkucheninsel zu finden. Das Regenwasser läuft hinein und erweitert sie, sickert immer tiefer in den Boden. Die Wellen hämmern gegen die Küste, sie graben sich einen Weg hinein und höhlen sie von innen aus. Plötzlich trifft sich das Wasser von oben mit dem Wasser von unten, ein ganzer Felshang hängt nicht mehr mit dem Rest der Insel zusammen ...

Er lockert sich, lässt los und gibt nach ...

+++

Die Nacht wurde zum Morgen, zum Morgen nach dem Sturm. Der Sturm hatte sich gelegt, es regnete nicht mehr, aber die Welt triefte noch immer, war durch und durch nass. Herfinn Hinkefuß stand in der Tür, mit wildem Blick.

»Habt ihr das schon gesehen? Habt ihr das schon gehört?« Er redete von selbst weiter. »Das Café ist weg, der Kiosk ist weg, alles ist weg. Da oben beim Teufelssturz ist heute Nacht eine riesige Lawine runtergegangen, ein ganzer Felshang ist ins Meer gestürzt und hat die gesamte Anlage mitgerissen!«

Peter fuhr hoch, mit aschgrauem Gesicht:

»Ragna! Ist sie ...?!«

»Gott sei Dank, nein«, sagte Herfinn. »Als das passiert ist, war da oben keine Menschenseele mehr.«

Er drehte sich zu Mama und Papa um:

»Aber ihr solltet wissen, dass Wolle und Marner heute Morgen nach Hause gekommen sind. Sie glauben nicht, dass Reidars Tod ein Unfall war, und haben Rache geschworen. An eurer Stelle würde ich im Haus bleiben und die Tür abschließen.«

Und genau das tat Mama, als Herfinn gegangen war. Sie hängte das Schild mit der Aufschrift »GESCHLOSSEN« an die Ladentür und schloss die Vordertür und Hintertür des Wohnteils ab.

»Das ist doch nicht nötig«, sagte Papa. »Gottes Engel stehen um uns Wacht.«

»Kann schon sein«, sagte Mama, sie hatte das Schild »GESCHLOSSEN« seit Omas Beerdigung nicht mehr hervorgeholt. »Aber zu den Türschlössern habe ich genauso viel Vertrauen.«

Papa ballte die Fäuste. Dem Dämon sträubten sich die Haare, er machte sich zum Sprung bereit, sank dann aber wieder in sich zusammen.

Der Morgen wurde zum Vormittag und der Vormittag wurde zum Nachmittag. Die Sonne brach durch, die Wassertropfen draußen funkelten wie Edelsteine. Wir konnten hören, wie der Rettungshubschrauber an der Küste hin und her flog.

Um vier Uhr wurde an die Tür geklopft.

»Wir machen nicht auf«, sagte Mama.

Es wurde wieder geklopft, jetzt härter. Dann rief Wolle:

»Post, wir wollen mit dir reden! Komm raus und bring deinen Idioten von Sohn mit!«

»Er hat getrunken, das kann ich hören«, flüsterte Mama.

Wir schlichen uns ans Fenster und schauten hinaus. Wolle stand auf dem Kiesplatz vor dem Laden und er war nicht allein, auch Marner und Danny und Arnfinn waren da.

»Auge um Auge, Zahn um Zahn!«, brüllte Wolle. »Steht das nicht so in deinem heiligen Buch?«

Die drei jungen Männer trugen Stöcke und Wolle eine Sense. Das blanke Sensenblatt funkelte in der Sonne.

»Was wollen die?«, fragte ich.

»Geh weg vom Fenster«, sagte Mama.

Draußen war ein scharfer Knall zu hören, gefolgt vom Klirren berstenden Glases.

»Peter und David, geht in euer Zimmer«, sagte Mama, aber ehe wir irgendwohin gehen konnten, hörten wir eine andere wütende Stimme:

»Perverser Schafschänder! Krankes Schwein! Jetzt kriegst du die Quittung!«

Peter stürzte zurück ans Fenster. »Das sind Hammel-Frej und Høgni und Torfinn, sie haben Messer und Knüppel.«

Draußen wurde gerufen und die Rufe wurden zu Gebrüll und Geschrei, als sie aufeinander losgingen. Dann durchschnitt das Heulen einer Sirene den Lärm. Es war die Polizei, die zum zweiten Mal an diesem Tag nach Fjeldvig kam – der Pastor hatte Wolle mit der Sense gesehen und angerufen. Diesmal kamen sie mit Blaulicht und Hunden, und als sie fuhren, nahmen sie Wolle, Frej und Marner mit, in Handschellen.

Der Nachmittag wurde zum Abend und der Abend zur Nacht, und Peter und ich wurden von den Stimmen unserer Eltern im

Schlafzimmer geweckt. Der Dämon hatte inzwischen Kräfte gesammelt und war jetzt ein weiteres Mal in Papa gefahren.

Mamas Stimme war ruhig und fest, sie sprach über den Brief der Tante.

»Nur über meine Leiche!«, rief Papa, aber Mamas Stimme blieb ruhig und fest. Jetzt lief der Dämon Amok, er heulte und schrie und warf mit Gegenständen um sich. Irgendwas zerbrach mit lautem Klirren, es hörte sich nach dem Spiegel an.

Aber nicht einmal das brachte Mamas Stimme zum Verstummen, sie bestand, ohne zu zittern, auf ihrer Meinung und plötzlich sagte Papa nichts mehr.

Ganz einfach so, als ob seine rufende Stimme durchgeschnitten worden wäre.

»Damit ist der Dämon aus Papa ausgetrieben worden«, sagte ich in das bläuliche Halbdunkel der Sommernacht.

»Was?«, fragte Peter aus dem oberen Bett und ausnahmsweise einmal war *er* es, der nicht verstand, was *ich* meinte.

Reidar war noch immer nicht gefunden worden. Sicher hatte das Meer ihn geholt, wie damals Suni Eliassen, meinen Großvater.

SIEBZEHN

Die Sonne ließ das schwarzgraue Meer silbern glitzern, die Fähre zog einen breiten, schäumenden weißen Kielwasserstreifen hinter sich her. Peter und ich standen an der Reling des Achterdecks und sahen Tangø immer kleiner werden.

Es war der 2. Juli 2008, der Tag war schon wieder 12 Minuten kürzer geworden.

Wir würden 22 Stunden unterwegs sein, wir waren auf dem Weg zur Tante, da unten, wo man vor lauter Bäumen weder den Wald noch den Himmel sehen konnte.

»Reidar ...«, sagte Peter und sah mich aus roten Augen an.

Mehr sagte er nicht. Ich nickte nur und sagte gar nichts.

Wir setzten uns auf die Bank neben Mama und Papa. Die Sonne wärmte, ich hob mein Gesicht und schloss die Augen, glitt in mich hinein. Der dröhnende Lärm aus dem Maschinenraum tief unter uns wurde zu Stimmen und Wörtern.

Papageientaucher, Mantelmöwe, Basstölpel.

Tunnelanhörung, Epilepsie, Regierungsvertreter, Viehrost, Abfindungszahlung, Anemometer, Googeln.

Raubmöwe, Seeschwalbe, Atlantiksturmtaucher.

Smoothies, Blowjob, Verdienstpotenzial, Lokalverbot ...

Ich hatte meine ganze Wörtersammlung bei mir. Noch immer hatte sie in meinem Kopf genug Platz.

Die Steinsammlung hatte ich in Fjeldvig zurücklassen müssen. Die meisten Napfschneckenschalen ebenfalls, ich durfte nur den obersten Kasten mitnehmen, den mit den 50 schönsten. Im Taxi, mit dem wir zur Stadt und zur Fähre fuhren, war kaum Platz für das Allernötigste.

»Ragna!«, schrie Peter, als wir auf dem Weg zum Loch im Storfjeld an der Kirche vorbeifuhren. »Ragna!«, und ich drehte mich um und sah sie ebenfalls, sie winkte mit beiden Händen und lief hinter dem Wagen her. Peter wollte hinausspringen, er riss an der Tür, aber die war verriegelt. Der Fahrer begegnete im Rückspiegel Mamas Blick und wurde schneller. Dann fuhr das Taxi in den Tunnel.

Durch das Rückfenster sah ich, wie das leuchtende Loch der Öffnung immer kleiner wurde, bis es hinter der Tunnelkrümmung verschwand. Einen Moment lang waren die Scheinwerfer des Taxis das einzige Licht in der Dunkelheit, dann tauchte vor uns ein neues kleines, leuchtendes Loch auf.

Papa saß vorn neben dem Fahrer. So kam er dann doch durch den Tunnel, obwohl er niemals einen Fuß hineingesetzt hatte ...

»David«, sagte Mama. »Bist du ganz in Gedanken versunken?«

Ich öffnete die Augen, musste sie aber im Licht von Sonne und Meer gleich wieder zusammenkneifen. Tangø war hinter dem Kielwasserstreifen zusammengeschrumpft.

»Ich habe heute Morgen mit Tante Siri telefoniert«, sagte

Mama. »Sie sagt, dass es da unten ein Gymnasium gibt, nur für solche wie …« Sie zögerte, als ob sie es nicht über sich brächte, das zu sagen, was sie sagen wollte, aber dann kam es dennoch: »Für solche wie dich.«

»Autisten«, sagte ich. Sie starrten mich alle drei an.

»Das habe ich gegoogelt«, sagte ich.

Mama lächelte, aber sie hatte auch Tränen in den Augen. Doppelsmiley. Aus den Menschen wird man nicht immer schlau, ich werde das wohl nie lernen.

Es gab keinen Wind und keine Wellen, aber der Brustkasten des Meeres hob und senkte sich unter dem großen Schiff und ich passte mich diesem Rhythmus an und fing an, im Takt des Meeres zu atmen.

Meine Augen wurden feucht, ich merkte, dass ich weinte. War ich denn traurig?

Mama legte mir die Hand auf den Arm.

»Wir kommen ja wieder her, wenn alles ein wenig in Vergessenheit geraten ist«, sagte sie. Aber ich wusste, dass nichts je wieder so werden könnte wie früher. Wir fuhren jetzt zu einer anderen Welt und einem anderen Leben. Etwas in mir wollte sich auf den Boden fallen lassen und mit der Stirn gegen das grüne geriffelte Metall des Decks hämmern, aber das tat ich nicht, denn mir war schon klar, dass es sehr wehtun und doch nichts ändern würde.

Ich musste lernen, mit all dem Neuen zu leben, das mussten wir alle vier, es war wie damals, als ich eingeschult wurde: Es führte kein Weg daran vorbei. So dachte ich, und ich war noch nicht einmal fertig mit diesem Gedanken, als mir die jungen Trottellummen einfielen, die am Rand der Felskante gestanden und Mut gesammelt hatten vor dem großen Sprung ins Nichts, auf Flügeln, die sie noch kaum tragen konnten.

Ich dachte, genau so war ihnen sicher auch zumute gewesen, wie sie da standen und von einem Bein aufs andere traten - es war schrecklich, einfach schrecklich. Und zugleich ging mir auf, dass es etwas Neues war, dass ich also ein Wort dafür finden könnte, für das, was in mir rumorte, und dass ich - vielleicht, vielleicht! - dabei war, dieses Loch in mir ein klein wenig anzufüllen ...

Tangø war im Meer versunken, nur die Spitze des Storfjeld ragte noch auf wie eine kleine, dunkle Pyramide.

Papa streckte die Hand aus und fuhr mir über die Haare. Ich schloss die Augen und wehrte mich nicht, denn seine Hand war so weich wie die von Oma.

»Der Fels ist die Zeit, das Meer ist die Ewigkeit«, sagte er bald darauf. »War das nicht so, David?«

»Doch«, sagte ich. Dann hatte er es also doch gehört.

Ich öffnete die Augen wieder und ließ sie an dem weißen Kielwasserstreifen entlangwandern. Ich hätte gern noch einen letzten Blick auf das Storfjeld geworfen, aber es war verschwunden. Jetzt gab es nur noch das Meer.

Aus dem Leben gerissen …

Nicole Boyle Rødtnes

Wie das Licht von einem erloschenen Stern

Roman
Ab 14
Gebunden, 243 Seiten (82104)
E-Book (74710)

Seit Vega bei einer Party gestürzt ist, kann sie weder sprechen, lesen noch schreiben. Diagnose: Aphasie. Doch war es wirklich ihr eigenes Verschulden? Oder wurde sie absichtlich geschubst?
Als Vega diesen Verdacht gegenüber ihrer besten Freundin Ida und ihrer Schwester Alma andeutet, wenden sich beide vor den Kopf gestoßen von ihr ab. Vega ist frustriert und fühlt sich völlig unverstanden und entsetzlich einsam. Bis sie Theo trifft und sie gemeinsam die fehlenden Puzzlestücke in Vegas Erinnerung zusammensetzen …

www.beltz.de BELTZ & Gelberg